外国人医師と私の契約結婚

Ema & Azusa

華藤りえ

Rie Kato

エタニティ文庫

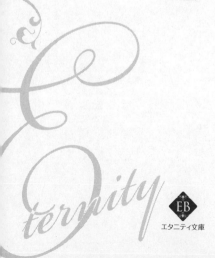

目次

外国人医師と私の契約結婚

1　いきなり婚約成立ってありですか？

金曜日の朝。大学の医学部キャンパスはいつもより騒がしい。

というのも、休み前に診察してもらおうと訪れる患者や、退院準備をする患者の家族が、敷地内中心部にある大学病院の周辺に増えるからだ。

そんな人の多い通りから一本奥に入った道を、結崎絵麻《ゆいざきえま》は足早に歩いていた。

春休みで学生がいないため、基礎研究棟や事務棟へ向かうこの道は、人もまばらだ。

水色のシンプルなブラウスに、紺色の膝丈プリーツスカート。その上からオフホワイトの春用トレンチコートを着た絵麻は、仕事の段取りを考えつつ、大きめのショルダーバッグを肩にかけ直す。

医学部の研究室で、教授秘書兼事務員として働く絵麻の一日は、それなりに忙しい。

（今日は、出張していた助手さん達が午後に戻ってくるんだっけ。それまでに、海外駐在研究員の経費精算をして、それから……）

絵麻はほころび始めた桜に目もくれず、頭の中で今日のうちに片づけるべき仕事をピックアップしていく。しかし、考え事に集中しすぎて、古びた研究棟の扉の前で、人とぶつかりそうになってしまった。

「きゃっ、ごめんなさ……」

「おっと。おはよう、絵麻ちゃん。ちゃんと前を見て歩かないと危ないよ？」

喉《のど》を鳴らして笑う男性の声には聞き覚えがあった。顔を上げると、絵麻と同じ研究室に所属する男性医師が目を細めてこちらを見下ろしている。

（うわ、朝から大迫《おおさこ》先生……まいったなあ）

「おはようございます、大迫先生。今日は早いですね？」

引きつりそうな顔に笑みを浮かべて取り繕《つくろ》う。

「まあね。いつもより早起きしてきてラッキーだったな。朝から君の顔を見られて嬉しいよ」

そう言って、大迫は絵麻の肩を抱かんばかりに近づいてきた。

（こっちは、大迫さんと会わないように、わざと出勤時刻を早くしたんですけど）

臨床医《りんしょうい》である大迫は、博士号を取るために、絵麻の叔父が教授を務める亜熱帯性ウイルス免疫学《めんえきがく》研究室に所属している。

出会った時からやたらと馴《な》れ馴《な》れしく接してくる彼が、絵麻は苦手だった。

そうでなくても、中学から大学まで女子校に通っていたため、異性に対する免疫《めんえき》は極端に少ない。

二十四歳になった今でも、彼氏はおろか、デートの経験すらないのだ。

できればもう少し、大迫とは距離を取りたかった。だが、絵麻のスキルでは、大迫のように遠慮のないタイプを上手《うま》くあしらうことなどできるはずもなく、いつも相手のペースに巻き込まれてしまう。

「そういえば、この間言っていた教授の持っている医学専門書。あれ、僕の論文に必要なんだ。よかったら今日、絵麻ちゃんが帰る時に一緒に取りに行っても構わないかな？」

他意のない調子で告げられ、絵麻は心の内で頭を抱える。

早くに両親を亡くした絵麻は、教授である叔父に引き取られ、祖父母の住む家で一緒に暮らしていた。

といっても、祖父母はすでに亡くなっているので、今は叔父と二人暮らしである。

しかし忙しい叔父は睡眠をとるために帰宅するようなもので、家にはほとんど絵麻一人だけ。そこに同じ研究室の人間とはいえ、男性を招き入れるのには抵抗がある。

(困る。……本当に困る！　でも、論文に必要だって言われたら断れない……)

飾り気のない、後ろでまとめただけの真っ直ぐな黒髪を、指で撫でながら逃げ道を探す。

「……で、何時にする？」

大迫が答えを催促《さいそく》するみたいに、身を屈《かが》めて顔を覗《のぞ》き込んできた。

やけに近い距離感に、しかめ面《つら》になる。

絵麻からすれば、大迫は叔父の研究室の一員で、秘書兼事務員としてサポートすべき研究者の一人という認識しかない。けれど大迫は、こちらが強く出られないのをいいことに、周囲に誤解を招くような言動を平気でしてくるのだ。

無神経というか、確信犯というか……できれば、あまり近付きたくない相手だった。

その時、背後から冷たい声で名前を呼ばれた。

「結崎」

不意に、どくんと絵麻の心臓が跳ねる。

振り向くと、背の高い男性が不機嫌そうに絵麻を見ていた。

琥珀《こはく》色の肌と蜂蜜《はちみつ》色の髪。日本人よりずっと彫りが深く鼻筋の通った顔立ちは、どことなく品のよさを感じさせる。

叔父である結崎武彦《たけひこ》教授の片腕で、この医学部キャンパスでも有名な、外国人医師。

亜熱帯性ウイルス免疫学《めんえきがく》教室准教授のアズサ・サウダッド・ハリーファだ。

「教授室に来客だ。遊んでいる暇があるのなら、すぐに対応してもらいたい」

簡潔にそれだけ伝え、彼は、絵麻達の横を通り過ぎ研究棟へ入っていく。

「は、はい。わかりました！」

絵麻はまだ会話を続けようとする大迫に頭を下げて、ショルダーバッグを抱え直しながらアズサのあとを追いかけた。

研究室に着くと、絵麻はさっそくお茶の準備を始めた。

研究員や学生用の安い特売茶ではなく、冷凍庫で保管していた頂《いただ》き物の玉露《ぎょくろ》を給湯室で解凍する。そして湯冷まししたお湯を急須に入れて二分ほど待ち、温めていた湯飲みに注《そそ》ぐ。

ここに来る間に、アズサから聞いた人数分の湯飲みをお盆に載せて教授室へ入ると、三人の男性が応接セットのソファーに座っていた。

小太りの身体に、くたびれた白衣を着た五十代の男性は、教授で叔父の結崎武彦。

来客席には、仕立てのよさそうな三つ揃いのスーツを着こなし、黒髪を後ろに撫でつけた若い男が座っている。

そして、なぜかアズサが来客の隣に腰かけていた。目を閉じ腕を組んで座っているアズサを見て、絵麻は内心首を傾《かし》げた。

お茶を置いた瞬間、アズサがうっすらとまぶたを開く。途端に絵麻の鼓動が騒がしくなる。

金色の光彩を持つ瑠璃《るり》色の瞳――美しい宝石のような彼の目が、お茶を置く絵麻の指先を見ていた。

アズサ・サウダッド・ハリーファ。

東南アジアに浮かぶ島国・ルクシャーナ王国人の父と、日本人の母を持つ彼は、絵麻が心惹かれている男性でもある。

おずおずと顔を上げると、あからさまに彼が顔を逸《そ》らした。

（どうして、ここまで嫌われちゃったんだろう。……わけがわかんない）

落ち込む気持ちを抑えつつ、秘書の顔で退出しようとした時だった。黙り込んでいた男達の中から叔父が声を上げる。

「絵麻。ちょっと、ここに座りなさい」

座っているソファーの横をぽんぽんと叩かれて、絵麻は戸惑う。

いかに叔父の研究室の秘書兼事務係とはいえ、お客様と同席するのはいかがなものか。

考え込んでいると、いいから、と促《うなが》されて、絵麻はためらいながら叔父の横に座った。

「こちらは、外務省でルクシャーナ王国との渉外《しょうがい》を担当している芳賀遼《はがりょう》くんだ」

「はぁ」

渉外《しょうがい》担当――つまり外交官がここにいる理由がわからず、絵麻はつい間の抜けた声を出してしまう。

医学部の研究室は留学生も多く、ビザ変更の手続きや留学生の居住地変更の書類を揃えるのは、事務の仕事だ。

しかしそれらに関わるのは入国管理局であって、外交官とは関係がないと思っていたのだが。

「ええと……私、なにか間違った書類を外務省に出したりしましたか？」

「いや、そういうことじゃないよ。絵麻」

武彦が苦笑を浮かべて、絵麻の言葉を否定する。

だとしたら、いったいなんの理由があって自分はこの場に同席しているのだろう。疑問に思って視線を向けた絵麻に、叔父はなにかをためらうように口ごもる。

その様子を、場にそぐわないニヤニヤした顔で見ていた芳賀が、代わりに口を開いた。

「実は、アズサが……ああ、ハリーファ准教授が婚約することになった」

「え……？」

――一瞬、頭の中が真っ白になる。いつかこの日が来ると覚悟していたはずなのに。

「そ、それは、おめでとうございます……」

二十九歳にして医学部の准教授。しかも世界的な学術誌に論文が何度も載るほど優秀な人だ。素晴らしく整った外見もあって、彼に好意を寄せる女性は多い。

ストイックに研究に打ち込んでいる彼に、特定の女性がいたのには驚いたが、寡黙《かもく》で誠実な彼のことだ。簡単に決断したことではないだろう。

もともと、叶わない恋だとわかっていた。

側にいて彼を見ているだけでいいと思っていた。

だから、ここで自分がショックを受けるのは間違っている。

泣きたい気持ちをぐっと呑み込み、絵麻は顔を上げて芳賀とアズサに視線を向けた。

「では、結婚に向けての書類手続きなどに関することで、私は同席していると解釈してよろしいのでしょうか？」

福利厚生や今後の休暇計画についての相談なら、スケジュール管理も仕事の内とする絵麻が呼ばれた理由も納得できる。

アズサへの恋心を必死に押し隠し、これからの仕事に気持ちを集中させた。すると、それまでずっと目を逸《そ》らしていたアズサが長い溜息をついて、絵麻に視線を合わせてきた。

「最後まで話を聞け。……俺が婚約するのは他でもない、君だ。結崎絵麻」

正面からそう断言され、絵麻の思考が停止する。

「……え？」

「俺が婚約するのは、君だ。結崎絵麻」

一言ずつゆっくりと区切りながら、再び告げられた言葉に、絵麻は目を大きく見開く。

「ほぁっ……ッ？」

――絵麻の人生で最高に素《す》っ頓狂《とんきょう》な声が喉《のど》から飛びだし、教授室に大きく響いた。

2 同棲と偽婚約者の距離感

「どういうこと、ですか」

引きつりそうになる喉《のど》を手で押さえ、絵麻はできるだけ冷静に問いかける。

だが、いきなり爆弾発言をしたアズサは、腕を組んで黙り込んだまま、絵麻を見つめるだけだ。

教授室に、気まずい時間ばかりが流れていく。

——どうして？ 彼は私を嫌っているんじゃなかったの？

まったくわけがわからない。わかれというほうが無茶である。

なぜなら、アズサが絵麻を嫌っているだろうことは周知の事実だからだ。

例えば、研究室のメンバーでランチに行くことになっても、絵麻がいる時は必ず、「急用ができた」と言って姿を消す。アズサが雑談している談話室に絵麻が入っていくと、会話を打ち切って実験に戻ってしまう……など。

仕事以外で二人が会話することはなく、その会話も必要最低限で切り上げられる。

最初は偶然かと思っていたが、何度も重なるうちに、彼から避けられていることを自覚した。

そう思ったのは絵麻だけでなく、周囲も同じように『アズサは絵麻を避けている』あるいは『嫌っている』という認識を持つようになった。

そこまではっきり自分を嫌っている相手から、「婚約したい」でも「婚約してほしい」でもなく、「婚約する」と断言された絵麻は、困惑するしかない。

どれほどの時間がたったのか。黙って成り行きを見守っていた外交官の芳賀が、大げさに肩をすくめた。

「これじゃあ、いつまでたっても話が進みそうにないな。ここからは俺が引き取る」

芳賀が宣言すると、アズサは再び絵麻から視線を外してしまった。

そんなアズサを気にした様子もなく、芳賀は人差し指を回して少し考えるような仕草を見せる。

「……さて、どこから話そうかな」

額《ひたい》に落ちてきた黒髪を吐息で吹き飛ばし、芳賀が絵麻のほうを見た。

「まずは、ここで行《おこな》っている研究についてだ。もちろん理解しているよな？」

馬鹿にするような声音に、思わず眉をひそめて絵麻はうなずく。

「ルクシャーナ王国に昔から存在する風土病――ザムザ病が人体に及ぼす影響と、免疫《めんえき》機能の研究。そして、病の原因であるウイルスの解析です。また、薬学部や分子生物学教室、製薬会社との産学連携による新薬開発も同時に進めています」

この研究室に在籍する教授秘書として当然の説明をしてみせると、芳賀がパンパンと手を叩いて絵麻を評価する。

「正解。――ではザムザ病については？」

その瞬間、絵麻は表情が強張《こわば》るのを感じた。まるで絵麻の知識を疑い、確認してくるような言動に怒りを覚える。だが、芳賀は叔父の客で、これは秘書の仕事だと自分に言い聞かせ、個人的な感情をぐっと堪《こら》えてうなずく。

「ザムザ病は、発熱や発疹《ほっしん》など、症状は『はしか』に似ていますが、人体への影響はより強力な病です。ルクシャーナの人々は、大抵子どもの頃に罹患《りかん》しますが、もともと免《めん》疫《えき》を持つか、病への耐性があるので数日で回復します。そのため、最近まであまり注目されてきませんでした」

冷静にと思いながらも、抑えたはずの怒りがふつふつと沸き上がってくる。

気持ちを落ち着かせるため、一呼吸置いてから、絵麻は再び説明を始めた。

「ですが、近年、成人してからザムザ病に罹《かか》ると重症化する傾向が強いとわかり、治療が遅れた場合は死に至ることも多く、特効薬が望まれています」

ザムザ病は、かつて考古学研究でルクシャーナを訪れていた絵麻の父の命を奪った。

絵麻の人生を一変させたザムザ病のことを、忘れた日はない。

この病で苦しむ人が一人でも少なくなるように、絵麻のように悲しむ遺族がいなくなるように……。その手助けをしたくて、絵麻は叔父の武彦が教授として、ザムザ病を研究するこの研究室の秘書となったのだ。

そんな絵麻に対して、芳賀は再び手を叩いて、「正解」と笑う。

彼の失礼な態度に、絵麻はいらつき始めていた。

たとえ雑用でも、絵麻なりに努力してザムザ病と向き合ってきたことを、芳賀に馬鹿にされた気がしたからだ。

これ以上ここにいたら、秘書らしからぬ態度を取ってしまいそうだった。

「……お話が進まないようですし、もう失礼してもよろしいですか？」

立ち上がろうとした絵麻の行く手を、白衣に包まれた長い腕が遮《さえぎ》る。アズサだ。

彼の制止に驚いて、浮きかけた絵麻の腰が再びソファーに沈む。

「ハリーファ准教授？」

「つまり……君は、私の研究についても、当然、理解していると考えていいんだな？」

言われたことを理解した瞬間、絵麻の頭に血が上《のぼ》る。芳賀のみならず、同じ研究室にいるアズサにまで、絵麻のこれまでの努力を蔑《ないがし》ろにされた気がした。

「当たり前です！」

思わずきつくなってしまった口調に、アズサが微《かす》かに目を見張る。だが、それに気づけないほど絵麻は感情的になっていた。

(知らないわけ、ない。……ずっと、見てきたんだもの)

アズサは、母国であるルクシャーナ王国固有の珍しい病を治す手立てを探すため、日本に留学したのだそうだ。そして、ザムザ病を引き起こすザムザウイルスの研究が、世界で一番進んでいた、この亜熱帯性ウイルス免疫学《めんえきがく》教室に所属した。

なぜなら、アズサもまた、絵麻と同じように肉親——母親をザムザ病で失っていたから。肉親を病で失う悲しみや、その原因をなくしたいという決意が、絵麻には誰よりよくわかる。

だから、嫌われているとわかっていても、つい目で彼を追いかけてしまっていた。研究室の秘書として、可能な限りの手助けをしてきたつもりだったけれど、彼にしてみれば、研究への理解があるかどうかでさえ、確認を必要とする程度の存在でしかなかったのだ。そんな自分の無力さが悔しい。

今にも溢《あふ》れそうになる涙を堪《こら》え、絵麻は目の前にいる二人の男をじっと見つめる。

すると芳賀が、突如として姿勢を正し、真面目な顔をした。

「了解。なら本題に入ろうか。……ご存じの通り、結崎教授やアズサの研究が功を奏し、ザムザ病に対抗する新薬の治験が終わり、承認を待っているところだ」

治験とは、できたばかりの薬が本当に問題がないか、実際に患者や健康な人間に対して行《おこな》うテストだ。

新薬開発としては治験の合格が一つの山場で、新薬として厚生労働省に承認されれば、病に苦しんでいる患者が利用することができる。

「このまま順調にいけば……遅くても一、二年後には新薬として承認されるだろう。だが、ここにきてちょっとやっかいなことが起こった」

「え……」

結崎家とアズサにとって、ザムザ病の対抗薬が完成することには特別な意味がある。

まさか、重大な副作用が見つかって、新薬としての承認が得られなくなったのだろうか……

嫌な考えに絵麻は表情を強張《こわば》らせた。

「ああ、お嬢ちゃんが考えているようなことじゃない。薬としては問題ない。問題は……ザムザウイルスとアズサに縁のある、ルクシャーナ王国に関することだ」

手を振って絵麻の考えを否定した芳賀が、淡々と説明し始めた。

ルクシャーナ王国は東南アジアにある島国で、観光以外の資源が乏《とぼ》しいと言われてきた国だ。

しかし近年、海底資源の調査や採掘などの技術向上に伴い、ルクシャーナ王国領海に、豊富な海底油田や希少金属資源があることがわかった。それにより、ルクシャーナはにわかに世界の注目を浴びることとなった。

様々な国の総合商社や資源カンパニーが先を争って国を訪れ、一気に国際化が進んだ。

ところが、そんな中、ルクシャーナ王国の王太子、イムラーンがザムザウイルスに感染し——ザムザ病を発症してしまったという。

ルクシャーナ国王は、王太子に万が一のことがあった場合に備え、急遽、留学中の第二王子を国に呼び戻し、国内の有力貴族の娘と結婚させることを決定した。

「そのルクシャーナ王国の第二王子殿下が、アズサ。正式には、アズサ・サウダッド・ハリーファ・アミル・アルサーニ。お嬢ちゃんの目の前にいる男だ」

「殿……下？」

あまりに途方もない話すぎて、絵麻は理解が追いつかない。

お盆を胸に抱いて、ただ馬鹿みたいに目と口をぽかんと開いてしまう。

（どっ……どこから、どう、突っ込めばいいのか……わか、わからなすぎ、る）

目の前にいる芳賀とアズサに抱えているお盆を投げつけて、頭を抱えてうずくまり、そのまま人事不省《じんじふせい》に陥《おちい》りたい。

混乱のあまり、そんなことを考えながら、絵麻は喉《のど》を鳴らして唾を呑む。

「まあ、いきなりアズサが王子だと言っても信じられないだろう。だから資料を揃えてきた。目を通せ」

まるで自分の部下にするような気安さで、芳賀が脇に置いていたビジネスバッグから書類の束を取り出し、絵麻の前に投げる。

テーブルの上に散らばった書類には、ルクシャーナ王国領事館発行の王室家系図や、公的な印が押された英文の写真付き経歴書が見て取れた。

さらに、駄目押しでアズサがポケットから差しだしてきたパスポートを見て、絵麻はこの信じられない現実を受け入れた。

――Diplomatic.

外交旅券――つまり一般人ではなく公人であることが、パスポートの表紙に金で刻印されていた。

秘書兼事務として、様々な手続きをすることはあっても、絵麻は今までアズサのパスポートを見たことはなかった。

緊張に震える指先で中を開くと、アズサの名前の前に、王族であることを示す『H．R．H．』と記してある。

おそらく、研究室に所属する他の医師や院生も知らないだろう。叔父は知っていたのかもしれないが、こんなこと……お忍びで一国の王子が研究員をしていたなんて、他言できるはずもない。

（でも待って？　それならどうして、私と婚約するなんて話になるの？）

「あの、それだったら、ええと、殿下は、帰国して婚約されるということですよね？　……その、王様の選んだ女性と」

絵麻以外の男性陣が、同時に溜息をついて、こめかみを押さえたり、気まずそうに窓の外を見たりした。

「留学した時点で、ルクシャーナ王室とは絶縁状態だ。……今更、王族としての役割を果たす気などない。第一に俺は医師以外の生き方を考えていない。この王命に従うくらいなら、結崎……絵麻。君と結婚したほうがましだと計算した」

胸にナイフを刺されたような痛みを覚え、絵麻は息を止めた。

馬鹿にするにもほどがある。望まない結婚をするくらいなら、絵麻としたほうがましだなどと。

同時に、どんなに嫌われているとわかっていても、絵麻はアズサに惹かれており、彼に対する諦められない思いが鼓動を騒がせるのも事実で。

（好きになっても仕方がない、諦めなければならない。そう考えていた矢先に、こんな関係を突きつけられるなんて）

絵麻は自分がどうしたいのかわからない。

「父……ルクシャーナ国王ジャーレフ・サウダット・ハリーファ・アルマリクから、研究者を辞め、即時結婚し、王族として復帰せよと申し渡された時、すでに婚約者がいるから帰国しないと告げた。だが、こんな話を公《おおやけ》にはできない。そこで旧知の芳賀に相談したところ、君が最適だという判断に至った」

淡々と告げるアズサに、絵麻は震える唇を噛みしめた。

「理由くらい、知りたいと思うのはわがままですか？」

きっと肯定的な理由でないだろうことはわかっているのに、尋ねずにはいられない。ほんの少しでもアズサからの好意があって欲しいと願ってしまう自分が情けない。

「それは……」

絵麻を見たアズサが目を見張り言葉を失う。すぐに彼に代わって芳賀が身を乗り出してきた。

「その一、ザムザウイルスの研究内容を知っていて、口が堅く信頼のおける人間であること。その二、周囲には本当に婚約したと思わせたい。国王側だって、アズサの発言が、嘘か真実かの調査くらいするだろう。だが、本当に関係を結ばれても困る。その点、お嬢ちゃん……恩師の姪御《めいご》さんには手を出さないだろうと考えた。その他もろもろ理由はあるが、アンタ以上の適任者はいないと判断したというわけ」

空いた左手で指を折りながら告げられる。それを肯定するように隣で叔父がうなずいた。

「……なに、それ……」

「すまない。絵麻。……けれど、ザムザウイルスの対抗薬が承認されても、その後の医療関係者へのフォローや、学術的な追跡研究にアズサ君の協力は不可欠だ。今、彼にいなくなられるのは辛い」

叔父の武彦は、兄である絵麻の父の死をきっかけに、内科医を辞め、ザムザウイルス研究を始めた。現在ではその研究の第一線で活躍する教授になっている。

叔父として、絵麻を大事に思う気持ちはあっても、その気持ち以上に、医師として、兄の仇《かたき》であるザムザウイルスの対抗薬を完成させたいという強い思いがあるのだろう。

その気持ちは、絵麻にも痛いほどわかる。だから叔父を責める気にはなれない。

「婚約した、ふりをすればいいんです……ね？」

これっぽっちも愛されていないどころか、嫌われ、避けられているのになんという皮肉だろう。

精一杯の虚勢を張って、絵麻はアズサを真っ直ぐに見つめた。

――けれど。

「いや、悪いが、明日にでも同棲してもらうことになる」

「どっ、同棲――ッ!?」

芳賀に告げられた内容に、すでに限界だった感情が一気に爆発した。

ソファーから立ち上がり、絵麻はただ叫ぶしかできない。あまりの展開についていけず、その場で立ち尽くしていると、駄目押しの一言が加えられる。

「まあ、最悪、便宜的に籍を入れてもらうことになるかもな。つまり契約結婚」

いきなり婚約するという話にも度肝《どぎも》を抜かれたが、結婚の可能性まで告げられては、さすがの絵麻も我慢できない。

「な、な……なんで、私がそこまでしなきゃならないんですか！」

絵麻の意思を完全に無視した芳賀の言葉に、ますます怒りが強くなる。

「お嬢ちゃん、これまでの話、ちゃんと聞いてた？　一国の王が政略結婚を命令し、それを断ろうとしているんだぞ」

肩をすくめながら、芳賀が鼻で笑う。

「ジャーレフ国王陛下だって馬鹿じゃない。アズサの言う婚約者について、あらゆる手を使って調査確認してくるだろうし、別れさせようとするだろう。なんせ、アズサが王の決定に従わないなら、実力行使するって言ってきてるんだからな」

「そんなの、完全にハリーファ准教授の都合じゃないですか！」

怒りで声のトーンが高くなるのを自覚しつつも、反発せずにはいられない。

いくらなんでも人を馬鹿にしすぎている。愛情があるならまだしも、政治的な都合だけで、同棲や契約結婚を強要されれば、絵麻じゃなくたって怒るに決まっている。

いくらザムザ病の薬を完成させるためと言われても、我慢の限界だった。

「お話はわかりましたが、同棲はお断りします！　まして、けっ……結婚なんて！」

それまで黙っていたアズサが真っ直ぐ絵麻を睨《にら》んでくる。その迫力に臆《おく》しそうになるが、簡単に受け入れていい問題ではない。

「先ほど芳賀が説明したように、父は婚約者が本物かどうか調査確認するだろうし、別れさせようとしてくる。あらゆる手を使ってだ。巻き込む以上、君を守るのは俺の義務であり責任でもある。そのために、同棲は必要な措置だし、便宜上の結婚も辞さない」

「そんな……」

「別に、頼まれても君に手を出す気はない。その点は安心していい。結婚も保険のようなものだ」

言葉を失う絵麻に、アズサがとどめを刺す。

（手を出すとか、出さないとかの問題じゃない！）

恋人でもないのに、一つ屋根の下で暮らせと命じられて――都合がいいとか、適任者とか、まるで実験対象みたいに判断されて、挙げ句の果てには結婚が保険だなどと、いくらなんでも傷つく。

まして、アズサに好意を――たとえ一方的であっても――持っているからこそ、絵麻の意思を完全に無視したやり方が許せないと思ってしまう。

心にもやもやと広がっていく黒い雲を、頭を振って払い、毅然《きぜん》と顔を上げる。

「つまり、ハリーファ准教授は、私を一切女として見ない。手を出さないということですね？」

自分自身の心を殺して、絵麻はきっぱりとした口調で確認した。

すると彼は一瞬だけ、どこか苦しげに瞳を陰らせ、唇を引き結んだ。が、すぐ、いつもの無表情になる。

「ああ。そうだ」

乾いた笑いがこぼれ出る。今すぐこの場から逃げ出してしまいたかった。

叔父の申し訳なさそうな顔。絵麻と目を合わせようともしないアズサ。芳賀の皮肉をたたえた意味深な笑み。

それらを順番に見て、決意した。

「わかりました。では、お受けしますので、よろしくお願いいたします。……私は、まだ仕事がありますので、これで失礼させていただきます」

立ち上がり、つとめて平静を装《よそお》いながら扉の前で頭を下げ、絵麻は男達に背を向ける。

こんなに人を馬鹿にした話はない。好きだとか嫌いだとか以前の問題だ。いきなり契約結婚を迫り、断る権利もないなんて。

（ひどい。私をなんだと思ってるの）

教授室を出て、給湯室まで涙を堪《こら》えるのが精一杯だった。

――傷つけてしまった。

◇◆◇

絵麻の足音が遠ざかっていくのを聞きながら、アズサ・サウダッド・ハリーファは顔をしかめた。

(ハリーファ准教授は、私を一切女として見ない。手を出さないということですね?)

あそこまで完璧に拒絶されながらも、偽りの婚約者として絵麻以外考えつかなかった事実が、小さな棘《とげ》となって胸に刺さる。

国王である父に一方的に結婚を決められ、国に戻るよう命じられた時、思わず婚約者として絵麻の名前を口走ってしまったのは、叶わない恋への未練だろうか。

初めて出会った時の絵麻を思い出し、アズサは唇を噛んだ。

当時の絵麻は、ちょっと人見知りをする、家族思いの高校生だった。

五歳年下で、異性というよりは妹のように感じていた。

実際の妹――異母妹とはほとんど交流がなかったものの、なぜか絵麻には出会った時から近しいものを感じていた。

それは、アズサが望んでも手に入らなかった家族の温かさというものを、無意識に彼女から感じ取っていたのかもしれない。

アズサの母親は日本人で、来日した父王の通訳を務めたのをきっかけに、ルクシャーナ国の第二王妃となった。

一般人が、一夫多妻制の、しかも王族に嫁ぐのは、並大抵の決意ではなかったと思う。事実、母はルクシャーナ王国でとても苦労していた。

それに耐えられたのは、国王が深く母を愛していたこと、第一王妃が母を迎え入れ、後ろ盾になってくれたことからだろう。

やがて生まれたアズサは、第一王妃の生んだ王太子のイムラーンと共に、王子教育を受けることになった。王の直系男児は、イムラーンとアズサしかいなかったが、母親同士の仲がよかったおかげで、兄弟の関係は良好だった。

けれど母がザムザ病に罹《かか》り、治療も虚《むな》しく亡くなった時、アズサのすべては一転した。

父王は、母――最愛の妃の早すぎる死に、一時は政務も執《と》れぬほど落ち込んだ。その間、息子のアズサを顧《かえり》みることは一度としてなかった。

母の死によって、突然、孤独の中に投げ出されたアズサは、徐々に感情というものを失っていく。

そんな彼の状態を心配した第一王妃とイムラーンが、アズサの「王族として生きるより、母を奪った病を研究し、根絶することで国を支えたい」という希望を受け入れ、留学させてくれたのである。

十七歳で、米国の大学理学部を飛び級で卒業したアズサには、そのまま研究者となる道もあったが、日本の医学部に改めて入学し直した。

医師資格を持っていたほうが、今後の人生に役立ち、病で苦しむ人々をより多く助けられると判断したからだ。

そうして、アズサはザムザ病研究の第一人者である、結崎武彦教授の研究室に所属し、必死に勉強と研究を続けた。

そんな時に、アズサは絵麻と出会ったのである。

きっかけは、恩師の結崎武彦教授が階段を踏み外し、こっぴどくねんざしたことだ。

当時、まだ大学生ながらも結崎教授の助手兼秘書のようなことをしていたアズサは、一人で歩けない教授を家まで送った。

梅雨《つゆ》のある日だった。

雨に濡れた木の香りと、玄関脇に青い紫陽花《あじさい》が咲いている昔ながらの日本家屋《かおく》。

肩を貸している教授に代わって、玄関の引き戸を開けた時――

よく磨《みが》かれた板張り廊下の先から、無邪気な少女の声が聞こえてきた。

「叔父さん？　今日早く帰ってこられたんだ。ちょうどよかった！　私ね、おばあちゃんから肉じゃがと卵焼きの作り方を教わって、晩ご…………」

明るく語りながら藍染めののれんを潜《くぐ》ってきた少女とアズサの視線が合う。

白い半袖の上着に紺色のプリーツスカート。

首元を飾る赤いスカーフが印象的なセーラー服の上に、シンプルなエプロンをつけた少女だ。

彼女はアズサを見た途端、頬を朱に染め、唇を半分開いたまま動きを止めた。

様子を見ていた結崎教授が、アズサに肩を支えられたまま苦笑して、少女に声を掛ける。

「絵麻。……その、なんというか」

足を固定するギプスを指で示して説明する結崎教授の言葉を、聞いているのかいないのか。こちらが恥ずかしくなるほどの純朴さで、少女――絵麻はアズサばかりを見ていた。

だがその時、アズサもまた、なぜか絵麻から目を離せずにいたのだ。

そのうち我に返った絵麻が、逃げるように背中を向けた。そして、「おばあちゃぁん！」と、声を響かせながら奥に消えていく。

すぐに、少女に代わって老婦人が現れ、一緒に晩ごはんを食べていくことになった。

老婦人とその夫、二人の孫である絵麻。そして教授と共に食卓を囲み、アズサはこれまでになく居心地のよさを感じた。

綺麗な箸《はし》遣いねぇ、と褒《ほ》められながら、少しだけ焦げた甘い卵焼きを口に運ぶ。すると、食卓の端で小さくなっていた絵麻が、自信なさげにこちらをうかがっているのに気がついた。

口にしたばかりの卵焼きを褒《ほ》めると、はにかみつつ彼女が作ったのだと教えてくれた。控えめに浮かぶ笑みが強く印象に残った。

あの日のことが、今も昨日のことのように思い出される。

教授の母親である結崎家の老婦人に気に入られ、アズサは頻繁《ひんぱん》に食事に誘われるようになり、絵麻と仲よくなるのにも時間はかからなかった。

彼女も父親をザムザ病で亡くしたことを知ってからは、アズサの中で絵麻への共感が一気に増し、大切な家族とはこういう存在のことを言うのだろうかと、考えるまでになった。

その気持ちが変化しているると気づいたのはいつだったか……

結崎家の老夫婦が相次いで亡くなった時。

涙を堪《こら》えながら叔父を支えようとする絵麻の姿に、どうしようもない庇護《ひご》欲《よく》を掻き立てられた。思えば、その時にはすでに絵麻に惹かれていたのだろう。

気づくと、絵麻を妹ではなく、一人の女性として求めている自分に気がついた。

だが募る恋情とは裏腹に、理性がブレーキをかける。

父と絶縁状態になり、長い間国に戻っていないといっても、ルクシャーナ王国の第二王子という生まれが消えたわけではない。

どんなにアズサが父王や王室から離れても、流れる血までは変えられないのだ。

その場しのぎの関係なら黙っていれば済むことだが、絵麻に対しては、そんないい加減な気持ちで付き合って傷つけたくないと思った。

もちろん、恩師の姪に軽はずみなことはできないという気持ちも働いたが、絵麻をルクシャーナ王家に巻き込んで、母のように泣かせたくないというのが一番大きかった。

彼女には、いつでも笑っていて欲しかった。

そのためアズサは、自《みずか》ら彼女への思慕を押し殺し、研究に没頭した。絵麻を傷つけることがないように、距離を置くのが最善と判断したのだ。

そんな彼女と再会したのは今から二年前。

亜熱帯性ウイルス免疫学《めんえきがく》教室の教授秘書としてアズサの前に現れた彼女は、すっかり大人の女性になっていた。

驚き、無意識に気持ちが引き寄せられ、押し殺していた感情が騒ぎだす。

しかしアズサは、心のままに彼女を愛することができないのだ。その葛藤《かっとう》が、結果的に絵麻への酷《ひど》い態度に繋《つな》がってしまった。

(あの時、離れなければよかったのだろうか……)

国も王子という立場も関係ないと絵麻に思いを伝えていたら、こんな風にはならなかったのか。

彼女にどう接していいのかわからず、気がつくと突き放すような冷たい態度ばかり取っていた。

けれど、ふとした瞬間に彼女に視線がいくのを止められない。

（我ながら、勝手なことだ）

自《みずか》ら彼女と距離を取っておきながら、こんなことに巻き込んで、結局傷つけることになってしまったのだから。


「おい、アズサ。聞いているのか？」

隣から、従弟《いとこ》にして外務官僚となった芳賀の声がして、アズサは現実へ引き戻された。

「……聞いている」

アズサは長い溜息をついて頭を振る。

絵麻が煎《い》れてくれたお茶はとうに冷めており、他の二人の湯飲みは空《から》になっていた。

「申し訳ありません。結崎教授」

スーツの上から膝頭をきつく握りしめ、アズサは苦い思いをやり過ごす。

「いや……。他に方法はなかったよ。絵麻もきっとわかってくれる」

「絵麻さんは、必ず、守ります——なので、異母兄《あに》を頼みます」

そう言って、教授に深く頭を下げた。

父王は、結崎教授を王太子の主治医としてルクシャーナ王国に送るよう命じてきたのだ。

おそらく、王太子のイムラーンに万が一のことがあった時、教授の身柄を盾にアズサを呼び戻せると判断したからだろう。言うなれば、アズサへの人質だ。

それでも、薬を世に出したいという強い思いが、結崎教授とアズサにある以上、他の道はなかった。

「ま、警備上の観点から言っても、対象者は一ヶ所にいてもらったほうがいい。お嬢ちゃんが引き受けてくれてよかったよ。地元の警察には、極秘で護衛を手配してもらうことになっているしな」

手を上げ、伸びをしつつ芳賀が苦笑する。

「わかっていると思うが、お嬢ちゃんに本気になるなよ。王子様。……まあ、手を出そうものなら、結崎教授から研究室を追い出されるだろうが」

「当然だ……言われるまでもない」

顔をしかめて断言する。芳賀ではなく自分自身に言い聞かせるために。

「そうだねぇ、ふざけた理由で絵麻に手を出したら、君だろうが誰だろうが許さないよ。そこは親馬鹿と思ってくれてもいい」

少し太り気味の、ふくふくした頬を緩《ゆる》め、結崎教授がそう口にする。顔は笑っているが、目はこれ以上ないくらい真剣だ。

「わかっています――絵麻さんを、これ以上傷つけるようなことはしません」

「ま、お前は、場合によっちゃあ国王になっちまうもんなぁ。王族の結婚はほとんどが政略だから、恋愛に慎重になるのも当然か」

絵麻の父親代わりである結崎教授の前で、いけしゃあしゃあと芳賀がほざく。

ルクシャーナ王国では、法律上、『養って、平等に愛していけるのであれば』複数の妻を娶《めと》ってもいいことになっている。

事実、王族や富豪は、現在も後宮を造って何人もの女性を囲っているし、中流家庭ですら二人の妻がいるのはいたって普通だ。

――しかし、アズサは違う。

「ここで妻を持つ気はない。母のような思いをさせたくないし、俺みたいな混血の子を歓迎するほど、今の王室が開かれたとは思えない」

腕を組んだまま横目で親友を睨《にら》む。芳賀はキザで悪役めいた仕草で口の端を上げた。

「芳賀くんは憎まれ役が好きだねえ」

膨《ふく》らんだ腹を叩いて、結崎教授が肩をすくめる。

「絵麻の親代わりとしては、同棲しないというなら、それに越したことはないんだが」

「……必要です。公安部にいる知人から、ルクシャーナ王国のスパイがすでに入国していると情報がありました。恐らく、アズサの動向を調査するためでしょう」

一瞬で官僚の顔になった芳賀が答えるのをどこか遠くに聞きながら、アズサは目を閉じた。

「国王側が直接危害を加えてくる可能性は今のところ低いでしょう。今後、一番、お嬢ちゃん……いや、絵麻さんにとって危険な存在となるのは、アズサの後ろ盾を任命されたクッドゥース太守家です」

クッドゥース太守家は王室の祭事を司《つかさど》る由緒《ゆいしょ》ある家系だ。

現在の当主は、国王の同母妹を妻としており、王家との関わりも強い。

また、娘は王太子の婚約者になると噂されていたくらいで、国内での権力も十分だ。

「王太子が病に倒れた今、アズサ第二王子殿下との婚姻を成立させ、娘をアズサの第一妃にするためなら、どんな手段も取りかねない。それだけのうまみが今回の政略結婚にはあります。絵麻さんを守るためには、アズサの側にいてもらうのが一番です」

芳賀の言葉に、目を開いたアズサは黙ってうなずく。

ここ最近の経済発展により、諸外国からルクシャーナ王国が注目されてきているのは理解していた。

けれど、その国を誰がどう動かすかという権力争いに、自分が駒として使われるのは面白くなかった。

国民のためならともかく、父の地位を維持するために、すべてを捨ててまでこの身を捧げる義理はない。母の死後、父王に顧《かえり》みられたことなど、一度としてなかったのだから。

「兄の病状は気になるが、ザムザ病の薬が使用承認されるまで、なんとしても時間を稼《かせ》がなくては」

自分達の目的は、目前に迫った薬の完成と、兄の病を治すことだ。そうわかっていても、アズサの胸にはじりじりとしたものがくすぶり続けていた。

◇◆◇

いつから降り出したのか、雨粒が窓を叩く音が古い日本家屋《かおく》の台所に響く。

磨《みが》かれた茶色の床板は祖母の自慢であったため、絵麻も、土日や叔父のいない時間に気合を入れて掃除していたが、今日はそれをする気にもなれない。生前に祖母が漬けた梅干しの壺を抱えて、膝を揃えて床に座りこんでいる。

（なにをやっているんだろう、私）

仕事中は感情を押し殺し、なんとか作業をこなしていった。

週末で、経費精算処理や来週のスケジュール調整、図書館への本の返却に他部署との事務手続きなど、ルーティンワークの仕事が多かったのも幸いした。

しかしその反動か、帰宅してから、心が壊れてしまったようになにもできなくなった。

ただ、雨が窓を伝って落ちていくのを台所の床に座って眺めている。

遅く帰る叔父のために、簡単な食事を作り、冷蔵庫のストック整理など週末にやるべき作業をしなければと思うのに、どうしても身体が動かない。

その時、ふと玄関の引き戸が開く音が聞こえた。

叔父が帰る時刻にはまだ随分早い。あわてて立ち上がろうとするが、ずっと板間に座っていたため足が痺《しび》れて動くのもままならない。

床のきしむ音と共に人の気配が近づいてきて、絵麻は身体を強張《こわば》らせる。次の瞬間、目を開けていられないほどのまぶしい光に照らされた。

「絵麻……。なに、してんの？」

心底呆れた女性の声に、絵麻の目から堪《こら》えていた涙が溢《あふ》れ出す。

「せ、せらっちー……」

隣家に住む姉貴分で親友の高中世羅《たかなかせら》に、絵麻は情けない返事をするしかなかった。

「一風変わったルームシェアだと思えばいいんじゃない？」

高中家からおすそ分けされたハヤシライスをスプーンで掬《すく》いながら、幼なじみであり、同じ医学部で総務課長補佐をしている世羅が言う。

梅干しの壺を抱えて泣いた絵麻は、そこから今日あったことを洗いざらい白状させられてしまった。

物心ついた時から、絵麻は世羅に逆らえない。昔から、頼りになる姉貴分に隠し事などできたためしがないのだ。それに、世羅の口の堅さも信頼できた。

「世羅っちはそう言うけど」

絵麻は、ハヤシライスを意味もなく崩しては掻き混ぜる。世羅が綺麗によそってくれた夕食の見た目がどんどん悪くなっていった。

それに申し訳なさを感じながらも、治まらない頭の疼《うず》きに顔をしかめる。

大好きな高中家のハヤシライスなのに、ちっとも味がわからないのは、今日、とんでもない未来を押し付けてきたアズサと芳賀のせいだ。

泣いて腫《は》れぼったくなったまぶたで瞬《まばた》きをしながら、絵麻は大きく息を吐く。

「芳賀は学生時代から、ろくでもないことを考えつく奴だったからね。……あいつ舌だけはよく回るし」

芳賀と世羅は大学法学部時代からの腐れ縁だという。

それを言うなら、絵麻と世羅も大概に腐れ縁だ。

世羅の両親が不在の時は、絵麻の祖父母が世羅とその弟の面倒を見ていたこともあり、家族ぐるみの付き合いが続いている。

祖父母が亡くなってからは、絵麻が高中家の晩ごはんに招かれることが増えていた。

ついでに言えば、警察官の両親に武道を仕込まれた世羅は、柔道は黒帯《くろおび》、合気道は師範代という武闘派。

ある意味、絵麻にとっては、誰より近く頼りになる存在かもしれない。

「芳賀は馬鹿天才というか、天才馬鹿というか……昔からなにを考えているかわからないところがあったけど、最終的には収まるところに収まってるというか……まあ、その辺は信用していい」

真っ直ぐな黒髪を肩の上で綺麗に切り揃え、ノンフレームの眼鏡を掛けた世羅が断言する。

「それに相手が手を出さないって宣言しているなら、貞操がーとか危機感を抱く必要もないんじゃないの」

「う、それはそうだけど。……気持ち的には微妙」

ハヤシライスをのろのろと口に運びながら答えると、世羅は食事の手を止めて水を飲む。

「そうか。絵麻っちは、アズサの奴が好きだから悩むんだろうねえ。……でも愛やら恋やらはあたしにはわからん。切ないとかトキメキとか、ピンとこない性質？　体質？」

男も顔負けの頭脳と武術の腕前を持ち、同期どころか同年代の事務職員の中でもずばぬけて出世している世羅に、言い寄る勇気がある男性は少ない。

世羅自身も、独身願望と言うか、お一人様思考と言うべきか、常々「男に頼って生きる意味がわからん」と言っており、思わずオトコマエ！　と叫びたくなる姐さんタイプだ。

結果、恋愛とは縁がなくなったらしいが――今の絵麻は「だよね」と小声で返すのが精一杯だった。

もういい加減、アズサへの思いを断ち切らなければならない時期にきているのかもしれない。

それなのに、明日にはアズサの偽婚約者となり、彼と同棲する未来が待っている。

正直なところ、二人きりでどう暮らしていけばいいのか途方に暮れてしまう。

「まあ、嫌いじゃないんだしさ、相手も大人なんだから、それなりに気を配るでしょ。ま、もし、流れでセックスなんてことになったって、避妊さえしてればどうってことないわよ」

さらりと告げられた言葉に絵麻は目を見張った。

「……世羅っちは、経験があるの？」

「ん？　まあ、人生経験の一つとしてやってはみたけど」

「え、彼氏とかいたっけ？」

「いないよ。飲み会のあと、芳賀と。一回だけ」

ハヤシライスを噴き出しそうになった絵麻は、あわてて水を飲み込んだ挙げ句に咳き込んだ。

「芳賀さん、って……外務省、の」

「そう。……いつだったかなあ。サークルの飲み会でシモネタが爆発してさ」

「いや、知らないから」

シモネタぐらいでは、天下の高中世羅が恥じらうことはないだろうけど。……つい、あのアホの挑発に乗って、じゃあ手合わせするかと……」

「芳賀が、セックスなんてスポーツみたいなもんだとか言いだして。……つい、あのア
ホの挑発に乗って、じゃあ手合わせするかと……」

ラブホで、と締められた話に絵麻は目眩《めまい》がしてくる。

我が道を行く世羅らしい色気もなにもない展開に、どこからどう突っ込めばいいかわからない。

「えーと、い、痛かったですか？」

頭の中が混乱しすぎて、定番すぎる質問をした絵麻に、世羅はひょいっと肩を上げた。

「んー。痛かったと言えば痛かった気もするけど、生理的な反応があるからそこまで酷《ひど》くなかったかな。結構、汗かいて腰にクるもんだわーと思ったくらい。だからといって、芳賀と恋愛的にどーこーなることはなかったけど」

それは世羅だからではないのかと、失礼にも思ってしまった。

自分だったら——

自分だったらきっと落ち着いてなどいられないだろう。アズサとキスすると想像しただけでも、鼓動が速くなりそうなのに、それ以上など考えられるはずもない。

セックスがわからないと可愛い子ぶるつもりはないし、それなりに知識もある。

今はその手の情報はマンガやネットでいくらでも手に入るし、愛や恋がなくても身体を重ねることは珍しくない時代だ。

これまで男性に縁がなかった絵麻からすれば、一夜限りのセックスなどとんでもないことだが、二人の関係は、ザムザウイルスに感染して、苦しんでいる人を助けるためのもの。婚約も結婚も、ただ便宜上必要というものでしかないのだ。

わかっているのに、心のどこかで期待してしまう自分がいる。結局のところ絵麻は、いまだにアズサに惹かれているのだ。あんなに酷《ひど》い提案をされたにもかかわらず。

いつの間に雨がやんだのか、雪のように一片《ひとひら》ずつ舞い散る庭の桜をぼんやりと眺めながら、絵麻は溜息をつく。

すると、世羅が真っ直ぐに絵麻の顔を見つめて、真剣な声で言ってきた。

「芳賀は電話で締め上げておくとして、なにかあったらあたしに言って。絵麻を泣かせたら、芳賀だろうがハリーファ准教授だろうが、ヒールで股間踏み潰してやるから」

心強いものの、それだけはやめてと言うべきか迷っていると、世羅の携帯が鳴り、聞き覚えのある声が微《かす》かに聞こえた。――隣家の主婦である世羅の母がなにか用事を言いつけてきたらしい。

「ごめん。弟を迎えに行けって。もうビール飲んじゃったらしいよ、うちの両親。……そうだ、今度、前に言ってたメキシコ料理屋に行こうか？」

「うん、楽しみにしてる」

昔から面倒見がよくて、さりげなく絵麻をサポートしてくれる世羅に感謝しつつ、彼女を玄関まで見送った。そして、急に静かになった家で絵麻は力なく笑う。

（本当に、どうしたらいいのか……）

明日には、もう、この家にはいないというのに、まるで実感が湧かない。

途方に暮れる自分を叱り飛ばし、絵麻は同棲に向けて荷物を準備し始めた。

（とりあえずの品なら……普段着と、通勤着をいくらかと、化粧品くらい？）

考えながら、クローゼットの引き出しから子ぐま模様のパジャマを出し、続いて、ミニチェストから下着を出そうとして手が止まる。

自分の下着のあまりの女子力のなさに脱力してしまった。

あー、とも、うー、ともつかない声を出し、絵麻は同棲から連想される単語を頭から追い出そうと必死になる。

（偽の婚約者だから！　ないから！　そういう関係にならない前提での同棲だからっ！）

「自意識過剰だよ……」

ラグの上で正座したままうつむく。気にするほうが馬鹿げている。アズサは絵麻のことなんて、なんとも思っていないのだから。

逃げ出したいのを我慢して、絵麻は淡々と服や必需品を段ボールに詰めていった。

最後の段ボールにガムテープを貼った頃にはもう深夜で、絵麻はシャワーを浴びるが早いか、布団に潜《もぐ》り込んだ。

けれど緊張でなかなか眠ることができない。

ようやくうとうとし始めたのは明け方近く。そのため、すっかり寝過ごしてしまった絵麻は、玄関のチャイムの音で起こされたのだった。

スマートフォンのアラームにしては、いつもと音が違うな……と思った。

何度かその音を聞くうちに、それが家のインターフォンの音だと気づいて飛び起きる。

『朝、迎えが行くから荷物をまとめておくように』と、昨日アズサからメールで指示されていたのを思い出し、一気に青くなった。

あわててパジャマを脱ぎ捨てる間にも、玄関ではインターフォンが連打され、絵麻は焦って桜色をしたシャツのボタンを二度掛け間違えてしまう。

昨夜用意しておいた、デニムのスキニーパンツとパステルグリーンのカーディガンを身につけ、急いで洗面所のある一階に下りた。

するとインターフォンを鳴らすのに飽きたのか、家の引き戸がガタガタ動かされている。

（やばい！　ノーメーク！　寝癖！）

焦って混乱する中、呑気《のんき》そうな低い男の声が聞こえてきた。芳賀だ。

「あれー。先に行っちゃったかな。まさかの留守？　それとも、逃亡したか？」

なおも激しくガタガタと動かされ、このままでは玄関の引き戸が外されかねない。絵麻は半分パニックに陥《おちい》りながら叫んだ。

「もうすぐ！　あと五分したら開けますからっ！　壊さないで！」

声が聞こえたのか、芳賀が気楽な様子で返事をする。

「ああ、お嬢ちゃん。ちゃんと逃げずにいたか。……エライエライ」

「……芳賀」

アズサだけでなく芳賀までいるのに驚きつつ、洗面所で顔を洗い手早く髪を整える。

いつもはバレッタできちんとまとめたり、お団子にしたりするのだが、今は時間がないので、普段使いのシュシュで一つに束ねた。

少しだけ撥《は》ねた前髪をヘアピンで留めたあと、化粧を始める。といっても、ベースとパウダー、珊瑚《さんご》色のウォータリールージュを唇に塗るだけの、簡単ナチュラルメイクだが。

半分スリッパが抜けそうになりながら、足早に玄関へ行き引き戸の鍵を外すと、芳賀とアズサがいた。

Vネックのホワイトトップスに黒のジーンズという普段着姿のアズサを見て、絵麻は一瞬、呼吸を忘れてしまう。

モノトーンを基調としたコーディネートが、彼の金髪と琥珀《こはく》色の肌にとても似合っていた。

大学にいる時は、シャツとネクタイの上に白衣というスタイルの彼だが、今日は目の色と同じラピスラズリが嵌まったシンプルなクロム・ネックレスをつけている。

アンティーク風の腕時計もおしゃれで……つまり、とても格好よかった。

(こんな私服を着るんだ……)

プライベートなアズサの姿にドキドキして、つい、見惚《みと》れてしまう。

これから偽の婚約者として同棲するのだから、私服を目にするのは当たり前だ。

それでも大学以外の場所でアズサと会うのは照れくさく、絵麻の頬は勝手に上気した。

「お嬢ちゃん、アズサだけじゃなくて俺も見ろ……いてっ」

スーツからジャケットとネクタイを外した格好の芳賀が、なぜかアズサにスネを蹴られていた。

「無駄口を叩くな。すぐ荷物を車に運べ。……俺は、引っ越しが終わり次第、研究室に戻りたいと伝えたはずだ。忘れたのか、芳賀」

「覚えてるよ」

叔父の武彦は、土曜日の今日も大学に出勤している。昨夜、叔父は「絵麻が出て行くのを見送るのは、なんだか娘を嫁にやる父親みたいで泣いちゃいそうだから」と話していたので、早々に仕事に行ってしまったらしい。

「こんなところではなんですので、ひとまず中でお茶でも……」

引き戸を大きく開けて、ダイニングのほうを手で指した時だった。

無表情のアズサが顔をしかめ、長い溜息をついた。

「必要ない」

きっぱりと言われ、絵麻の笑顔が凍りつく。

服装が変わっても、アズサの対応は研究室にいる時とまるで同じで、極力絵麻と関わりたくないという態度がありありと出ている。

「まあまあ、女には細々《こまごま》とした準備があるんじゃなーい？」

アズサのあまりの塩対応に、さすがの芳賀も若干困ったような顔を見せる。

「とりあえず、今、必要なものだけでいいと伝えてあった上、一晩も時間があったのに、準備を終えていないのか？」

まるで不出来な院生を叱る時みたいな口調に、絵麻は頭を横に振った。

結婚を前提とした婚約者同士の同棲といっても、それ自体が偽りのため、いつ終了するかわからない。

だから、必要最低限の服と好きな本がいくらか。それと、仕事用のスーツやバッグを段ボールに詰め、玄関横の和室に積んでいた。

家具は備え付けのものがあると芳賀から聞いていたので、業者に頼んで運んでもらう必要もない。

今、必要なものだけでいいのは、きっとそう遠くない未来、ここに戻ってくるから。

――これは、ちょっと変わったルームシェア。

そう自分に言い聞かせて、絵麻は真っ直ぐアズサを見る。

「準備は、終わっています」

長いのか短いのかわからない沈黙のあとでそう告げると、アズサは絵麻からつっと視線を逸《そ》らした。

「わかった。さっさと済ませよう」

そっけなく言われて、唇を噛む。

(そうだよね。ハリーファ准教授にとって、これは日本に残るために仕方なくやることだもの)

惹かれている相手に拒絶されながら、婚約者として生活する毎日を思い、胸が切なく痛んだ。それをぐっと堪《こら》えて、絵麻はアズサに背を向け、荷物を運び出す用意を始めた。

芳賀がレンタルしてきたワンボックスワゴンに、四個の段ボールを積み終え、絵麻は最後に奥の和室で仏壇に手を合わせる。

(行ってきます。おじいちゃん、おばあちゃん。……お父さん、お母さん)

叔父も、月曜日にはルクシャーナ王国に旅立ち、しばらく戻ってこないと聞いた。アズサの帰国を引き延ばすため、ルクシャーナ王国王太子の主治医になるらしい。

(一人に、なるんだな)

思わず目の縁に浮かんだ涙を指で拭《ぬぐ》い、空元気《からげんき》の笑顔を作った。

大丈夫、自分で決めたことだ。前向きに気持ちを切り替えて、外に出て玄関の戸に鍵をかける。

その鍵をぎゅっと手の内に握りしめ、ショルダーバッグの奥にしまった。

「お待たせしました」

できるだけ明るく笑いながら、芳賀と、その隣で腕を組んで黙りこくっているアズサに声を掛ける。

一瞬、アズサの瑠璃《るり》色の瞳が大きくなり、そのまま見つめられた。

「あの、なにか？」

食い入るように見つめてくるアズサに、絵麻は自分になにかおかしいところでもあるのか、と問い返す。けれど、アズサはすぐ顔を背《そむ》け言葉を濁《にご》した。

「いや……」


押し黙られ、それきり会話が途切れてしまう。

運転席に芳賀が、助手席にアズサが乗り、絵麻は後部座席へと追いやられた。

特に会話することもなくじっと車窓から街を眺める。

古い家屋《かおく》が多いこの地域では、桜を植えている庭や公園も多く、春風が吹くたびに薄いピンクの花びらが舞う。

頭上に広がる空は蒼く、薄雲がちぎれた綿菓子のように浮かんでいた。

この景色が好きで、桜の季節は少し早起きをして、一つ先のバス停まで歩いていたのを思い出す。

次にここへ戻ってこられるのはいつになるだろうかと、絵麻がぼんやり考えているうちに、車は大学の医学部キャンパス近くの、とあるマンションの駐車場へ辿《たど》り着いた。

嫌いでも、無関心でも、女性に対する配慮はあるらしい。絵麻はアズサと芳賀に荷物の大半を取られ、残された一番小さな段ボールだけを持って、マンションの裏口を潜《くぐ》る。


「う……わ」

中に入った途端、思わず感嘆の声を漏《も》らす。

ガラス張りで、吹き抜けになった天井と、大理石でできたタイル張りのエントランス。大輪の薔薇《ばら》が飾られた、ラグジュアリーホテルのようなフロント。革張りのソファーと猫脚のテーブルが置かれた小さなホールには、銀を基調とした上品な噴水盤まである。

芳賀によると、ここはアズサの住むマンションで、二十四時間三百六十五日、休日なしで、管理会社から派遣されたコンシェルジュがフロントに待機しているそうだ。

とてもではないが、絵麻の給料では手を出せないハイグレードなマンションに加え、これから住む部屋は最上階だと聞いて目眩《めまい》がしてしまう。

「結婚前提の同棲にはピッタリでしょ？」

エレベーターを降りて荷物を抱えた芳賀に言われ、絵麻は思わずこめかみを指で押した。

准教授とはいえ、研究職であるアズサの給料はそこまで高くないはずだ。どうやってここの家賃をまかなっているのか――

絵麻の表情から不安を読み取った芳賀が、にやりと口の端を上げた。

「家賃やらの生活費は気にしないでいいよ。ちゃんと困らないよう手続きしてあるからさ」

外交官のお仕事モードで言われ、恐縮してしまう。

一方のアズサはといえば、それを当然のように受け入れていた。

（そういえば、彼って王子様なんだっけ……）

今更ながらに思い出し、ますますこの同棲生活を上手《うま》くやっていく自信がなくなってしまう。

淡々と暮らそう。

大学で仕事をして、ごはんを食べて。それぞれの部屋にこもって過ごせばいい。

そう考えて部屋の玄関を潜《くぐ》ると、荷物を置いた芳賀のスマートフォンが鳴った。

「悪い、仕事の電話だ。……ついでにレンタカーも返してくるからあとはよろしく」

ひらひらと手を振りながら、スマートフォンを操作して芳賀が部屋から出て行く。

待ってください、と引き止める前に、絵麻の目の前でぱたりとドアが閉まり、室内にアズサと二人で残されてしまった。

もう少し落ち着くまでいてくれると思っていたのに、突然二人きりにされても困る。

この状態で、絵麻は次になにをすればいいのかわからない。

荷物を持ったまま緊張で固まっていると、アズサに長い溜息をつかれた。彼は、絵麻の手から荷物を取り上げ、スリッパを目で示す。

「玄関に突っ立っていられても時間の無駄だ。とりあえず、中を案内する」

「あ、はい」

先に廊下を進まれ、絵麻はぎこちない動きで彼の後ろをついていく。

最初に案内された先はリビングだった。部屋の一角が全面ガラス窓になっており、街の先にある海まで見渡せる景色のよさに、絵麻は感嘆の声を漏《も》らしてしまう。

フローリングに敷かれているのは、ウサギのようにふわふわした毛足の白いラグ。さらに、黒く艶光《つやびか》りするテレビとテレビ台、落ち着いたデザインのソファーセットが置かれていた。

システムキッチンのカウンターテーブルには、バーに置いてあるような回転椅子が二つ。

作り付けのガラス棚には、絵麻が見たこともない、高そうなお酒が並んでいる。

ガラスドアがついたラックにはパソコンやオーディオ機器があり、全体的にスマートな印象だ。

家具はモノトーンで統一されているが、窓際に木製のラックが置かれ、いろいろなサボテンが置いてあるのは、芳賀の茶目っ気なのか、アズサの趣味なのか。

聞いてみたいが、勇気がなくて黙っていると、事務的にアズサが説明を始めた。

室内は4LDKで、廊下に面して二部屋、リビングから繋《つな》がる二部屋がある。現在、廊下側の二部屋がアズサの領域らしい。一つは書斎、もう一つは寝室だそうだ。

「だから、残り二部屋は君が自由に使えばいい。リビングとキッチン、その他の部分は共用になる。掃除は週に一度業者が入るから、必要最低限で構わない」

淡々と説明されながら、アズサがリビングから続く部屋の扉を開ける。そこから見えた内装に驚いた。

ガーリーな明るい色合いの部屋だ。

童話に出てくるような可愛いドレッサーと、レースの天蓋《てんがい》がついたセミダブルのベッド。

絵麻に用意された部屋は、パステルカラーと優しいデザインの家具で統一されていた。

あまりにも好みな室内に、思わず表情が緩《ゆる》んでしまう。

スタイリッシュで機能的なリビングとは真逆の雰囲気が不思議で、思わず絵麻はアズサに尋ねていた。

「家具は、備え付けって……聞いていましたが、これは最初からマンションに？」

持っていた荷物を床に置いて、絵麻のパソコンをインターネットに接続し始めたアズサが、ディスプレイを見ながら答える。

「こちら側の事情で巻き込んだのだから、せめて部屋くらいは落ち着けるように、君の希望を取り入れるべきだと思って、俺が……」

キーボードを打つ手を止め、口に手をあてたアズサが顔をしかめた。

（どういう、こと……？）

我ながら子どもっぽいと思うが、昔からお姫様が住むような乙女チックな部屋に憧れていた。けれど、住んでいるのが純和風の日本家屋《かおく》であることと、それを愛する祖父母の手前、自室を変えてしまうのは気が引けて、夢見るだけで終わっていた。

部屋の模様替えを悩んでいると、アズサに話したのは、もう随分前のことだ。

それなのに、覚えていてくれたということだろうか。

絵麻はにわかに鼓動が騒ぎ出すのを感じながら、アズサの横顔を見つめる。すると、彼は唇を引き結んで、キーボードを叩き始めた。

「いや、結崎教授に、指摘、されて……しただけだ」

どこか歯切れ悪く告げられ、膨《ふく》らみかけた気持ちがたちまちしぼむ。

叔父に言われたのなら、彼が従わないはずがない。

（昔言ったことを覚えていてくれたのかとか、ちょっと、期待しちゃった）

がっかりしそうな自分に気づき、絵麻はあわててアズサに背を向ける。

「そ、そうですか。あとで、叔父さんにメールでお礼を言っておかなくちゃ、ですね」

持ってきた箱のガムテープをはがし、荷物を探す振りをしながら、気持ちを切り替えようと努力する。

「必要ないだろう。どうせすぐ研究室に戻るから、俺から報告しておく。君は——ここを片づけるのに専念すればいい」

「そう、ですか……」

胸の中にわだかまる気持ちをぐっと呑み込み、絵麻は淡々と手を動かした。

そんな絵麻を見つめていたアズサが、なにか言いたそうにしていたことにも気づかず、絵麻は片づけに没頭したのだった。


パソコンの設定など、アズサでなければできない作業を終えた途端、もう用はないとばかりにアズサは研究室へ出かけてしまった。

残って荷物の片づけをしていた絵麻だが、当面の必需品しかなかったために、二時間ほどで終わってしまう。このままなにもせずにいるのも鬱々《うつうつ》としそうで、絵麻は玄関や台所など、共用部分の掃除にはげんでいた。

無心で床を磨《みが》いているうちに、手元が暗くなっているのに気づいてふと考える。

(そういえば、アズサさんは、ごはんとかどうしているんだろう……?)

同じ職業、職場であることから、帰宅時間も叔父と同じだろうと予想はつくが、食事についてはまるでわからない。

今までは、叔父の食事も絵麻が作って冷蔵庫に入れていた。しかし、アズサは身内ではない。勝手に台所を使って彼の食事も用意するのは、出しゃばりすぎだろう。

恋人や本当の婚約者なら、食事を用意するぐらい許されるかもしれないが、アズサにとって絵麻は、嫌々、仕方なく、同棲しているにすぎない相手だ。

余計なことをして、今後の生活がますます息苦しくなってしまうのは、本来の目的――薬の完成まで婚約者のふりをして時間を稼《かせ》ぐこと――の妨《さまた》げになりかねない。

周囲の散策がてら外食することに決めて、絵麻は財布を入れているバッグを片手にマンションを出た。

大学の近くにある小規模な商店街では、買い物を終えた主婦や外食しようと店を探す者の姿が目につく。

しばらくその中を歩いていたが、幸せそうな家族や恋人連れの多い中、一人ぼっちでいる自分が居たたまれず、絵麻はいつのまにか大通りの裏手に入っていた。

店じまいを始めた雑貨店などが連《つら》なる小道の突き当たりに、緑の植木鉢に囲まれたテラス席が見えて、なんとなくそちらを目指す。

そこは、三色の国旗がなければイタリア料理を扱っているとわからないほど、地味なしつらえのレストラン兼居酒屋だった。

窓から中の様子をうかがうと、隠れ家的な雰囲気なのが見て取れる。

黒板に手書きされたメニューについている価格も手頃だ。

初めての店ということもあり、カウンターに座った絵麻は、無難そうなシェフのおまかせを頼む。

やがて、ペペロンチーノパスタとチーズピザのハーフセットと、グラスワインが運ばれてきた。

（本当なら、こういうお店って、女友達や、恋人と来たりするもの……だよね）

薄暗い照明の店内に、オペラの名曲をポップにカバーした音楽が有線放送から流れている。そんな中、絵麻は、顔を寄せ合って語り合う人達を横目に、一人寂しくフォークでパスタをつつく。

しかし、パスタでお腹が落ち着き、おいしいピザで白ワインを飲んでいるうちに、少しずつ気分が浮上してきた。

一人の外食に慣れず、黙々と食べていた絵麻に、カウンター内から女性バーテンダーが声を掛けてくれたのも大きい。

さらに彼女は、サービスでミニトマトのオリーブオイルマリネの載った小皿を出してくれた。それから、イタリア料理についての話が弾み、来週の日替わりメニューの予定や、月ごとの新作情報が載っているお店のウェブサイトなどを教えてもらう。

公式のSNSをフォローしようと思ったら、スマートフォンの電源が切れていた。

お店の人が充電していいとケーブルを出してくれたが、予定よりすっかり遅くなっていたため、絵麻は帰宅することにした。

とはいえ、まだ夜更けには早い時間だが。

帰ったところで、誰もいないだろうと思いつつ、芳賀から渡されたマンションの鍵でドアを開く。

リビングに明かりがついているのに気がついた途端、絵麻の心拍数が跳ね上がった。

アズサが帰ってきている？

酔って少しだけ熱っぽくなっている息を吐いて、心を落ち着かせようとする。

けれど絵麻の心はちっとも落ち着いてくれない。

（どう……しよう）

部屋にアズサがいるというだけで、緊張して鼓動が速くなる。迷うようにうつむくと、首の後ろで結んでいた髪が肩から前に滑り落ちた。

しばらく悩んだ末に、意を決してリビングのドアを開く。

「た……だ、いま、戻り、ました」

つっかえながら声を掛けると、ソファーで脚を組んで座っていたアズサが絵麻のほうを向いた。

「どこに行っていた」

「え……。あの、食事、に」

冷たく低い声に、返事が途切れがちになってしまう。それが聞き苦しかったのか、瑠《る》璃《り》色の目が鋭く細められ、絵麻は思わず息を呑んだ。

「君は昨日、我々の説明を聞いて、同棲することに同意した。その理由をもう忘れたのか？」

詰問《きつもん》口調に、絵麻の身体が強張《こわば》る。

「そ、れは……婚約者のふりを、して、薬の完成まで時間を……」

「そうじゃない」

アズサが絵麻の言葉を途中で遮《さえぎ》った。

「どうして一人で外に出て……こんな時間まで戻らなかった」

「まだ研究室にいるのかと思って。その、叔父さんも明後日《あさって》は朝一で海外だし」

しどろもどろに言い訳を述べているうちに、昨日の会話を思い出して、声が出なくなった。

——巻き込む以上、君を守るのは俺の義務であり責任でもある。

彼の言葉を思い出し、自分の行動を反省する。アズサが怒るのも当然だろう。

「ごめんなさい」

これは、なんの連絡もしなかった絵麻が悪い。

真面目なアズサのことだ、たとえ絵麻を苦手としていても、叔父との約束は守ろうとするだろう。彼が絵麻の軽率さにいら立つのももっともだ。

「君になにかあったら、結崎教授に申し訳がたたない。もう少し立場を理解してくれ」

責めるような命令口調のあとに、安堵に似た溜息をついたのは気のせいだろうか……アズサが無言で立ち上がり、絵麻の横を通り過ぎて部屋を出て行こうとする。すらりとした肢体が目の前に影を作り、アズサからわずかに漂《ただよ》う没薬《もつやく》――ミルラ独特の甘くスパイシーな香りに、絵麻の心臓が大きく跳ねた。

「あの……」

本当にごめんなさいと、きちんと謝罪の気持ちを伝えたいのに、すぐ側にいるアズサを意識して身体が震えてしまう。

息苦しさをなんとかしようと、絵麻はわずかに唇を開いた。

「君は……」

絵麻の前で立ち止まったアズサは、そう言ったきり口をつぐむ。代わりに指を伸ばし、爪の平らな部分で絵麻の輪郭をなぞった。

嫌悪とは違う、なにかを問いたそうな彼の視線に、絵麻の戸惑いが大きくなる。

触れられている場所がやけに敏感になって、熱だか怖気《おぞけ》だかわからないものが背筋を走り抜けていく。重苦しい空気に、喘《あえ》ぐように息を継いだ。なにも言わず、ただ絵麻を見つめるアズサの真意が読めない。

(どうしよう、胸が苦しい。――苦しくて、息も辛いのに、やめてって言えない)

なにかが変だ。

けれどそのおかしさを説明するだけの知識も、経験も、絵麻にはない。

必死になって自身の心の内を探るほどに、正しい答えや取るべき態度が砂のようにさらさらと心を通り抜けていく。

ただわかるのは、アズサの指が触れた場所から甘美な震えが全身に広がっていくことだけ。

この状況に耐えられなくなった絵麻は、思い切って口を開いた。

「ど、どうしたんですか、アズサさ……」

うっかり彼を名前で呼んでしまい、絵麻はあわてて両手で口を塞《ふさ》いだ。咄嗟《とっさ》にアズサから一歩下がろうと足を動かすが、酔った足は急な動きについてこられず、もつれて倒れそうになる。

「きゃっ……！」

直後、アズサが素早く腕を伸ばして、絵麻を抱き留めてくれた。

力強く引き寄せられ、勢いづいた身体がぶつかるようにしてアズサの腕の中に閉じ込められる。密着した身体から伝わるアズサの熱い体温や鼓動に、絵麻は身を強張《こわば》らせる。

逃れようともがくけれど、なぜかアズサの腕が放してくれない。困り果てた絵麻は、あまりの恥ずかしさに潤《うる》んだ瞳で彼を見上げた。

「……ッ！」

喉《のど》で声を殺すアズサに気づいた時には、絵麻はもう唇を奪われていた。

突然の出来事になにも考えられなくなる。

そんな中、なんとか彼の胸を押して距離を置こうとするけれど、さらに強く腰を引き寄せられて身動きができなくなった。

（アズサ、さん……？）

わけがわからないまま、絵麻はアズサにキスをされる。彼は何度も角度を変えて、唇を押しつけては離すキスを繰り返し、やがて絵麻の唇の縁を舌先で辿《たど》りだす。

アズサは自分を避けているのではなかったのか。それなのにどうしてこんなキスをしてくるのだろう。考えるうちに、絵麻の胸が切なく疼《うず》きだしてしまう。

しかし、理性がどんなに警告を発していても、絵麻はアズサを拒絶しきれない。それどころか手を伸ばし、すがるように彼の上着を掴《つか》んでいた。

それを感じ取り、これまで逃すまいと力強く腰を抱いていたアズサの手が緩《ゆる》んだ。

そして、優しく腰から背筋へ手の平を往復させる。その心地よさに、次第に絵麻の身体から強張《こわば》りが抜けていった。

さらに彼の手は、キスの合間に首筋をくすぐり、戯《たわむ》れるみたいに髪をまとめていたシュシュを解いて、髪の間に指を通してくる。

髪を撫でるアズサの指に、うっとりと目を閉じかけたところで唇が離れ、ハッと我になぜか心細さを覚えて声を上げると、アズサが絵麻の額《ひたい》に唇を押しあてた。

再びキスをされ、そのまたっぷりと下唇をねぶられる。次に上唇を軽く噛まれ、甘い痺《しび》れが徐々に下腹部へと溜まっていく。

「ん……ふ、ぅ……んっ」

アズサは無言で顔を傾け、絵麻の首筋にキスをしだす。彼の髪が肌をくすぐるのにさえぞくぞくする。

根気強く唇を愛撫《あいぶ》され、息苦しさに負けて絵麻が口を開くと、アズサの舌が口の中へと入ってきた。

互いの唾液が混ざって立てる密かな水音に、絵麻は恥ずかしさと居たたまれなさで、身を小さく震わせる。

そんな絵麻に構わず、アズサは舌先で歯茎をなぞり、舌を絡《から》めて強く吸う。

痛むほど舌根を吸われ、絵麻が顔をしかめる。すると、アズサは宥《なだ》めるように舌を動かし、愛撫《あいぶ》ともいえない微妙な動きで口腔《こうこう》を探っていく。

いつしか絵麻は、アズサとのキスに夢中になっていた。

甘くてとろりとした唾液が喉奥《のど》を伝う。呑み込みきれずに溢《あふ》れた唾液が、唇の端からこぼれていった。彼の唇や肉厚な舌での愛撫《あいぶ》に腰が砕けそうになる。

絵麻の背中を撫でていたアズサの手が、肩甲骨《けんこうこつ》の辺りをぐっと押す。

抗《あらが》えない力で双丘の膨《ふく》らみを彼の胸板に押し付けられる。さらに、互いの胸を擦り合わせるように身体を動かされ、絵麻の口からたまらず声が漏《も》れた。

「ふ……く、ぅ」

押し潰された胸の中心が、硬く芯を持ち始めるのがわかった。シャツを隔《へだ》ててなお伝わってくる熱に、身体が蕩《とろ》けてしまいそうだ。

（熱……い）

これまでになく異性と密着している状況を意識して、絵麻の身体が震えた。

その間にも、アズサは唇から頬、こめかみへとキスの位置を上げていく。耳に彼の口が触れると、形を確かめるように舌でそこを舐《な》められた。

「……っ、んっ……やっ」

身体がおののき、先がわからない不安から制止の声を上げた。

キスや触れるだけでなく、もっと親密なことをされてしまうと、きっと、アズサへの気持ちを抑えられなくなる。

恋人同士ならまだしも、こんな風に彼の気持ちもわからないまま、流されていくのは怖い。

しかし聞こえていないのか、アズサは絵麻の耳を余すことなく舌で愛撫《あいぶ》する。ぞくぞくとした快感が背中を駆け上がり、絵麻はアズサにしがみついた。

理性ではこれ以上はいけないとわかっているのに、アズサを求める心を止められない。与えられる感覚に陶然となりながら彼に身を預けていると、不意に両脚の間にアズサの脚が割り込んできた。

咄嗟《とっさ》のことに反応できないでいる間に、アズサは絵麻の秘裂に己の太腿を押し付け、強弱をつけて刺激し始める。

「きゃっ、やっ……な、に……」

汗とは違うなにかで濡れて、妙に滑りがよくなった下着が、アズサの腿に擦り上げられてにゅくにゅくと動く。

「ひゃっ」

脚で擦られる場所に、一点、強烈に痺《しび》れる部分があって、たまらず絵麻は背を反《そ》らした。

絵麻は甘い疼《うず》きから逃れようと身をよじるも、しっかりと抱きかかえられた状況では、彼の動きを阻《はば》みきれない。

「っ……、ぁ、あ……ど、して……？」

思考がまとまらなくなった絵麻が、ろれつの回らない舌で理由を尋ねる。すると、アズサが腕を絵麻の腰に回し、力を込めて尻を掴《つか》む。絵麻の脚が浮くほど持ち上げ、己のたくましい太腿にまたがらせると、ゆっくりと前後に揺さぶりだした。

「あっ……あ……ん……っ」

アズサの脚に擦られた秘部が痺《しび》れだす。中から溢《あふ》れてくるもののせいでショーツが濡れているためか、布の摩擦で痛みを覚えるようなことはない。逆に刺激で恍惚《こうこつ》としてしまう。

ふとした弾みに強く押し当てられると、声がさらに出てしまいそうで喉《のど》に力を入れるが、呼吸が乱れるのはどうにもできない。

静まりかえったリビングに、男と女の乱れた息遣いとみだりがましい粘着音が響く。それがますます絵麻の羞恥心《しゅうちしん》を煽《あお》った。

（どうして、こんなことになっているの？）

初めての感覚が絵麻の思考能力を奪っていく中、戸惑いを凌駕《りょうが》する快感にただ身を震わせる。

（――頼まれても手を出さない。そう言ったのに、どうして……）

脳裏に浮かんだ疑念が、アズサに与えられる刺激で打ち消されていく。

せめて、はしたない声を抑えようと唇に歯を立てると、アズサがキスを仕掛けてくる。

「や、だ……、もう、やめて、く、だ……」

首を振ってキスを解き、なんとか拒絶の言葉を口にする。だが、どうしてかそれは、アズサを煽《あお》る結果になったようだ。

彼は絵麻の秘裂の、もっとも敏感な場所を集中的に攻め始める。

「んん、あ……やっ……あぁ」

強すぎる快感を波のように繰り返し与えられ、絵麻の頭が徐々にぼんやりしてきた。

やがて目の奥で白い光が弾ける。脳天を突き抜けるような衝撃に、絵麻はアズサの胸に手を突っ張り、痛いほど背筋を反《そ》り返らせた。

「あっ、あ…………あぁっ！」

初めてのぼりつめた絵麻の四肢が、ぐったりと力を失う。

悦楽の余韻に震える身体をしっかりと抱きしめられる。耳に触れたアズサの唇が、絵麻、と名を呼んだ気がした。

満たされた気持ちが胸に湧き上がり、絵麻は荒い息を整えながらアズサの胸に頬を寄せる。

重くて怠《だる》い腕をなんとか持ち上げ、アズサの背に回した。

直後、アズサが息を呑み、唐突に絵麻から身体を離す。

強張《こわば》った表情を浮かべる彼に、甘美な幸せに酔いしれていた身体が一瞬で凍りついた。

たちまち目の前に分厚い壁を作られた気がして、心が痛みを訴える。

アズサは、絵麻から視線を逸《そ》らしたまま苦しげに告げた。

「……すまない」

これはなにに対する謝罪なのか。どういうつもりでキスをしたのか。

なにもわからず戸惑う絵麻を置き去りにして、アズサが部屋を出て行った。

絵麻はぺたりと力なくフローリングに座り込み、静かに涙を流した。

3　泣きたいわけではなく、泣かせたいわけでもなく

（……結局、一睡もできなかった）

アズサ・サウダッド・ハリーファは、重い頭に手をあて、のろのろとベッドから起き上がる。

クリーニングされたスーツやシャツが並ぶクローゼットが目に入り、苦い息をついた。

なんの問題もない。いつも通り着替えて、大学に出かけるだけだ。

けれど気持ちがすっきりしない。日曜であることを差し引いても、こんなに研究に――

仕事に対して気が乗らないなど、今までになかった。

その理由ははっきりしている。絵麻だ。

昨夜、絵麻に見つめられた瞬間、心が求めるまま、彼女にキスをしてしまった。

その時から、アズサは自分を律する手段がわからなくなっていた。

（頼まれても手は出さないと、自分から宣言しておきながら、その約束を一日で破るとは……）

視線を足下に落とし、己の愚《おろ》かさを後悔する。

合わせる顔がない、とは正にこういうことを言うのだと実感し、アズサはきつく唇を噛んだ。

これまで、誰に対しても、一定の距離を置いていた。

それは、恩師の結崎教授や、従弟《いとこ》の芳賀でも変わらない。

礼儀正しく、誠実に、角を立てないようにしながら、決してプライベートな部分には寄せ付けなかった。

なぜなら、たとえ絶縁状態にあるとはいえ、自分はルクシャーナ王国の第二王子であり、王太子に次ぐ王位継承権を持っている。

万が一が起きた場合、面倒ないざこざに巻き込まれる可能性は高い。そこに、自分だけではなく他の誰かを巻き込むわけにはいかない。

（愛する人であれば、なおのことだ）

アズサには、母の命を奪い、今度は兄の命を奪おうとしているザムザ病の治療方法を確立するという、人生の目標であり、自身に課した絶対の使命があった。

そのためなら、なにを犠牲にしても構わないと決意していた。

だから、一人でいる。一人でいなければならない。それが、アズサの判断だ。

つまり、これまではあえて絵麻と距離を置いてきたのである。なのに、こんな面倒事に巻き込んで、どれだけ彼女を傷つけたかしれない。

昨日、結崎の家を出る時。無理をして笑みを浮かべる絵麻の目に涙の跡を見つけてしまい、猛烈《もうれつ》な後悔が押し寄せてきた。

彼女にすべてを打ち明け、愛を乞いたい衝動をなんとか抑えて、アズサは研究室へと逃げ込んだ。

そして、帰宅して絵麻がいないことに気づき、血の気が引いた。

彼女にもしものことがあったらと、いてもたってもいられなくなった。

スマートフォンに電話をかけても、電源が切れているというアナウンスが流れるだけ。意味もなく雑誌をめくりつつ、芳賀に電話するべきか、直接捜しに行くべきか思案しているところに、絵麻が帰ってきたのだ。

本当は抱きしめて、この手で絵麻の無事を確かめたかった。

だが、手を出さないと宣言し、必ず守ると結崎教授に約束した手前、あえて突き放す態度を取ってしまった。

しかし、その自制も、絵麻から名を呼ばれて一気に崩れた。

思わず、と言った様子で「アズサさん」と呼んだ絵麻から、隠しきれない自分への恋情を感じ取り、愛おしさが溢《あふ》れだす。

逃げようとする絵麻を引き寄せると、彼女の柔らかな感触や、甘い香りがアズサの五感を強く刺激し……気がついた時には、彼女の唇を奪っていた。

直前まで彼女を失うかもしれない恐怖を抱いていたからか、腕の中にいる彼女のなにもかもを確かめずにはいられなくなった。

しかし、初々《ういうい》しい反応を見せつつアズサとのキスに耽溺《たんでき》し始めた絵麻に、理性が吹き飛ぶのはすぐだった。貪欲に彼女の反応を求め、引き出すのに夢中になる。

アズサによってイかされた絵麻が、そっと抱きしめ返してきた時、彼女を手放したくないと思った。けれどそれは、自分にとっても、絵麻にとっても危険な考えだ。

一瞬で我に返り、彼女の前から逃げ出した。

結婚はしない。できない。それが誰も失わないための、唯一にして最善の策だ。

そうわかっていながら、この言葉にできない思いは、とどまること知らないまま、彼女を求めてやまない。

（なにをやっているんだ。俺は）

目の前に落ちてきた金髪を無造作に握りしめる。

暴走しそうな思いを胸に押し込めようと、痛むほど唇を噛んだ。その時、控えめにドアをノックする音が聞こえて、アズサは身を強張《こわば》らせる。

「ハリーファ准教授？」

研究室にいる同僚の一人という節度を守った絵麻の呼び掛けに、心臓がきりりと痛む。

返事をしたい気持ちを抑え、黙っていると、もう一度、ノックと共に絵麻が語りかけてくる。

痛々しいほど無理をした絵麻の声に、胸が痛んだ。

そうさせている自分にいら立ち、性懲《しょうこ》りもなく昨日のように名を呼ばれたがる本音を押し殺す。

矛盾した気持ちで、これ以上彼女を傷つけないため、息をひそめて黙り込む。

「あの、寝ていたら、ごめんなさい」

彼女の足音が遠ざかり、玄関のドアが開く音が聞こえた。

「絵……、結崎ッ！」

あわてて部屋を出るが、すでに絵麻の姿はなく、彼女のサンダルも見あたらない。

そこへ、アズサのスマートフォンに「朝食を買いに、コンビニへいってきます」と絵麻からメールが届いた。

アズサは手近にあった服を着るや否《いな》や、家を飛び出した。エレベーターを待つのももどかしく、階段を駆け下りる。

そうしてアズサは、絵麻を追い早朝の街を走りだした。

◇◆◇

目覚めた絵麻は、自分がどこにいるのか一瞬わからなかった。

木の匂いがする日本家屋《かおく》とはまったく違う、パステル調の家具やカーテンで統一された乙女チックな室内。まだ夢を見ているのかと思って、泣いて腫《は》れぼったくなったまぶたを何度も瞬《まばた》きさせる。

のろのろと身体を起こして床に足をついたところで、ようやくアズサの偽婚約者として同棲を始めたことを思い出す。

壁掛け時計を見ると、時刻は午前五時前。カーテンの隙間から見える空は、まだほのかに藍色がかっていた。

昨日は、散々な一日だった。

アズサがなにをしたいのかわからない。近づいたように思ったら、突き放される。

なのに、恋人のように求められて、絵麻が手を伸ばした途端に再び距離を取られた。

初日からこんな調子で、果たしてこの先やっていけるのか。

結局昨日は、部屋のベッドで泣いているうちに寝てしまったため、目は腫《は》れぼったいし髪はぼさぼさに広がっている。

このまま現実逃避し、寝ていたい気持ちを押しのけ、絵麻はバスルームへ向かった。

熱いシャワーを浴びるにつれて、冷静な思考が戻ってくる。

(割り切るしかない。――だって、そうでしょう?)

アズサがどういうつもりでキスしてきたのか、考えたところで絵麻にはわからない。

それでも、ザムザ病の薬を完成させるという目的のために、アズサや叔父達が動いてきたのは確かだ。絵麻だって、彼らが心血を注《そそ》いで研究を続けてきた姿をずっと見てきたし、父を奪った病から多くの人々を救うためならと、覚悟を決めて同棲を受け入れたはずだ。

(だったら、最後までやり抜くしかない!)

ドライヤーで髪を乾かし、よし、と気合を入れた。

七分丈のデニムにTシャツというラフな格好に着替えて、絵麻は家を出る。

直前に、アズサの部屋の前で声を掛けてみたが、寝ているのか返事がなかった。昨日のこともあったので、絵麻は念のためエレベーターの中でメールに行き先を打ちこみ、一階につくと同時にアズサへ送信した。

早朝のマンションはとても静かで、住民と顔を合わせるどころか気配すら感じない。

フロントの中にいる男女のコンシェルジュが、折り目正しく挨拶《あいさつ》してくるのに小声で応《こた》え、うつむきかげんに歩を進める。

泣いて散々な状態の上に、メークもせずに外出するなど女子としていかがなものかと思う。

けれど、コンビニエンスストアに朝食を買いに行くだけだから、許されるだろう。

幸い勤務先である大学の医学部に近いため、どこになにがあるかはわかる。

目覚めきっていない街の中、絵麻は白く浮かび上がるコンビニエンスストアに向かって歩いた。

自動ドアを潜《くぐ》ると、店内から明るい曲が聞こえだす。

早朝ということもあり、店内には朝練習前らしき野球部の高校生らがいるくらいだ。

店員はサンドイッチやおにぎりなどの製品陳列に忙しく、いらっしゃいませの挨拶《あいさつ》もない。

他人に無関心なその空気が、今の絵麻には心地よかった。

かごを腕に下げ、店内をうろつく。

（……どうしようかな）

『なにがあっても、とりあえず食べる』、という祖母の言葉をおまじないのように思い浮かべ、絵麻は品物が並んだ棚を眺めていく。

マンションの冷蔵庫には、ミネラルウォーターと紅茶のペットボトルくらいしか入ってなかった。

野菜室と冷凍庫は空《から》っぽで、絵麻が呆然としてしまったほどだ。

（パンにサラダ、ヨーグルトと、野菜ジュースか……んー、スープに使うとしたら、トマトジュースのほうがいいけど……。マンションに鍋はあったかな？）

「コンビニで買うと、結構割高になっちゃうな」

もう少し待てば近所にある小さな商店街のスーパーが開く。改めて出直そうかと考えて、絵麻は頭を横に振る。

（勝手に、よその家の台所を使うのもなあ……アズサさんがいつ起きるかわからないし）

でも、しばらく一緒に暮らすなら、食事については決めておきたいとも思う。

休みのうちにアズサと話し合い、お互いが快適に暮らせる方法を考えなければ。

頭ではわかるものの、絵麻は急に顔が熱くなるのを感じた。

つくん、と胸の先から心臓へ、甘く鋭い疼《うず》きが走る。

キスをされ、身体をまさぐられ、快感に流されてしまった記憶がよみがえってきた。

恥ずかしさのあまり、小さくなって消えてしまいたくなる。

「無理、絶対無理ッ！　今、顔を合わせる、なんて……そんなの」

唇を噛んで身悶《みもだ》えしそうになるのを我慢していると、ジョギング途中の客でも入ってきたのか、荒い呼吸が絵麻に近づいてくる。

道をあけようと端に寄った瞬間、肩を掴《つか》まれて息を呑んだ。

ちょうど、財布とスマートフォンの入ったかごを持っているほうの肩だったので、ひったくりかと思い、肩にかかった手を振り解《ほど》こうと身をよじる。その勢いで肘を商品陳列棚にぶつけそうになった。

すると、人影は絵麻を守るように動き、肘が相手の胸を強く打つ。

「……ッ！」

「きゃっ、ごめんな……え？ハリーファ准教授⁉」

絵麻の身体を包み込んだ、乳香《にゅうこう》の甘くオリエンタルな香りと、琥珀《こはく》色の腕に驚いて顔を上げる。

「すまない。驚かせた。その……大丈夫か」

「わ、私、は、大丈夫ですけど……准教授が」

「……アズサでいい。絵麻」

名を呼ばれ、一瞬、心臓が止まった気がした。

「絵麻？」

もともと火照《ほて》っていた顔がますます熱くなる。動揺しつつ、どうしてと目で訴えかけると、耳に唇を寄せられた。たちまち、昨日のことが思い出されてどきりとする。

「婚約者なのに、堅苦しいのは……なしだ」

かろうじて二人だけに聞こえる声で、歯切れ悪く告げられる。

そうだ、演技をしなければ……と思うものの、動揺と恥ずかしさから咄嗟《とっさ》に反応できない。

「は、はい。ハリーファ……じゃなくて、えっと……アズサ、さん」

どうしてだろう。声が震え、小さくなって消えそうになる。

昔は、ごく当たり前に名前で呼んでいたのに。

(十代の勢いってやつだったのかな……)

あの頃は、深く考えず、祖母と同じ呼び方でアズサを呼んでいた。それに、まだ彼に憧れていただけで、恋愛対象として見ていなかったのもある。

こうして大人になってから、改めて名前で呼んでもいいと言われると、つい勘違いしてしまいそうだ。

(いやいや！　偽の婚約者だから！　それっぽく見せるのに必要ってだけだから！)

必死になって自分に言い聞かせ、絵麻はなんとか口を開く。

「あ、の、アズサさんも、朝ごはんを買いにいらっしゃったんですか？」

当たり障りのない会話を、と思って、なんとも間の抜けた質問をしてしまう。

おずおずと見上げると、アズサの驚いた顔が目に入った。

「いや。君が一人で家を出て行ったから、その……婚約者を心配してはいけないか？」

「へ?」

「君はまだ知らないだろうが、この時間は人通りが少ない。近場とはいえ、あまり一人で歩かないほうがいい」

ついっと視線を外されてしまったが、その目元はわずかに赤い。

その様子から、彼が自分を心配して駆けつけてきてくれたのだとわかる。

絵麻の胸が、ふわりと温かくなった。

「ありがとうございます。その、ごめんなさい。寝ているみたいだったから、メールで済ませてしまって」

「……ああ、そういえば……」

握りしめていたスマートフォンに視線を落とすアズサに、絵麻は首を傾《かし》げる。

「え? メールを見ていないのに、どうしてここが?」

「いや、その……見た。だから、つまり……ほら、朝食を買うんだろう?」

かごを持ち上げたまま珍しく目元を和《やわ》らげられ、不覚にもときめいてしまった。

(私、単純すぎ……だよね。あんなことされたのに、怒りもせず、少し優しくされただけで浮かれたりして)

好きになっちゃいけない人だから、演技だから、と何度も自分に言い聞かせて、二人並んでコンビニの総菜売り場を歩く。

絵麻は、朝食用に、しゃけと明太子のおにぎりをかごに入れた。するとごく自然にアズサが自分の分のおにぎりを入れてきて、妙にくすぐったい気持ちになる。

インスタントのカップ味噌汁も二つ入れ、お茶を選ぼうとしていると、アズサが総菜コーナーで足を止めているのに気がついた。

「アズサさん？」

ひょい、と横から覗《のぞ》き込む。アズサは一拍遅れて、ああ、と気まずそうに視線を逸《そ》らした。

「あ……」

そこに、小分けのトレイに入った二切れのだし巻き卵を見つけた瞬間、懐《なつ》かしい匂いが、ふわっとよみがえってくる。

そういえば、アズサは和食の中でも、ことの外《ほか》卵焼き――それも、祖母秘伝の甘いやつ――が好きだった。

思い出して、そっと視線を持ち上げると、アズサの瑠璃《るり》色の目が真っ直ぐに絵麻を見ている。

「……作りましょうか？」

「俺を胃袋で釣るつもりか？」

顔を横に向けて言われても、照れ隠しに拗《す》ねているとしか思えない。そんなアズサを、つい可愛いと思ってしまった。

「そんなつもりはありませんけど……久しぶりに、おばあちゃんに教わった卵焼きが食べたくなっただけです」

我慢できなくなり、くすっと笑ってしまう。すると、アズサがむっ、と眉を寄せた。

けれど、それをもう怖いとは思わない。

二人の関係は、恋人でも家族でもなく、薬が完成するまでの偽の婚約者でしかない。

（それでも……せめて、昔くらいの距離感は……許されるよ、ね？）

黙り込んだアズサに構わず、絵麻は棚にある卵や、スティックのだしの素をかごに入れる。

レジの前で財布からお金を出そうとすると、口を挟む間もなく、横からカードを出してきたアズサに会計を済まされてしまった。

お礼を言う絵麻を止め、彼は素早く荷物を持ち、もう片方の手で絵麻と手を繋《つな》ぐ。

「ア、アズサさん？」

突然、指を絡《から》める恋人繋《つな》ぎをされて声がうわずる。

動揺する絵麻に、アズサはしてやったりといった様子で笑った。

「婚約者の荷物を持ち、ついでに、手を繋《つな》いでいるが、なにか問題あるのか」

さっき、卵焼きの件で笑った仕返しだと気づくも、彼の手を振り解けない。

こんなことでいちいち動揺してはいけない。これは、婚約者の演技をしているだけだ。

わかっているのにドキドキするのを止められない。

歩きながら、どこか機嫌よさげに繋《つな》いだ手を振られていると、今までの冷たい態度が嘘みたいに感じられ、絵麻は頬が緩《ゆる》みだすのをどうにもできなかった。

そうするうちにマンションに着き、どちらからともなく一緒に朝食の準備をする。

インスタントの味噌汁にコンビニおにぎり。そして甘い卵焼きとコーヒー。和食か洋食か、健康的なのか不健康なのか、よくわからない食事がランチョンマットに並ぶ。

緊張してあまり手が動かない絵麻とは逆に、アズサは淡々とおにぎりとみそ汁を片づけ、最後に甘い卵焼きを口にしながらコーヒーを飲む。

（デザートじゃないんだから）

その様子に少しだけ苦笑しながら、変わらない彼に懐《なつ》かしさが込み上げてくる。

祖母が元気だった頃から、アズサは卵焼きと肉じゃが……それも、甘めの味付けのものが好きだった。嫌いなものはほとんどなかったが、この二つを口にする時は、本当に幸せそうな顔をしていたのを思い出す。

絵麻は、彼のくつろいだ表情を見つつ、コーヒーカップを両手で持った。きっと、今の自分もまた、彼と同じように幸せな顔をしているに違いない。

「どうした？」

「え、いえ……その。あ！　キッチン、予想していたより、随分、調理器具が揃っていたから、びっくりしました。アズサさんも料理するんですか？」

「いや。ここには大学時代から住んでいるが……俺はせいぜいコーヒーを淹《い》れたりする
くらいだ。いつの間にか調味料やらは増えていた」

賞味期限はこの間、芳賀がチェックしたから問題ないと素っ気なく言われて胸がモヤ
モヤする。

（……誰か、料理をする人と、一緒に住んでいたのかな……）

重くなりそうな気持ちを、深呼吸をして整える。溜息を隠すためにコーヒーの湯気を
ふっと吹いた。

考えても仕方のないことだ。自分は偽の婚約者でしかないのだから。

割り切ったつもりでも、胸が疼《うず》いてしまうのは我慢するしかない。

うつむいたままコーヒーの表面が波打つのを見ていると、アズサに名を呼ばれた。

「絵麻」

外だけでなく、演じる必要のない家の中でも名前で呼ばれて驚く。

「え、あ……はい。ハリーファ准教授」

動揺して、ついいつものように呼ぶと、アズサがわずかに唇を尖らせる。

「名前でいいと言った」

「家の中ですので、ええと、なんというか」

「普段から呼んでいないと、外ですぐ切り替えられないだろうから練習だ。慣れろ。……いや、その、俺にも慣れさせろ」

しん、としたリビングに時計の針の音だけが響く。

絵麻ならともかく、アズサが切り替えられないとは思えないのだが。きっと、絵麻に気を使わせないようにそう言ってくれたのだろう。

絵麻は自然に柔らかく微笑み、うなずいていた。

「はい、アズサさん」

「……それから、昨日は、悪かった」

アズサが居住まいを正して絵麻を見つめてくる。いきなり昨日のことに触れられて、絵麻は急に落ちつかなくなる。

（お、思い出させないでください！　その、理由は問いませんから！）

キスや愛撫《あいぶ》された時の感触が、身体の芯からじわっとよみがえり、体温が上がってしまう。

昨日のことは深く考えないと決めて、必死に忘れようとしているのに、そんな風に改まって謝られると困ってしまう。

「突然のことで、絵麻もどうしていいかわからなかっただろうに、その点を思いやれなかった。……今後の食事や、どちらかが不在の時についてだが……」

ああ、そっちか……と、脱力する。勘違いした自分を恥じる絵麻に構わず、アズサは指でテーブルの表面を弾いた。

「共用部分はともかく、俺は絵麻の部屋には立ち入らない。絵麻も、緊急の用がない限り、俺の部屋には入らないようにしてくれ」

「りょ、了解です。……ええと、帰宅時刻ですが、平日は把握できるので、遅くなるとか、出かける予定がある時は事前にメールしてもらうって、ことで」

つい目を泳がせ、アズサから意識を逸《そ》らしながら発言するが、すぐに会話に詰まってしまった。

そんな絵麻の横で、アズサが淡々とスマートフォンを操作している。

しばらくすると、絵麻はアズサに恋人専用SNSの画面を見せられた。

思わず変な声が出そうになって、すんでのところで口をつぐむ。

「細かい連絡は随時、これでしよう」

「えっと、それは……いわゆる」

「スマホのアドレスは、仕事でも使っているから誤送信の可能性がある。今、招待メールを送った」

いたって合理的な理由と素早い行動に、アズサらしいと思うのとは裏腹に、彼への特別な気持ちを押し留めるのが、どんどん難しくなっていく。

恋人専用SNSを開いたスマートフォンを両手で包み込み、途方に暮れてしまった。

ちらりとアズサをうかがうと、彼は空《から》になったコーヒーカップを弄《もてあそ》んでいる。

どこかお互いに、どのタイミングで立ち上がればいいかを計っているような緊張感があった。

「……出かけるか」

突然、なにかを決意した様子で、アズサが立ち上がる。

「え？」

「俺は外食に慣れているが、君は違うだろう。だったら、米とか食材が必要になるんじゃないのか？　……あと、俺のシャンプーを使っているようだが髪に合うのか？」

「あ、はい！」

急いでテーブルの上の食器を片づけようとすると、アズサの指に、癖のついた前髪を弾かれた。

「片づけは俺がやっておく。その間に君は、出かける準備をしてくるといい」

ここ数年、仏頂面《ぶっちょうづら》しか見せてくれなかったアズサが、微笑んでいるように見える。

絵麻はあわててお礼を言い、逃げるように自室へと駆け込んだ。

（これは……いわゆるデートというものでしょうか！）

アズサの運転する車の助手席に乗り、絵麻はシートの上で身を強張《こわば》らせながら心の中で叫ぶ。

迷った挙げ句、絵麻は襟元にビジュー刺繍《ししゅう》のあるVネックシャツに七分丈のデニムと薄手のジャケットを羽織ってきた。

外では婚約者を装《よそお》うといっても、なにを着ていいかわからず、結局、デート風と言えばそうだし、友人と映画を見ると言われても通るような、無難な服装を選んでしまった。

唯一、気合を入れたとすれば爪先《つまさき》の出るオレンジ色のサンダルくらいだが、ジェルネイルなど生まれてこの方友人の結婚式でしかしたことがない絵麻は、当然足下もベースマニキュアをするのがせいぜい。結果、おしゃれなんだか野暮《やぼ》ったいんだかわからない仕上がりとなった。

はっきりしているのは、どれだけメークに気合を入れて、服装をゴージャスにしても、アズサの隣に立つと、気が弱いマネージャーにしか見えないということだろう。

そんなことを考えているうちに、ショッピングモールに着いた。

日曜日だけあって、ショッピングモールは家族連れや恋人たちで賑《にぎ》わっている。

ペットショップと、雑貨や文具も買えるというコンセプトが売りの書店があるエリアでは、子ども達が着ぐるみのマスコットキャラを囲んで笑い声を上げている。

その光景に少しだけ緊張を解《ほぐ》されていると、ごく自然な流れでアズサに右手を取られ、指を絡《から》めて繋《つな》がれた。

あっ、と声を出しかけて呑み込んだ。

熱を持って赤くなった頬をハンカチで押さえながら、さりげなくアズサを見上げる。

これだけ人が多いショッピングモールでも、アズサのオリエンタルな美貌は目立つらしく、周囲の視線を集めまくっている。

なのに彼は、人に見られることに慣れているのか、まるで気にした様子もなく、絵麻を人の流れから庇《かば》いつつフロアを歩く。

一階でシャンプーとリンス、歯ブラシなどの生活用品、絵麻専用の茶碗やマグカップなどを買う。

二階に上がって百円均一ショップで家に忘れてきた細々《こまごま》とした雑貨を揃えていると、ショッピングモールでイベントが始まったのか、メイン通路が着ぐるみ軍団と子ども達、その様子を写真に撮る親で混雑し始めた。

仕方なく通りを迂回《うかい》して、食料品売り場へ下りるエスカレーターを目指すが、考えることは皆同じなのか、エスカレーター付近も人が一杯だ。

待っていればそのうち動き出すだろうと、絵麻は歩き疲れた足を休める。

隣にいるアズサと手を繋《つな》いでいることで、心なしか絵麻まで注目されている気がした。

周囲から向けられる遠慮のない視線が、どうにも落ち着かない。

アズサに握られた手が熱くて、指を閉じたり開いたりしていると、繋《つな》いだ手が離された。寂しさを覚えているると、すぐにしなやかな腕に肩を抱かれる。

（ち、近いです！　アズサさん！）

婚約者のふりをする——を、律儀に守って、それらしく見えるようにしてくれているのだろう。だが、アズサに好意を持っている絵麻は平常心でいられない。

とてもじゃないがアズサのほうを見られず、さりげなく周囲に視線を逸《そ》らすと、まばゆい輝きが目に飛び込んできた。

「わ……っ」

紺色のビロードを敷き詰めたショーケースの中で、プラチナのペアリングが輝いている。

中でも、プリザーブドフラワーに囲まれ飾られている、大粒のダイヤモンドを嵌《は》め込んだリングが目立っていた。

（……いいなあ。いつか私も、こういうのをもらえるようになるのかな）

上品なデザインもさることながら、男性用と重ねると愛を誓う言葉が浮かぶ、という説明を読みながら笑みを浮かべる。だがそこで、絵麻はすぐに頭を振った。

少なくとも、アズサを忘れられないうちは、次の恋など無理だろう。ペアリングなど夢のまた夢だ。

苦笑してショーケースから離れようとしたところで、店先に出てきた女性店員に捕まってしまった。

「なにか、お気に召したものがありましたか？　こちらのショーケースのリングは、イタリアのデザイナーが作成している一点物のペアリングです。ベネチアスライド調整式のフリーサイズになりますから、即日お渡しも可能ですよ」

すばやく絵麻の手に視線を走らせた店員は、営業スマイルを浮かべてたたみかけてくる。

「シンプルなデザインですので、普段使いしやすく、結婚指輪としてお求めになられる方も多いんですのよ。よろしかったら嵌《は》めてごらんになりますか？　ぜひ彼氏さんも一緒に。きっとお似合いになりますよ？」

滑《なめ》らかな営業トークに、絵麻はたじたじしてしまう。

（もし、アズサさんが本当の婚約者、いや、そこまでいかなくても恋人だとしたら、試着はアリかもしれないけど、実際はそんな関係じゃないし）

「い、いいえ！　私達、そんな関係じゃないですから！　その、綺麗だから……つい、見《み》惚《と》れてしまって。……冷やかしてごめんなさい！」

勘違いしていると思われるのが嫌で、絵麻はアズサの手首を掴《つか》んで引っ張り、人混みの中、食品エリアへ下りるエスカレーターのあるほうへ進む。

息切れして立ち止まると、アズサが身体を屈《かが》めて絵麻の顔を覗《のぞ》き込んできた。

(アズサさん！　さっき以上に顔が近い！　近すぎます！)

前髪同士が触れる。それだけでも心臓が破裂しそうなのに、間近からラピスラズリの瞳で見つめられ、絵麻は目眩《めまい》がしそうだ。

「絵麻」

「は、はぃい？」

胸をドキドキさせながら、調子っぱずれな声を出してしまう。それを聞いた周囲の買い物客達に笑われたが、目の前のアズサのことが気になってそれどころではない。

「そこは、さすがの俺でも付き添いづらい」

「え……あー……そう、ですね」

アズサの指摘に後ろを見ると、見事に女性用生理用品や化粧品のコーナーが広がっていた。

「じゃ、じゃあ……その、買い物が終わったら連絡しますので、書店にでもいてください」

深呼吸を二度して気持ちを落ち着かせてから、そうお願いする。

彼はうなずいて、なぜか絵麻の頭を二度ぽんぽんと叩いてから歩き去っていく。

すれ違う一瞬、彼が笑っているような気がした。その笑顔が、高校生の時によく見た絵麻の『兄』で『王子様』だった頃の、優しいアズサの表情そのままで、絵麻はしばらく立ち去る彼の背中に見惚《みと》れていた。

お米に人参《にんじん》、ジャガイモ、タマネギ。取り急ぎのレシピで使える缶詰などの晩ごはんとお弁当用の食材、サニタリー用品など細々《こまごま》としたものを買う。

必要な買い物を終えた絵麻は、アズサと合流しマンションへ戻る。荷物を部屋に運び終えた頃には、すでに夕食の時間を過ぎていた。

明日の月曜日は、お互い仕事である。それを考えると、今から夕飯を作ったのでは遅くなってしまう。どうしようかと思っていると、アズサに外食すると宣言された。

彼のあとをついて外へ出ると、どこか通った記憶のある道にさしかかる。「あれっ？」と思った時、植木鉢の陰からテラス席が現れた。

どこからか迷い込んだ桜吹雪と一緒に、風に踊るイタリア国旗が見える。

（ここ、昨日、来た……）

アズサの背中と店構えを交互にうかがいながら、昨日来たことを告げるかどうか悩む。

絵麻が迷っているうちに、勝手知ったる様子でアズサが店の扉を引き開け、先に入れと絵麻を促《うなが》した。自然とエスコートしてくれるのは、王子というか、彼らしい。

「ハリーさん。今日は彼女連れですか……って、あらら。昨日の新顔さんじゃない！」

カウンターの中でグラスを拭いていた女性バーテンダーが、艶然《えんぜん》とした笑みでからかってくる。

日曜日で、夕食の時間もそろそろ終わる頃だからか、客はバーカウンターで飲む大学生らしき男性達だけで、テーブル席は思いの外空いていた。

二人は一番奥の静かな場所へと案内される。

「昨日の新顔……?」

首を傾《かし》げたアズサに、砕けた口調でバーテンダーが告げる。

「そうよ。一人ぼっちで迷い猫みたいな顔してごはんを食べていたから、おしゃべりしたの。そうか、なるほどね。ハリーさんと喧嘩してここに来ちゃったわけか。というか、ハリーさんに彼女がいたことにびっくり」

アズサは女性の言葉に、肩をすくめてイエスともノーとも答えなかった。

「えっと……違うというか、彼は職場の……」

「違わない。……絵麻」

そう言うなり、アズサはカウンターに座る大学生達から遠ざけるように、絵麻を奥の椅子に座らせる。まるで独占欲の表れのような仕草に、どう反応していいかわからない。

(集中、演技!　勘違いしない!)

絵麻は、速まる鼓動を必死に落ち着かせて、気持ちを引き締める。

差しだされたおしぼりで手を拭きメニューを選んでいると、白ワインのグラスが二つテーブルに置かれる。

「お祝い。ハリーさんがここに女の子を連れてくるなんて、初めてのことだから」

「うるさい。構うな。……絵麻も、早く選べ」

眉を寄せてアズサは店の端を眺めている。それを見たバーテンダーの女性が噴き出しつつ、なにを頼むか迷っている絵麻に、「お任せでいい？」と聞いてきた。

厨房《ちゅうぼう》からガーリックとトマトソースのいい香りがして、空腹が強く意識される。

前菜代わりにと出されたトマトとモッツァレラチーズのカプレーゼをつついていたら、アズサがぼそりとつぶやく。

「昨日はここに来ていたのか」

「はい。料理の話で盛り上がってたら遅くなっちゃって……。ここには、アズサさんもよく来るんですか？」

ワインを飲んでいる間も、アズサからの視線を感じて落ち着かない。

「ハリーさんって呼ばれていましたけど」

彼と見つめ合う勇気が持てず、カウンターのほうを見ているとアズサが大きな溜息を落とす。

「ハリーファを聞き間違えられて、オーナー夫妻も訂正しないから、そのまま呼ばれているだけだ」

「それで、ハリーさん、ですか」

顔をしかめてバーテンダーの女性を睨《にら》むアズサに、絵麻は笑いたいのをなんとか我慢する。

しばらく、たわいのない会話を続けていたが、ふっとそれが途切れた。言葉もなく、互いにワインを飲む。

だがこれまでと違って、無言でいるのが苦にならない。

少しして、シェフコートを着た中年男性が、トマトとなすのおいしそうなパスタと、生ハムの盛り合わせを運んできてくれる。

アズサはシェフから、本命かとからかわれるのを無視して黙々とパスタを食べ始めた。

(箸《はし》遣いも綺麗だったけど、フォークも綺麗に使うなあ……育ちのよさが自然にわかるというか)

ちょうどよい分量でフォークに絡《から》められたパスタが、綺麗な仕草で口に運ばれていく。

つい見入っては、彼と目が合って急いで手を動かす……というのを繰り返す。

デザートのティラミスが運ばれてくる頃には、ちょうどいい満腹感とアルコールで、なんだか眠たくなっていた。

アズサはサンブーカというリキュールに、コーヒー豆を浮かべて火を灯《とも》したカクテルを見つめていた。揺らぐ蒼い炎がふっと消え、コーヒーのエキスが流線模様を描きながら、無色透明のリキュールを琥珀《こはく》色に染めていく。

その様子を眺めていた絵麻の前に、横長のジュエリーボックスが差しだされ驚く。

「アズサさん？」

開けろという風に促《うなが》され、絵麻はおずおずと手を伸ばす。

ビロードの貼られたケースが指先に滑《なめ》らかな感触を伝えてくる。それに女性らしい喜びを感じながらゆっくりと蓋《ふた》を開ける。

そこには、ショッピングモールで絵麻が見惚《みと》れていた、プラチナのペアリングが並んでいた。

「これ……」

「……婚約しているのに、リングもないと疑われるだろう」

絵麻の視線から逃れるみたいに、じっとカクテルを見つめてアズサが言った。その言葉を聞いた途端、泣きたいような、笑いたいような、なんとも言えない衝動が胸の奥から込み上げる。

偽の婚約者なのに、まさか、ペアリングをもらえるなんて思ってもみなかった。

「ありがとうございます……すごく、綺麗で、その……」

女性用の指輪を摘《つ》まんで光にかざす。すると、目の前のアズサが、瑠璃《るり》色の瞳を細めて微笑んでいるのが見えた。嬉しくなって、思わず彼に問いかけてしまう。

「嵌《は》めてみても、いいですか？」

「こういうのは……女が自分で嵌《は》めるものじゃない」

そう言って、アズサが絵麻の手を取り柔らかく薬指を撫でる。途端にじんとした甘い痺《しび》れが指先を伝って心臓を直撃した。

鼓動が速くなり、身体が火照《ほて》っているのは、決してワインを飲んだからだけじゃない。

絵麻から受け取ったリングを、厳粛な面持《おもも》ちでアズサが左の薬指に嵌《は》めてくれる。

サイズフリーの指輪ではあるけれど、まるであつらえたみたいに絵麻の指にぴったりだった。

いずれ、この仮の関係が終わったら、外さなければならないリングなのに。

「大切に、しますね」

嵌《は》めてもらったばかりの指輪のある左手を、右手で包み込む。ずっと見ていたら、偽物だということを忘れ、勘違いしてしまいそうだ。

絵麻も、アズサの指に嵌《は》めたほうがいいだろうかと、箱の中の男性用リングに手を伸ばすと、一瞬の差で奪い去られ目の前で薬指に嵌《は》められてしまう。

それを残念に思いながら、絵麻はおずおずと言った。

「これから、外では指輪をつけるようにしますね。……その、関係を疑われないように」

「……ああ。俺も、できる限りつけておく。……研究中はウイルスや検体を扱うから、外さないといけないが。それでも」

それでも——なに？

聞きたいのをぐっと堪《こら》える。聞いたところでアズサは困るだけだろう。

「出よう」

いつのまに会計を終わらせたのか、アズサは、バーテンダーの女性からクレジットカードを受け取り、無造作に財布に突っ込んだ。そして、左手で絵麻の右手を引いて立ち上がらせてくれる。

絡《から》められた指に金属の感触。

（勘違いしちゃいけない。私は、アズサさんの偽の婚約者なんだから）

そう言い聞かせつつ、好きだという気持ちが募っていくのをどうにもできなかった。


アズサと同棲を始めてから二ヶ月が過ぎた、月曜日の昼休み。

絵麻は幼なじみで親友でもある高中世羅と、大学近くにある公園のベンチテーブルでコンビニ弁当を広げていた。同棲をして以降、ランチはいつもアズサととっていたが、今日は会議で行けないとメールがあったので、久しぶりに世羅を誘ったのだ。

最近では、学内に二人が婚約したという噂がすっかり広まっていた。

というのも、アズサは絵麻を愛してやまないという演技を、これでもかと周囲に見せつけていたからだ。

絵麻はといえば、アズサの演技に合わせるのが精一杯。

あまりに真に迫っている彼の振る舞いに、演技の境界がわからなくなることも多い。

手を繋《つな》いで出勤するのは当たり前。仕事場についたら、人目があろうとなかろうと、絵麻の手を口元に運んで、爪か手の甲にキスをしてからでないと離してくれない。

ランチタイムは、ほぼ毎日一緒で、どんなに冷やかされても、幸せ一杯だという微笑みを崩すことはなかった。

同棲も隠すつもりはないようで、さりげなく夕食のメニューを尋ねてきたり、リクエストしたりしてくる。

特に大迫の前では態度が露骨な気がした。絵麻が大迫に馴《な》れ馴《な》れしくされていたりすると、いつのまにか側に来て、強引に肩を抱いて助けたりするのだ。

今まであからさまに距離を置いてきた理由については、これまで教授の手前、絵麻に対する礼節を守っていたと説明していた。

教授が不在となるのを機に、正式に結婚を前提とした交際の許可をもらい、晴れて婚約したと、堂々と嘘をつき、言葉以上に雄弁な態度を見せて、完全に周囲を納得させてしまった。

今では、二人の関係を疑う者はほとんどいないくらいだ。

しかしその反面、マンションではアズサが書斎にこもることが多くなった。

一緒に暮らしていながら、家の中では顔を合わせない日々がずっと続いている。

たまに風呂上がりに顔を合わせても、彼は無言で目を逸《そ》らし、そのまま自室に戻ってしまうのだ。

「もう、冷たいんだか、優しいんだかわかんない……。偽の婚約者だって割り切ってはいるけど、この状態はさすがにちょっと辛いかな」

彼と同棲している顛末《てんまつ》を知っている世羅に、つい愚痴《ぐち》ってしまう。

仕事している時と家にいる時のアズサの態度の違いについていけず、気疲れから風呂上がりにソファーで寝てしまうことも増えた。

割り切られているだけかもしれないが、外での演技が情熱的すぎて混乱してしまうのだ。

期待しかけて、あわてて気持ちを抑える日々。

晩ごはんは絵麻が二人分準備しているのだが、叔父と同じ研究者だけあって、彼の帰宅時刻もまちまちだった。

今では、土日ですら一緒にテーブルを囲むことはない。

(それでも、作ったごはんは、翌日にはちゃんとなくなっているから……嫌がられてはいないのだろうけれど)

最初が割と友好的だった分、今のアズサの態度にはモヤモヤしたものを感じてしまう。彼に惹かれている身としては、なにか気に障ることをしてしまったのかと気になって仕方がない。

思わず出そうになった溜息を押し込むために、絵麻は煮しめの里芋を口に入れる。

「まあ、あんたの悩みはわかるけど、あたしの主義からいくと、あまり男女のことには首を突っ込みたくない」

魚の塩焼きを口に入れ、世羅が顔をしかめた。

「恋愛沙汰《ざた》は、第三者が口を挟めば挟むほど厄介《やっかい》になるってのが、あたしの持論だから。それ以外なら相談に乗れるけど、悪いね絵麻」

「んーん。いいの。どうにもならないことは、ちゃんとわかってるから。ただ愚痴《ぐち》りたいというか、それじゃなくても最近、視線が刺さっていろいろとストレスがね」

「ああ……」

アズサと絵麻が婚約したという噂が学部内だけでなく病院にまで広がったことにより、アズサを狙っていた学部職員や看護師の女性達から、ことあるごとに殺意にも似た視線を向けられるようになった。

もともとアズサを狙う女子は多い。あの外見に加え将来性抜群とくれば当然だろう。医学部の中では地味な印象のある研究職に就いていても、彼は時々、大学病院の小児科や内科を手伝うこともあって、臨床《りんしょう》もできる男として知られていた。

それどころか、海外の大学や製薬会社からのスカウトが引きも切らない状態だ。

こんなハイスペックなイケメン男子を狙わない、肉食系女子はいない。

（その上、ルクシャーナ王国の第二王子なんて出自が知られたら、学部中が大騒ぎになる。そうなったら私……スパイの前にアズサさんのファンに刺されるかも……！）

がっくりとうなだれた拍子《ひょうし》に、筑前煮《ちくぜんに》の鶏肉が箸《はし》から滑って地面に落ちた。

「面倒なことになっちゃったねえ。本当に、芳賀ってば、ろくなことしない」

弁当を片づけながら、世羅が向けてくる同情の視線が痛い。それを甘んじて受け、絵麻が顔を上げると、ランチから戻ってきたらしい華やかな女子の一団が目に入った。

「あら、結崎さん。ちょうどよかったわ」

第二内科部長の娘で医局秘書でもある北里玲奈《きたざとれいな》が、完璧なカールを見せるアッシュグレイの髪を掻き上げつつ絵麻に微笑みかける。

「北里さん。どうかされたんですか？」

頭のてっぺんから足下までブランド品で揃えた二つ年上の美女は、絵麻の地味な格好を見てくすりと笑う。

「相変わらず、実務主義な格好ね。そういう真面目そうな装《よそお》いのほうが基礎研究室ではモテるのかしら？」

医療に携《たずさ》わる仕事の場を、優良結婚相手市場くらいにしか考えていないような玲奈の言動に、絵麻は眉をひそめたくなった。が、他科の秘書と仲が悪くなっても、いいことなどない。

まして、女性が多い臨床《りんしょう》――大学病院が主な仕事場である彼女や、その取り巻きに目をつけられたら、どんな噂を流されるかわからない。

ここで働き続ける必要がある以上、人畜無害《じんちくむがい》な笑みを浮かべて波風を立てないに限る。

「さあ、どうでしょう。それより、なにか? あ、グリーン・プロジェクトのことですか?」

この医学部では、学校に行けない入院中の児童達と一緒に、大学病院の有志とボランティア団体とで、季節によってじゃがいもや、きゅうり、ゴーヤにサツマイモなどを植えて、収穫まで育てる活動をしている。

情操《じょうそう》教育の一環と、食べず嫌いをなくそうという試《こころ》みでもあるが、結構評判がよかった。

活動の主体は、事務職員と秘書だが、玲奈達お嬢様秘書や医師狙いの女性看護師は、ボランティアメンバーに名を連《つら》ねているもののほとんど手伝うことはない。彼女らは、参加するとしても女子力をアピールできる収穫イベントか、それを料理して医師や患者に振る舞う大試食会の時だけ、というのが恒例になっていた。

「そうね、それもあるけど……実は、普段あまり交流のない、臨床《りんしょう》と基礎の秘書や看護師、研究補助技術員を集めて、飲み会をしようという話が出ているの。で、ぜひ結崎さんにも、参加していただきたいと思って」

グロスでつやつやした唇を三日月の形にして、玲奈が艶然《えんぜん》と微笑んだ。

なんだか、猫に見つかったねずみの気持ちになるのはどうしてだろう。

「えっと……自分は、そんなに、飲み会は得意ではなくて……」

実際に絵麻は、研究室の新年会と忘年会、あとは納涼飲み会くらいにしか参加したことはない。普段にしても、もっぱら世羅と食べ歩きついでに少し飲む程度である。

「そんなことおっしゃらずに。さっきのグリーンなんとかの進捗《しんちょく》も聞きたいし。今までは仕事が忙しくてなかなかお手伝いできなかったから。……それに、女子で連携をとっていれば、いろいろと助かることも多いでしょう？」

「結崎さんに、お聞きしたいこともあるのよね。たとえば……ねぇ？」

玲奈の後輩にあたる女性秘書が絵麻の薬指に視線を走らせ、意味ありげに目を細める。

「うう……お話は、とてもありがたいのですが」

「飲み会と言っても、ただの女子会よ。おいしいものを食べて、情報交換をして、リフレッシュしようというね。それでも、駄目かしら？」

お嬢様らしい丁寧な口調と、声に含まれる棘々《とげとげ》しさが見事にアンバランスだ。

これはもしかして、脅《おど》されているのではないだろうか。

「ねえ。その女子会、あたしも参加していいかなあ。……事務職員だし？　秘書とお知り合いになっていれば、なにかと仕事がやりやすそうだし」

今まで無表情で話を聞いていた世羅が、突然そんな提案をしてきた。絵麻はまるで、地獄で仏に会ったような気持ちになる。

「高中さん？」

「絵麻はあたしの妹みたいなものだし……あたしが参加しろって言ったら、参加すると思うよぉ？」

まるでオネェのような言い回しで、世羅が玲奈を見据える。

玲奈は背後の友人――という名の取り巻きにチラッと視線を向けたあと、肩をすくめた。

「そう……ですわね。高中さんに参加していただけたら、とっても興味深いお話が伺えそう。じゃあ、時間と場所は後日、学部内メールでお送りするということでよろしい？」

「もちろん」

絵麻が答えるより早く、世羅が果たし状を受けとったみたいな顔でうなずいた。

言質《げんち》を取ったとばかりに、玲奈達は高圧的な笑みを浮かべて立ち去っていく。

（女子会といいつつ、本題はアズサさんと私の関係についての吊るし上げなんだろうな……。彼女達、ずっとアズサさんのことを狙ってたし）

絵麻は、毎年、免疫学《めんえきがく》教室に届けられる気合の入ったバレンタインチョコレートや、回覧を渡すついでと言って置いていかれる、手作り菓子の差し入れを思い出した。

彼女達からすれば、絵麻のような平凡な女が、ハイスペックなアズサの婚約者というのが、とにかく気に入らないのだろう。

その気持ちは、絵麻にもよくわかる。

吊るし上げ決定の女子会に、ますます気が重くなった。それでも、世羅が一緒なら、なんとか乗り切れそうな気がする。

「よ、よろしくお願いします」

世羅に頭を下げると、力強い笑みが返る。

その直後、昼休み終了十分前を告げるアラートが、スマートフォンから響いてきた。

◇◆◇

昼下がりの、亜熱帯性ウイルス免疫学《めんえきがく》の実験室。

アズサは、ポリエチレンでできた、鉛筆の先のような形状の短いチューブを指で弾く。

そのたびに、中に入っている色素溶液が少しずつ混ざっていく。

彼の隣で、先日この亜熱帯性ウイルス免疫学《めんえきがく》教室に入ってきた女子学生が、作業を行《おこな》うアズサの手元をじっと見つめていた。

二年前。絵麻がこの研究室に来た時も、アズサがチューブを弾く様子を、きらきらした目で見つめていたのを思い出す。

あの頃の絵麻は、まだ幼さを残した好奇心いっぱいの視線で、他の研究者やアズサ達の作業を見ていた。それでいて、身体つきは高校生の頃に比べてずっと成熟し、清楚な色香を振りまいていたから、始末に負えない。

アズサは彼女と距離を取ろうと思いながら、周囲の男達が絵麻を見る視線に気が気ではなかった。

学内のレストランでアズサと食事をしている最近も、遠巻きに絵麻を見ている者もいるくらいだ。

（婚約者として、もっとはっきり周囲にアピールするべきか……）

そんなことを思いながら、昨晩のことを思い出す。

帰りは深夜を過ぎるとあらかじめ連絡しておいたが、帰ってみるとテーブルの上にラップをかけたおにぎりと浅漬け風のサラダ、味噌汁が用意されていた。そうした彼女の気遣いに、くすぐったいような、嬉しいような気持ちになる。

絵麻は、待ちくたびれたのかソファーで熟睡していた。

彼女をそっと抱き上げて寝室に運びながら、はっきりと幸福感を覚える。

手を出してはいけないとわかっていても、ルームウェアから覗《のぞ》く白い肌や、力の抜けたしなやかな手足が妙に色っぽく、無意識に劣情を煽《あお》られドキッとした。

あわてて彼女を布団に押し込み、食事のトレイを持って書斎に閉じこもる。

そうしなければ、衝動のまま腕の中に閉じ込め、キスしてしまいそうだったからだ。

いや、キスだけで抑えられる自信も余裕も、今のアズサにはもうない。

『好きになるなよ。お前は、王子だろ。絵麻お嬢ちゃんの将来を考えるなら、深入りしたところで傷つけるだけだ。やめておけ』

母方の従弟《いとこ》である芳賀の言葉を思い出す。

はっきりと釘を刺され、自分でもちゃんと理解していた。それでも、絵麻へと向かう気持ちが日ましに加速していくのを止められない。

もう二度と絵麻を傷つけないように、マンションでは極力、顔を合わせないように部屋にこもっていた。その反動からか、学内ではかなり大胆に、恋人として振る舞っている自覚はある。

婚約者という大義名分のもと、肩を抱き寄せたり、手にキスをしたりする。そのたびに、絵麻は耳まで赤くなり困った様子を見せるが、アズサの行為を拒絶することはなかった。

それは、演技だと思っているからかもしれない……。

それでも、恥ずかしそうに潤《うる》んだ瞳で見上げてくる彼女の仕草が、いちいちアズサをたまらない気持ちにさせる。

誰にも見せたくない。ずっと自分のものでいて欲しい。

湧き上がってくる強い独占欲で、どうにかなりそうだった。

「あっ」

すぐ横から聞こえた女子学生の声に、アズサはハッと我に返る。

「……すまない、考え事をしていた。実験中に申し訳ない」

チューブの中に泡が立つほど指で弾くという初歩的なミスを犯してしまった。

仕事中に絵麻を思い出して実験に失敗するなど、我ながらありえない失態だ。

どうやら、とっくに自分はどうにかなっているらしい、とアズサは内心で苦笑する。

「時間を取れるなら。もう一度、最初からやろう」

「だ、大丈夫です。時間なら。……それに、ハリーファ准教授もお忙しいのに、お付き合いくださって……ほんとに、夢のようです」

女子学生がアズサを見上げて、うっとりとつぶやく。だがアズサは、なにも感じなかった。

自分の心を温かくするのも、理性を保てないほど焦《じ》れさせるのも絵麻だけだ。

「悪いけど。ちょっとハリーファ准教授を借りられないかな？」

どこかのんびりとした口調に振り返る。そこには、細く垂れ下がった目に、陰険な光を浮かべてアズサを睨《にら》む大迫がいた。

「なにか？」

「論文で行き詰まっていてね。改善案と、参考になる切り口について、ぜひ君に相談したくて」

お願いしますと言いつつも、大迫は尊大な態度を崩さない。そのことからも、年下のアズサに不満を抱いているのが伝わってくる。

絵麻の婚約者として振る舞うようになってから、大迫が露骨に敵意を向けてくるのに気がついていた。

だからといって、逃げも隠れもしない。むしろアズサは、堂々と受けて立つつもりでいた。

（この機会に、この男の本音を探り、はっきり決着をつけておいたほうがいいかもしれない）

「……わかりました」

この男は、絵麻が男慣れしていないのをいいことに、しつこく付きまとっていた。さらに、絵麻を自分の女だと周囲に誤解させるような言動をしている節があった。

聞いた話によると、大迫は絵麻を利用し、自分の出世を目論んでいるのだとか。そんな下劣な男は、早急に彼女の側から排除するに越したことはない。

大迫がアズサを案内したのは、亜熱帯性ウイルス免疫学《めんえきがく》教室の書庫だった。ここには、過去の研究論文や医学雑誌、研究に必要なデータを打ち出した紙の束などが置かれている。

書庫といっても、窓のない密室に天井まで届くスチール製ラックが乱立し、そこへ隙間なく文書箱を詰め込んでいるだけの場所だ。

足下には整理されないままの文書箱やら、紐で束ねた雑誌が積み上がっている。

雑然としている上に、ろくに掃除がされていないため埃臭《ほこりくさ》く、居心地はすこぶる悪い。

ただ、今回のような大っぴらにできない話をするには便利である。

「それで、なんの論文についての相談ですか。大迫先生」

アズサは腕を組んで、近くのラックに寄りかかる。もっとも、書いてもいない論文の改善案など出せるはずもないが。

大迫が手を抜いたのが原因で実験が失敗し、論文の着手が遅れていることは、アズサはもとより他の研究員も知っていた。

「白々しい演技はやめていただけますか、ハリーファ准教授」

丁寧な言葉遣いながら、視線でこちらを挑発してくる大迫を鼻で笑う。

年上のため、便宜上、先生をつけてはいるが、院生で博士号のない大迫は、理学博士かつ医学博士のアズサより、研究者としても研究室の序列でも立場は下だ。

プライドだけは高い大迫からすれば、アズサの存在は腹立たしいに違いない。

実際、嫌味を言われたり、連絡をわざと遅れさせたりという子どもじみた嫌がらせをされたのは、一度や二度ではない。もちろん、すべて無視した。

（まあ、それが余計に大迫のコンプレックスを刺激したのだろうが）

まだ博士号も取れていないのに、准教授の地位を狙っているという話を聞いた時は、なんの冗談かと思った。

そもそも真面目に取り組みさえすれば、博士号は三年か四年で取れるものだ。なのに彼は、三年目に入った今でも、博士論文の着手までいっていない。そこまでくると、彼はいったいなんのためにこの研究室にいるのか疑問に思ってしまう。

大迫は元が内科臨床医《りんしょうい》だったのだから、臨床系《りんしょうけい》の大学院に行くか論文博士を目指したほうがよっぽど筋が通るし、医師としてのキャリアにも繋《つな》がるはずだ。

なのに、あえて免疫学《めんえきがく》を選んだのはどうしてなのか。

院試の時は、結崎教授が内科医から免疫《めんえき》研究者へ転向したのに感化され、同じ道を目指したと言ったらしいが、それが真実だとも思えない。

まあ、自分が考えても意味のないことだし、アズサ個人に対する嫌悪は無視すれば済む。

問題があるとすれば、ただ一つ。

大迫が出世の道具として——准教授になるために、教授の姪である絵麻に手を出そうとしているらしいことだ。

心から絵麻のことを思っているならともかく、もしそれが本当であれば許せない。

「時間がもったいない。簡潔に要点を言ってもらおうか」

「ふうん、貴公子って看護師の女どもに騒がれてるわりに、随分攻撃的だな。驚いたよ」

女性を侮蔑するような態度に、大迫の本性がにじみ出ている気がしてアズサは目を細めた。

「まあ、婚約おめでとう。ある意味で、絵麻とお似合いだ。その二面性とかがな」

自分についてはともかく、絵麻が侮辱されたことにいら立ちが湧く。

はっきりと眉を寄せたアズサに、大迫は手を上げ、大げさな仕草で肩をすくめた。

「知らないって幸せだよな、頭がよくても、そういう人生の知恵は身につかないものなのかね。あれだけ真面目ぶった絵麻が、結構したたかな女だって気がつかないんだから」

嘲《あざけ》るような笑みを浮かべる大迫を、睨《にら》みつける。

絵麻を貶《おとし》める発言をすぐに取り消させたかった。だが相手の目的を掴《つか》んでから、一気に叩くのが効果的だと判断する。

大迫だってなんの考えもなく、アズサを呼び出したりはしないはずだ。

「この間までは俺にいい顔をしていろいろと楽しんでおきながら、あっさり手の平を返されるとは思わなかったよ」

「発言に信憑性《しんぴょうせい》があるとは思えない。そもそも絵麻はお前の言動を迷惑に思っていたようだが」

アズサが剣呑《けんのん》な眼差しを向ける。だが、大迫がひるむ様子は一切ない。

「はっ。これだから、勉強だけしてきた頭でっかちは……。男と女なんて表に見えるものがすべてじゃないんだよ。自分でもわかっているだろ？　ルクシャーナの第二王子、アズサ殿下」

（なぜ、大迫がそれを知っている）

一気に大迫に対する警戒心が増す。自分の出自に関する情報はほぼ凍結されており、ルクシャーナ王国内ならともかく、日本の、それもただの一般人が知ることは不可能だ。

「……それをどこで知った？」

大迫を鋭く睨《にら》み、低い声で問いかける。

「もちろん、絵麻から聞いたに決まっている。いやあ、あいつの現金さには恐れ入るね。王子様と結婚するから俺は邪魔なんだと」

ドロドロとした不快なものを、無理に呑み込まされたような気持ち悪さが胸を満たしていく。

「絵麻がお前に教えるはずがない」

「悪いね。俺にはアンタのその発言にこそ信憑性《しんぴょうせい》があるとは思えない。だいたい、そんなことを言うアンタと絵麻だって、偽の婚約者同士なんだから、笑わせてくれる」

瞬間的に、絵麻を疑いそうになった心を、奥歯を噛みしめて抑え込む。

アズサの出自はともかく、偽の婚約については知っている者が限られていた。

それこそ、あの時、教授室にいた四人。結崎教授と、絵麻と芳賀、それに自分。追加で高中世羅くらいしか知らないはずだ。

だが、教授は海外で、芳賀の立場で大迫に情報を漏洩《ろうえい》することはまずあり得ない。

単純な消去法でいけば、確かに可能性があるのは二人だけだ。

絵麻は高中世羅に話している。それについては仕方がないと思う。あんなに酷《ひど》い提案をして泣かせた直後だ。高中と絵麻との間柄を考えれば、話したというよりは聞き出されたのだろう。

学部は違えど、大学の同期だった高中の人柄はアズサもよく知っていた。

高中は昔から口が堅いから、そう心配はしていない。

しかし……絵麻が自分から、高中以外にこの婚約事情を話したりするだろうか。

顔をしかめ、腕を組んだまま黙り込む。

そんなアズサを見て、大迫が哀れみの表情を浮かべ追い打ちをかけてきた。

「親の決めた相手がいるくせに、婚約者ごっこで絵麻に夢を見させているお前も、大概残酷な奴だよな。太守家のお嬢さんだって？」

いやらしい含み笑いを向けられて、アズサはわからなくなる。

アズサが演技と見せて本気だったのなら、逆に、絵麻が本気と見せて演技である可能性もありうるのではないか？

ほんの一瞬、絵麻に対して疑念を抱いてしまった自分に、モヤモヤしたものが胸に残った。

「ま、お前に捨てられた絵麻を受け止める気持ちはあるから、安心しろよ」

聞き流そうとして、できなかった。

――アズサに親の決めた相手がいるのは事実だし、好意を持ってくれている絵麻を偽の婚約者として、傷つけたことも事実だ。

なにより、自分の中途半端な態度で彼女を惑わせているという負い目がある。

「今は、目の前に現れた王子様に目がくらんでいても、そのうち絵麻も現実に気づく。お前は恨まれるだろうが、自業自得《じごうじとく》だよ」

アミル・アルサーニ、そう言って、大迫は笑いながら部屋を出ていった。

自分に付きまとう、アミル・アルサーニ――第二王子という敬称。

どんなに逃れようとしても絶対に逃れることができない王室の存在と、絵麻とは結婚できないという事実を突きつけられた気がして、アズサは長い間、そこから動けなかった。

◇◆◇

女子会に参加することを約束させられてから二週間後。ついにその日が来てしまった。会場として指定された和食店があるハイグレードホテルの前に立ち、絵麻は足が重くなる。

指定された場所が場所だけに、いつものリクルートスーツ崩れではドレスコードが……と玲奈に渋られてしまった。仕方なく定時で一度帰宅して、パフスリーブのシルクブラウスにフレアスカートを合わせ、薄手のボレロを羽織っている。

待ち合わせ時間を過ぎても世羅は現れず、ギリギリになりそうだと連絡が入った。どうせならと、世羅を待っていたら、ひっきりなしに玲奈から電話やメールが入ってくる。それにより、スマートフォンの電池残量が危うくなってしまった。

諦めた絵麻が、エレベーターに乗って店の前まで行くと、和服姿の店員が、すぐに夜景を見下ろすガラス張りの角部屋へ案内してくれる。

床の間には早咲きの紫陽花《あじさい》と若竹を中心にした季節の生け花が飾られ、天井格子には金箔が貼られていた。掘りごたつになっているテーブルの上には、高級そうな食器がセッティングされている。美しい夜景を望む和モダンな雰囲気の部屋だった。

さすが、外科や内科の大学病院主力部門と関わり、医師や弁護士を親兄弟に持つお嬢様達の女子会はゴージャスだ。

しかし、部屋に案内された絵麻は、席に座る参加者を見た瞬間、緊張で動けなくなってしまった。なぜならそこに――見覚えのある男性医師や高級そうなスーツを着た男性達が座っていたからだ。

全員の視線を受けて入り口で固まっていると、玲奈が和《なご》やかに声を掛けてきた。

「結崎さん、遅かったわね。……場所がわかりにくかったかしら？　貴女が最後よ」

「え？」

ここにはまだ、世羅の姿はない。それなのに、絵麻が最後というのは……どういうことだろう。

表情を強張《こわば》らせているうちに、半ば強引に腕を引かれて空いている席に座らされた。見ると、隣には大迫が座っている。

絵麻が状況を理解できずにいる中、フルートグラスに入ったシャンパンが運ばれてきて、皆が乾杯していく。

「どっ……どういう、ことですかっ……！」

他に聞ける相手もなく、絵麻は大迫に小声で囁《ささや》く。

すると大迫は、相変わらず馴《な》れ馴《な》れしいのか人懐っこいのかわからない態度で絵麻の肩を叩いた。

「今日、出がけに玲奈さんと会ってさ、これから女子会だって聞いたんだよ。場所と時間を聞いたら、ちょうど俺らの飲み会と同じでさ、だったらいっそ合コンにしちゃえってなったわけ」

なんでもないことのように軽く言われたが、絵麻にとっては大事だ。偽とはいえアズサの婚約者であるのに合コンに参加するなんて、絵麻の常識的にありえない。

「困ります。私、帰りま……っ！」

殻付きウニと牡蠣《かき》が綺麗に盛られた前菜が運ばれる中、立ち上がろうとする。

だが、すぐ大迫に手首を掴《つか》まれた。そのまま、強引に座らされて、グラスを押し付けられる。

「少し息抜きくらいしたら？　監視付きで王子様の偽婚約者なんてやってると、疲れるでしょ？」

そう耳元で囁《ささや》かれる。ぎくりとして身を強張《こわば》らせる絵麻の口に、大迫は目の前の皿からキャビアをのせたチコリを摘《つ》まんで押し込んだ。

「んん！」

味もなにもわからない。とにかく口の中のものを呑み込み、抗議の言葉を口にしようとしたら、周囲がうるさくはやし立ててきた。

「やだ、大迫先生！　結崎さんには婚約者がいらっしゃるのよ」

「婚約者っていっても、結崎教授の意向だって噂だろ？　まあ、あれだけの研究実績を持つ若手研究者なら、自分の後継として手元に留めたい気持ちはわかるけど、絵麻ちゃんを餌《えさ》にするなんて酷《ひど》いよねえ」

大迫の逆隣にいた眼鏡の医師が意味深に笑う。

事実無根だと否定したいが、そうすれば、詳しく問い詰められるのは明らかだ。

迷っているうちに、玲奈とよく似た印象の女性が、やだあと叫ぶ。

「お二人の婚約って、そんな事情だったんですかあ？　ハリーファ准教授って仕事にストイックだから、確かに好きじゃない相手とでも結婚できそう。無関心っぽいっていうか」

違う、そんなことはない。無関心に見えても、本当は優しいところや、温かい心を持っている。

なにも知らないくせに、と唇を噛みしめる。すると、玲奈が絵麻に声を掛けてきた。

「貴女のつけている指輪、もしかして婚約指輪ですの？　それとも結婚指輪の代わりかしら？　間に合わせにしても……少々、安っぽく見えますわね？」

つけまつげをしているのか、ばさばさと音が聞こえそうなほど忙《せわ》しなく玲奈が瞬《まばた》きをし、意味ありげに絵麻の左手の指輪を見る。

絵麻のことだけなら、なにを言われても我慢できる。けれど、アズサのことをけなされるのは我慢ができない。

「さっきから、しつれ……わっ！」

指輪をもらった時の大切な記憶を、一方的な価値観で汚され、さすがに絵麻が声を上げようとした。しかし、すかさず大迫にきつく手首を掴《つか》まれ、痛みからタイミングを逃してしまう。

大迫とは逆の、左隣に座る男性が面白がって絵麻の左手を取り、指輪を皆に見えるようにテーブルに押さえつける。必死に抗《あらが》うものの、男の力には敵《かな》わない。

「確かに、婚約指輪にしてはちょっとシンプルすぎるかもね」

「でしょう？　やっぱりダイヤモンドはもっと大きくないと。これでは、社交の場に出ていく時に恥をかくでしょうに。……それとも、ハリーファ准教授は、貴女なんてその程度でいいとお考えなのかしら？」

なんてね、などと申し訳程度に言って、くすくす笑う。ここに至って、ようやく絵麻は自分が嵌《は》められたのだと気づいた。

「……本当に、その、合コンとか、困るん、で……」

声を荒らげないように、人間関係に波風を立てないように……そう言い聞かせながらも、声が怒りで震えるのはどうしようもない。

「場を白けさせる方ね。……これくらい、大人の遊びでしょうに。それとも、純情ぶって私とは違うとアピールしたいわけ？」

女性の嫌な部分を凝固させたような、ヒステリックで高い声に絵麻はぐっと唇を噛む。

すると、まあまあ、と言って大迫が絵麻の肩を抱きながら間に入ってきた。

「女子会と思ってきたら合コンだったら、びっくりするのも仕方ないんじゃない？　結崎教授がいないから、羽を伸ばさせようと君らが絵麻に気を使ってくれたのはわかるけど」

名前を呼び捨てにされて、嫌な気分が加速度的に強まる。大迫はいったい、絵麻のなんだというのだ。

「だからさ、これを一気飲みできたら帰っていいってことで、どうだろう？　……大丈夫、ちゃんと家まで送るからさ」

「えー、大迫センセ帰っちゃうのぉ」

「もう、結崎さんに甘いんだからぁ」

いつの間にオーダーしたのか、スカイブルーに飾り切りのレモンが添えられたカクテルが、絵麻の目の前に置かれていた。

――絶対に、危険だと思う。

見た目より度数が高い気がする。それは直感だった。

もし世羅がいてくれたら、上手《うま》く飲まないようにしてくれたかもしれない。だが、ここに世羅はいない。自分でなんとかしなければならないのだ。

じっと目の前のロンググラスを見つめる。グラスの表面を水滴がつうっと伝っていくのと同時に、絵麻の背筋にも冷たい汗が流れていく。

手を払って倒したとしても同じものをオーダーされるだけだろうし、大迫に肩を抱かれたままだ。いっそ悲鳴でも上げるか……と、息を吸い込んだ刹那《せつな》。

荒々しい足音が近づいてきて、大きな音と共に個室の入り口が開かれた。

「お客様!」

和服姿の店員が制止の声を上げる中、低く、獅子《しし》のうなりにも似た声が聞こえてくる。

「……人の婚約者を合コンに誘うとは、いい度胸だ」

振り返ると、絵麻の視界に、髪を乱し荒々しく呼吸を繰り返すアズサの姿が映しだされた。

「アズサさん!」

思わず名を呼んでいた。しかし、責めるような視線を向けられて、その鋭さに気圧《けお》される。

どうして、と考えて、大迫に肩を抱かれている自分の状況に気づく。

「あの、アズサさん、これは……ッ」

「君は黙っていろ」

関係ない他の女子までひっ、と息を詰める。無意識に他者を平伏《へいふく》させる雰囲気が――王族としての威厳が、今のアズサにはあった。

誰もが動けない中、迷いのない足取りで絵麻に近づいたアズサは、無言で絵麻の肩に置かれた大迫の手をたたき落とす。そして、絵麻の腰に片腕を回し、そのまま立ち上がらせる。

お礼の言葉を言おうにも、アズサのいつにない様子に絵麻は口を開くことができない。人を殺しかねない鋭い視線で大迫を睨《にら》みつけるアズサとは対照的に、大迫は意味深に口の端を歪《ゆが》めていた。

そんな二人の間に誰も入り込めず、絵麻でさえ足が震えてしまう。

凍り付いた室内に、冷静な声が聞こえた。世羅だ。

「アズ、落ち着いてよ。絵麻は女子会って言われて、そこの……」

「そ、そうです。そうだったんですけど、たまたま、その、大迫先生達と……あの」

完璧にメークされた顔を引きつらせながら、玲奈が震える声を出した。

しかし、アズサから冷たい視線を向けられて、すぐに口を閉ざす。

「言い訳はいい。ただし、絵麻は連れて行く。……今後、こういう場に絵麻を誘わないで欲しい」

「ちょっ、あの、ハリーファ准教授！」

顔色を失った玲奈があわてて引き止めようとする。

だが、アズサはそれを黙殺し、絵麻の腕を掴《つか》んで足早に部屋から連れ出した。

背後がにわかに騒がしくなり、店員があたふたと動く中、無言で腕を引かれる。

気づいたらタクシーに乗せられ、真横に座ったアズサにしっかり腰に手を回されて、身動きもできない状態だった。絵麻の中で緊張と恐慌が増していく。

やがて自宅にたどり着き、玄関を入るなりアズサに壁へ背中を押しつけられ、両腕で逃げ道を塞《ふさ》がれた。

助けてくれたお礼を言えばいいのか、謝ればいいのか。

「……アズサ、さ……………んっ！」

混乱する頭でなんとか彼の名を呼ぶと、奪うように荒々しく口づけられた。

息を継ぐ間もないくらい、アズサの舌が激しく絵麻の口腔《こうこう》を蹂躙《じゅうりん》する。

舌をねじ込まれ、わざと卑猥《ひわい》な音を立て口の中を掻き回された。

口の端から唾液が伝い落ちるほど喉《のど》奥まで舌を入れられ、息苦しさに頭がくらくらする。

無意識にアズサを押し返そうと手を突っ張るが、すぐさま頭上でひとまとめにされ、動きを封じられた。

「んっ……、ふ、くぅ……んんんっ！」

声にならない甘い吐息が鼻から抜けるのにつれ、足に力が入らず震えだす。

わけもわからずキスをされている。混乱と動揺で目に涙が浮かんできた。

この状況から逃れようとする絵麻の心とは裏腹に、身体は与えられる感覚に屈しようとする。

犯すような獰猛《どうもう》なキスに怯《おび》えて、つい彼の舌を押し返すような反応をしてしまう。

すると、かえってアズサの激情を煽《あお》ってしまい、瞬《また》く間に舌を絡《から》め取られる。さらに、歯列の裏から、口蓋《こうがい》まで縦横無尽《じゅうおうむじん》に探られた。

なに一つ遮《さえぎ》るものなしに、生々しい熱や舌遣いを感じさせられる。

アズサの舌が淫猥《いんわい》な動きで口腔《こうこう》を蠢《うごめ》くたびに、絵麻の下腹部が甘く疼《うず》きだす。

そんな自身の変化が恐ろしくて、絵麻は顔を横に振って口づけから逃れようとした。

直後、小さな舌打ちがして、ぴったりと密着していた二人の身体がわずかに離れる。

唇が解放されて、絵麻は大きく息を吸い込んだ。

アズサに貪《むさぼ》られていた唇は、熟しすぎた果実みたいに膨《ふく》らんで、じんじんと痺《しび》れ熱を持っていた。

全力疾走《しっそう》したみたいに、はあっ、はあっ、と忙《せわ》しない呼吸を繰り返す。彼の息が絵麻の前髪や首筋をかすめるたびに、くすぐったさと微細なさざめきを覚えてしまう。

「アズ、サ……さ」

名前を呼ぶと、彼は焦《じ》れた動きでネクタイを解き、身につけていたワイシャツのボタンを二つ三つと外していく。

アズサの長い指が器用に動いていくのについ見惚《みと》れていると、はだけたシャツから琥《こ》珀《はく》色の肌が現れた。汗に濡れた胸元が醸《かも》しだす色気に絵麻はあてられる。

思わず彼から視線を逸《そ》らすと、強引に顎《あご》を持ち上げられて息を詰めた。

瑠璃《るり》色の瞳が爛々《らんらん》と輝き絵麻の顔を凝視している。そこにある光の正体は——怒りだ。

「君は、どれだけ俺を煩《わずら》わせれば気が済むんだ。……君はまだ理解できていないのか。俺の婚約者という今の立場を」

叱責《しっせき》の言葉に身をすくませた。アズサの言うことはもっともだ。

けれど、絵麻にだって言い分がある。

「お言葉ですが、わ、私だって……合コンだなんて聞いてなかったんです！」

アズサは目を細めて絵麻を壁から引き離し、靴を蹴るように脱ぎ捨て、絵麻の身体を腕に抱きかかえて廊下を歩き出す。

「やっ……！　や、やめ……なにを！」

アズサは荒っぽく自分の寝室の扉を蹴り開け、絵麻をベッドの上に放り投げた。幸い、ダブルベッドのスプリングがきいていて痛みはほとんどなかったが、恐怖感が消えるわけではない。

どうしてアズサがこれほど怒っているのか、絵麻にはさっぱりわからなかった。

「落ち着いて、話を聞いてください」

乱れる息の中、絵麻は声を振り絞って必死にアズサに訴える。

なのに、アズサは絵麻の訴えなど聞こえていないような態度で、脱いだジャケットを床に落とす。

このままでは話し合いにもならない。

絵麻はマットレスに肘をついて身を起こそうとした。しかし、獲物を仕留める肉食獣のしなやかさでアズサがベッドに乗り上げ、絵麻の腰をまたいで覆《おお》い被さってくる。

「どうした。……話を聞いて欲しいのだろう？」

絵麻の顔の横に手をついて、逃げられないように閉じ込めながら、アズサが口の端を上げる。

顎《あご》を心持ち上げ、半眼で見下ろす彼の挑発的な態度を目《ま》の当たりにして、絵麻は唇をわななかせた。

なにごとも淡々と処理し、ほとんど表情を変えない。

いつだって他人には礼儀正しく接し、羽目を外すこともない。

そんなアズサが、こんな表情をするなんて。

アズサのこれまでになく傲慢で感情的な部分を目にして、絵麻は衝撃のあまり頭の中が真っ白になっていた。

歯の根が合わなくなるのを堪《こら》えていると、嘲笑《ちょうしょう》めいた吐息と共に思いがけないことを言われた。

「今更、取り繕《つくろ》ったところで時間の無駄だと思うが……ああ、駆け引きでもしたいのか？」

「か、けひき……って」

「大したものだ。もう少しで演技に騙《だま》されるところだった」

なにを言っているのかまるで理解できない。なぜか話がかみ合っていないように感じる。

一方的に決めつけ蔑《さげす》まれては、さすがに絵麻も腹が立ってくる。

「駆け引きをしているつもりはありません。時間の無駄には同意です。……アズサさんが冷静でない今は、なにを話しても仕方がありませんし」

ここで自分までもが感情的になってはいけないと、アズサから顔を背《そむ》けて心を落ち着かせる。

直後、すぐ側で舌打ちが聞こえた。はっとした時には、絵麻は肩を掴《つか》まれベッドに沈められる。

「ハリーファ准教授ッ！」

アズサに冷静になってもらいたくて、あえて他人行儀な呼び方をすると、彼の顔が歪《ゆが》んだ。

「結婚したいらしいな。……偽装ではなく、本当に」

いつ、胸に押し込めた恋心に気づかれたのか――

絵麻は大きく目を見張った。そんな絵麻を凍った眼差しで一瞥《いちべつ》し、アズサは口角を上げて笑う。

「だったら――そう、扱ってやる」

その瞬間、本能的な危機感を覚え、無茶苦茶に手を振り回した。

しかし、絵麻の両手は易々とアズサの右手に捕らわれ、あっという間に彼のネクタイで縛られる。気がつくと絵麻は、両手を頭上でひとまとめにされ押さえ込まれていた。

「いやっ！　どうして……手を出さないと言ったのは、ハリーファ准教授でしょ⁉」

「この期《ご》に及んで、演技をする必要はない。……焦《じ》らされすぎても興ざめだ」

ブラウスの襟元に手をかけられた瞬間、嫌な音がして前を引き破られた。

「きゃ……、な、やだっ！」

身をよじって肌を隠そうとするより早く、アズサの手でブラジャーが押し上げられる。

真っ暗な寝室に、胸の白さが淫靡《いんび》に浮かぶ。

「拒絶は許さない。……王子の花嫁になりたいんだろう？」

彼は嘲《あざけ》りを隠しもせずに乳房に指を這《は》わせてきた。吐き捨てるような言葉と、視線を合わせるのすら拒んでくるアズサに、絵麻はきつく唇を噛んだ。

(違う。王子だから好きなんじゃない。アズサさんだから好きなのに!)

あまりの言われように思わず口を開いた途端、乳首を摘《つ》まみ上げられた。予期せぬ強い刺激に、絵麻の喉《のど》から声がほとばしる。

「あうっ!」

微細な電流が胸から腹の奥へと走り、絵麻の腰が跳ねた。

つい二ヶ月前、アズサに服の上から愛撫《あいぶ》されただけの、未経験の身体は、突然の行為にただただ混乱する。いたわりもなにもなく、鋭敏な場所を乱暴に攻められ、絵麻の視界に火花が散る。

膨《ふく》らみの裾野からくびり出すように先端を摘《つ》ままれ、薔薇《ばら》色をした蕾《つぼみ》の周囲を人差し指でなぞられる。不可解な疼《うず》きが、絵麻の肌にじわじわと甘い毒を流し始めた。

「あっっ……ぅん!」

身をよじらせ、彼の手から逃れようともがくが、アズサの膝でしっかり腰を挟まれていて上体を起こすこともできない。

快感に流されてはいけないと思い、きつく奥歯を噛みしめる。けれど、アズサの手から伝わる熱が、絵麻の肌になじむにつれ、逃れようとしているのか、彼に反応して動いているのかわからなくなっていく。

それが怖くて、頭を振りつつ、ずり上がろうとすると、狙い澄ました動きで首筋に歯を立てられた。

「ひ、あっ」

未知の感覚に、身体が恐怖でびくついてしまう。アズサによって身体が作り替えられていくように感じて、絵麻は唇をわななかす。

なのに薄く開いた口から漏《も》れるのは、自分のものとは思えない乱れた喘《あえ》ぎ声ばかりで、絵麻は恥ずかしさに涙が浮かんだ。

頸動脈《けいどうみゃく》の部分をきつく吸い上げられ、ぴりっとした痛みが走る。

精一杯の抵抗で彼から顔を背《そむ》け、快感に震えそうになる身体を抑える。しかし、そんなことをしても無駄だといいたげに、アズサの舌がぬるりと絵麻の首筋をなぞり、今度は肩のつけ根をきつく吸い上げられた。

「……は、あ……あん……んんんぅ！」

堪《こら》えきれない、甘く媚びた声が室内に響く。

アズサは絵麻の肌を甘噛みしたり、唾液を塗り込めるように、ねっとりと舌で舐《な》めたりしてくる。絵麻の気持ちとは関係なしに、喉《のど》の奥がひくついて、声が溢《あふ》れてしまう。

柔らかさを確かめるように胸を揉んでいた手が、にわかにぐっと両胸を押し上げてきた。

できた谷間に顔を埋《うず》めたアズサが、視線だけを上げてくる。

はっきりと欲情をにじませる瞳と視線が合い、心臓が激しく騒ぎだす。

理由のわからない怒りに翻弄《ほんろう》されながら、身体を昂《たかぶ》らせていることを知られたくなくて、絵麻はきつく目を閉じる。

「も、嫌、……です」

けれど、彼は頬を胸にすりつけながら、喉《のど》だけで笑う。

「嫌、というわりには、ここをこんなに硬く尖らせて。……口ではなんとでも言えるな」

胸の中心で硬く勃ち上がっている部分を指で弾かれ、絵麻は強すぎる衝撃に背を反《そ》らす。

「ひあっ、や……やめ、て」

「断る」

きっぱりと拒絶された。

アズサは両手で押し上げた絵麻の乳房に顔を寄せ、先端を口に含んだ。

「ああっ……」

濡れた舌で形をなぞるように舐《な》められたかと思うと、根元を甘噛みされる。彼は弄《もてあそ》ぶみたいに敏感な蕾《つぼみ》を歯の裏と舌を使ってしごいてきた。

経験したことのない愉悦《ゆえつ》に身体が細かく震えてしまう。

アズサはもう片方の胸にも指を伸ばし、頂《いただき》を爪でひっかいたり、ねじり上げたりして絵麻からさらなる反応を引き出そうとする。

性急で容赦のない攻めに、初めての身体は怯《おび》え、肌を粟立《あわだ》たせる。けれど彼は、決してやめてくれない。

やがて、胸を弄《もてあそ》んでいた手がゆるゆるとわき腹から腰をなぞり、脚のほうへと下りていく。

「あ、あ……、や、だ……」

はくはくと荒く息を継ぎながら、言葉をつむぐ。

(怖い……)

ふとアズサの動きが止まった気がしたが、目を開くことができない。

再び、冷たく怒りに燃える瞳に見つめられるのが嫌で、きつくまぶたを閉じて、闇の中に自分を閉じ込める。

「……君は、俺の――ルクシャーナ王国、第二王子の婚約者だ」

ショーツのクロッチ部分を指でくすぐるように撫でながらそう言われて、絵麻の心に亀裂が走る。

アズサが好きだった。ずっと憧れていた。

偽の婚約者を受け入れるほど、未練がましく焦《こ》がれていた。

一緒に食事をして、絵麻の料理をおいしいと言って微笑む彼を見ているだけでよかった。

大学に手を繋《つな》いで通ったり、額《ひたい》にキスされたり。

嘘だとわかっていても、優しくされると嬉しくて、幸せだった。

いずれ終わる関係とわかっていても、アズサとの穏やかな生活が、できるだけ長く続けばいいと祈っていた。

でも、そう思ったのは、相手がアズサだからだ。彼が、王子だったからじゃない。

(アズサさんだったから、なのに……)

絵麻はきつく唇を噛んだ。口の中に血の味が広がり、目の奥が熱くなってくる。

アズサの気持ちがわからない。どうして突然こんな風に乱暴にされるのか。なぜ王子だから好きになったのだろうと、絵麻に打算があるような言い方をするのか。

嫌だと思った。こんな気持ちで抱かれたくない。こんなことは望んでいない。

「やめて……嫌っ！」

精一杯の拒絶を言葉に込めて、アズサの身体を押し返す。それを力で押さえ込み、アズサが吐き捨てるみたいに言った。

「駄目だ」

そして、なんの前触れもなくアズサの手がショーツに潜《もぐ》り込み、真っ直ぐに膣口を目指す。

細かく震える太腿に力を入れ、彼の手を阻《はば》もうとしたが、その抵抗をものともせず、指が奥へと押し込まれた。

未開の花弁に触れた時、一瞬、指がためらうように動きを止めた。

しかし次の瞬間、長く骨張ったアズサの指が秘められた場所に突き入れられる。

「んっ、くっ！」

淫唇に引きつるような痛みが走り、絵麻の喉《のど》が反《そ》り返る。

隘路《あいろ》の中へ無理矢理押し入ろうとするアズサの指を、絵麻の全身が拒絶した。

「い……っ、つ」

「絵麻？」

異変に気づいたのか、アズサが上半身を起こす。

未開の場所は狭すぎて、悦《よ》さを感じることもできず、ただ強烈な異物感を与えてくる。

「おねが、い。……抜い、て」

プライドもなにもなく、涙を流して苦痛を口にした。

直後、内部からずるりと彼の指が引き抜かれる。アズサの身体が絵麻から離れ、ベッドから下りる気配がした。

彼がまとうミルラの香りが遠ざかり、絵麻はベッドの上でぐったりと力を抜いた。

言葉を失っているアズサの気配をどこか遠くに感じながら、絵麻は彼に背を向けるように身体を横向きにした。シーツに顔を押し付け、嗚咽《おえつ》を堪《こら》える。心がどんどん冷たくなっていく。

「絵麻……君は、まさか……」

突然、人が変わったみたいに焦り出したアズサが、ベッドサイドから腕を伸ばし、絵麻の手首の戒《いまし》めを解く。

アズサは自由になった絵麻の手を、震える指先で撫でる。その手を発作的に振り払っていた。

「……君は、初めてなのか……？」

うなずくのも馬鹿馬鹿しい。

今更、そんなことを確認されたからといって、なにが変わるというのだろう。

「逆に、どうして、私が初めてじゃないと思ったんですか？」

胎児のように丸くなり、アズサの存在を拒絶しながら吐き捨てる。

絵麻の年齢的に、男性経験があってもおかしくはない。けれどアズサは、明らかに確信を持って行為に及ぼうとしていた。

「……大迫先生が、君と、そういう関係にあると」

「は……なに、それ……」

冗談じゃない。ずっと、ずっとアズサが好きだったのに。

時間をかけて身体を起こし乱れた服を直してから、アズサに真っ直ぐ顔を向ける。

「そんな事実は、ありません」

胸の中にあるものをすべて吐き出すように溜息をついて、絵麻は否定した。

「今日だって、私は女子会って聞かされていて、お付き合いで参加しただけです」

反論を受け、立ったまま愕然《がくぜん》としていたアズサが唇を噛む。彼は、絵麻の乱れた髪や破れたブラウスを見て、青ざめながらも絵麻と視線を合わせようとしてきた。

今更、謝られたくなくて、絵麻はアズサに対して叫んでいた。

「何度も説明しようとしたのに、どうして！」

涙できっとメークが酷《ひど》いことになっているだろうが、そんなことはもうどうでもよかった。

「大迫先生の隣に座らされて、嵌《は》められたってわかった時には、帰れなくなってて……なのに」

言葉を吐き出すにつれ、苦しいくらいに感情が昂《たかぶ》ってくる。

「結局、私の気持ちなんて、ハリーファ准教授の中では大したことがないんですね。だからっ、私より……大迫先生のでたらめな言葉を信じたんですよね？」

眉を寄せて、ベッドサイドに立ち尽くすアズサを見つめた。

怒りなのか悲しみなのか、あるいはその両方か……重苦しい感情が胸を締めつける。

乾いた笑い声をこぼしながら、自分の部屋に戻ろうとベッドに手をついた。

先ほどまで絵麻を戒《いまし》めていたアズサのネクタイに指が触れ、衝動的に払い飛ばしてしまう。

「……ようやく、納得がいきました。だから、私だったんですね？」

それは、アズサに確認するというより、自分の恋心にとどめを刺すための言葉だったのかもしれない。

絵麻は艶然《えんぜん》と微笑んで立ち上がった。そして、蒼白な顔をしているアズサを真っ直ぐに見つめる。

「気持ちを無視したところで、なにも言わない都合のいい女。ハリーファ准教授が、絶対に好きにならない、それくらい、どうでもいい存在。だから——」

——私が、選ばれたんですね？

自分の言葉に傷つきながら、笑みを深める。

目の前で、アズサがなにか言おうと口を動かしたが、絵麻の耳に届くことはなかった。

「部屋に戻ります」

「……絵……、いや、ゆ、い、ざき」

日本語に不慣れな外国人のように、アズサに名を呼ばれた。

傷つけられたのは絵麻なのに、どうしてアズサも傷ついた顔をしているのだろう。

この期《ご》に及んで、粉々に砕け散った恋心が痛む。

絵麻は胸の痛みを無視して、アズサの部屋を出た。自分の部屋に入ると扉に寄りかかり、後ろ手で鍵をかける。

すぐにノックの音がして、アズサが絵麻の名を呼ぶのが聞こえた。

応《こた》えずにいると、わずかな沈黙を置いて再び名を呼ばれる。絵麻はアズサの声を聞きたくなくて耳を塞《ふさ》いだ。

こんな状態なのに、彼との楽しかった過去や、同棲を始めてからのことが、わあっと胸によみがえってきた。

絵麻はラグの上に座り込み、手で膝を抱えて頭を伏せる。

好き。アズサさんが好き。でも、この気持ちは、叶わない。

どんなに好きになったって、彼は絶対に絵麻を受け入れたりはしない。それが今夜はっきりわかってしまった。

(彼にとって、自分は偽の婚約相手。ただそれだけ)

期待するのはやめて、恋心を閉じ込めて、ただ人形のように、彼の望む偽婚約者を演じればいい。

初めからこの関係に未来なんてなかった。

わかっていたはずなのに、婚約者のふりをするうちに彼に愛されていると錯覚して、期待してしまった。

それが間違いだった。

切なくて、苦しくて、泣きたいのに、涙すら出ない。

なのに、まだ諦めきれないなんて、未練がましいにもほどがある。

扉の向こうにまだアズサがいるのを感じて、絵麻は立ち上がった。深呼吸を繰り返して気持ちを落ち着かせると、淡々と気持ちを告げる。

「貴方が好きでした。でも、もう、諦めます」

ドアノブにかかっていた手が離れる音がした。

「私からは、もう、なにも望みません。……だから、そっとしておいてもらえませんか」

「え……ま……」

どんなに辛くても、先に進まなければ。

「婚約者の演技は最後まで続けますから、安心してください」

それだけ言うと、絵麻はのろのろとベッドに座り、左手の薬指に嵌《は》まったペアリングを外した。

裏側に文字が刻んであることに初めて気づき、息が止まる。

——AtoE。

リングの裏に彫られた、英字の筆記体。

——AtoE。アズサから絵麻へ。

(嘘つき)

リングに彫られた文字が涙でにじむ。

絵麻は指輪をベッドの脇のサイドテーブルに置いて、そのまま頭から毛布を被った。

(もう、忘れよう)

なにもかも忘れて、これからは、仕事として偽の婚約者を演じればいい。

——恋は、終わった。

絵麻がすべきことは二つ。

ザムザ病の治療法について、研究を続けるメンバーをフォローすること。

新薬が承認されるまで、アズサが日本にいられるように偽の婚約者として振る舞うこと。

——それに集中すればいい。

翌朝。早起きした絵麻は、一人分の朝ごはんを作って食べ、一人で大学に出勤した。

その次の日も、その次の週も、その次の月も——

アズサへの恋心を凍らせ、永遠に心の奥底へ沈めて。

最悪な形で絵麻を傷つけた夜から一ヶ月以上たった。

アズサはキッチンカウンターで、モーニングコーヒーを口にしつつリビングを眺めた。

そこここに絵麻の気配があるのに、本人の姿は見えない。

大学では相変わらず婚約者として笑顔を見せてくれるが、それが演技にすぎないことはわかっていた。

マンションでは姿を見せず、たまに顔を合わせても、会話もなくすぐに部屋に閉じこもってしまう。そうやって、絵麻は静かにアズサから離れていった。

王子であるアズサが、日本に残る時間を稼《かせ》ぐために、絵麻を偽婚約者にしている。

そのことを大迫に指摘され、絵麻との関係をほのめかされた。

極秘の情報が外部に漏《も》れたという事実に衝撃を受けたが、その情報源が絵麻であるという大迫の話には懐疑的だった。大迫と絵麻、どちらが人として信用するに足るかなど、考えるまでもない。

しかし、アズサが演技と見せて本気だったのなら、逆に、絵麻が本気と見せて演技をすることもありうる。一瞬でもそう疑念を抱かされてしまった自分に、隙があったのだろう。

だから、学内メールを経由し、北里玲奈から送られてきた写真を見て我を忘れた。

大迫に肩を抱かれ、別の男に手を握られている絵麻が写っていたからだ。

高中を含めた女性職員や秘書達と飲みに行くことや、場所については絵麻からＳＮＳで伝えられていた。

だが、合コンだとは聞いていない。

冷静でいれば、絵麻のことを信じられたのに、『お前に捨てられた絵麻を受け止める気持ちはあるから、安心しろよ』、そう大迫に宣言されていたことで、独占欲に火が点いた。

無我夢中で会場に乗り込み、たまたま高中と遭遇したあと、大迫から絵麻を奪い返した。

絵麻は誰にも渡さない。偽とはいえ婚約者である以上、彼女は自分のものだ。

それを絵麻にわからせたかった。

彼女自身が望むのなら、王子として求められるのも、結婚するのも構わない。

自分の外見や、立場だけを見てくる女にはうんざりしていたはずなのに、絵麻のすべてを手に入れられるならば、それでもいいと思った。

あの日、愚《おろ》かな独占欲と嫉妬から、彼女を強引に組み敷き、ことに及ぼうとした。

途中で絵麻が処女だと気づいたが、その時にはもう、謝罪も意味がないくらい深い溝ができてしまっていた。

とどめは翌日。店から回収した絵麻の荷物を返したいという高中世羅から呼び出され、落ち合うなり、みぞおちに手加減なしの一発を入れられた。

一緒に行くはずだった高中に送られてきた、時刻も場所も違う女子会の案内メールを見せられ、絵麻は玲奈と大迫に騙《だま》されただけだと怒鳴られた。みぞおちに続いて横っ面《つら》を引っぱたかれた時には、自分で自分を殺したくなった。

(貴方が好きでした。でも、もう、諦めます)

過去形だった絵麻の告白を思い出す。

それだけで、自分が彼女にどれだけ残酷なことをしたのか思い知らされた。

絵麻がアズサにとってどうでもいい存在——そう言った彼女の言葉を、咄嗟《とっさ》に違うと否定しそうになった。だが、できるはずがない。

彼女から距離を取って、これ以上好きにならないように逃げ回っていたのは、他ならぬアズサなのだから。

アズサはそっと胸元に触れて、溜息をついた。

ネクタイを締めたシャツの下には鎖に通したペアリングがある。

触れるたびに、初めて絵麻と出かけた日のことを思い出す。

店員から指輪を勧められて困っていた時の顔や、人混みの中、アズサを引っ張って逃げ出す彼女のうなじが赤くなっていたこと。

そして、イタリア料理店で指輪を嵌《は》めてやった時の嬉しそうな顔。そして、それに幸せを覚えた自分の気持ち。今でも昨日のことのように思い出せる。

けれど、もう、絵麻の左手に指輪はない。彼女はあの日からつけるのをやめてしまった。

アズサは再び溜息をついて、冷たくなったコーヒーを飲み干す。

（これで、よかったのかもしれない……）

諦念と共に、自分に言い聞かせる。

そっとしておいてくださいと告げた、悲痛なまでに傷ついた彼女の声がアズサの胸を抉《えぐ》る。

（彼女を泣かせたいわけじゃない。なら、彼女の望み通り、そっとしておくべきだろう）

そう結論づけ、鞄《かばん》を持って玄関に向かう。昨日、帰宅した時にはあった絵麻の靴はもうない。

一緒に暮らしながら、自分の革靴だけがぽつんとある玄関に、アズサは例えようもない寂しさを覚えた。

4　優しい夜と重なる思い

地元の祭りに行く準備をするために、四ヶ月ぶりに戻ってきた叔父の家は、思ったほどは汚れていなかった。

もう、この家に戻ってきてもいいのかもしれない。ここ一ヶ月の自分の生活を振り返って思う。

アズサを諦めると決意してから、絵麻は同棲するマンションではもちろん、大学内でも極力彼を避けていた。

もともとはアズサから避けられていたのだから、絵麻がアズサを避けても問題ないはずだ。

婚約者のふりはする。けれどこれ以上傷つきたくない。だったら、アズサとはできるだけ顔を合わさず会話もしないのが一番だ。

そう考え行動しているうちに、今では同じマンションにいてもまったく顔を合わせなくなった。

それを考えたら、この家から大学に通っても同じではないだろうか。また、命の危機もありうると脅《おど》されていたが、これまでそんな気配は一度もない。

そんなことをつらつらと考えながら拭き掃除をしていると、壁掛け時計の鐘が正午を告げた。

遅い昼食を、簡単に梅干しそうめんと麦茶で済ませていると、隣に住んでいる世羅が大荷物を抱えてやってきた。

腕からずり落ちそうな長い荷物――浴衣《ゆかた》が入った、たとう紙を受け取って和室へ入る。

「浴衣《ゆかた》なんて久しぶりだわ」

しみじみとつぶやく世羅に、たとう紙から浴衣《ゆかた》を出しながら絵麻が答える。

「ほんとにねー。前に着たのは兵児帯《へこおび》？　あの金魚みたいなひらひらの帯を巻いてた時だから、小学生以来かも」

浴衣《ゆかた》用の下着を身につけていた絵麻を見て、世羅がすかさず注意してくる。

「絵麻、今日はブラジャーしないで。襟元から着崩れしやすくなるから」

そう言われて、つい顔を赤くしてしまう。

「まじですか。……もしかしてパンツも？」

「予想通りの回答だなあ。ほりゃっ！」

世羅がビニール袋に入った新品のパンツを絵麻に放り投げてくる。

「こ、これは！　ちまたでいうTバック！」

ウルトラローライズのショーツさえつけたことのない絵麻にとって、遠足の山登りから、一気にエベレスト登山にチャレンジするくらいの冒険だ。

「これなら下着のラインが出ないからね。あたしもそうする」

当然のように言われて、反論もできずに絵麻は部屋の隅でブラを外した。そして、思い切ってTバックショーツを穿《は》くが、慣れない感触にもじもじしてしまう。

「それにしても、随分渋い柄の浴衣《ゆかた》を買ったね」

絵麻が選んだ浴衣《ゆかた》は、黒と紫の格子《こうし》柄だ。

浴衣《ゆかた》に合わせ、帯も小豆《あずき》色に露草模様が織り込まれたレトロ風のものにしている。

「これだったら、おばあちゃんの帯締めが着けられるかなあって」

身につける順番で床に広げている帯や腰紐《こしひも》の中にある、ややくすんだ金の帯締めは祖母の遺品だ。

他の子が可愛い花柄や薔薇《ばら》など、今風の浴衣《ゆかた》を選ぶ中、絵麻はふと、使わないでいる祖母の遺品をそのままにしておくのが申し訳ない気がして、あえて渋い柄を買ったのだ。

「なるほどねえ……ブラなしだから上のほうで帯締めるよ」

うなずいて息を吐いた瞬間、さすが柔道黒帯《くろおび》！　といった勢いで帯を締められ、息が止まりそうになった。

世羅が手際よくお太鼓結《たいこむす》びにしてくれると、帯のきつさも気にならなくなり、背筋がぴんと伸びた気がする。

仕上げに祖母の帯締めをつけ、背に流していた長い髪をアップにまとめる。

少しだけ昔めいた浴衣《ゆかた》は大人の女性風で、シンプルな珊瑚《さんご》のかんざしにもぴったりだ。

鏡の前で全身をチェックし、落ち着かない胸元を整えていると、首にかけているチェーンが目に留まった。

しっかり着付けられた浴衣《ゆかた》のせいで、チェーンに通したリングがいつもより気になる。

あの夜以降、左の薬指につけなくなったリングは、いつでも婚約者のふりができるように、と自分に言い訳しながらチェーンに通して身につけていた。

――未練、なのだろうか。

そう自分に問いかけて、絵麻は首を振る。

（違う。これは必要だからしていることで、アズサさんなんか別に……）

考えを巡《めぐ》らせていると、「絵麻ぁ……まだぁ？　バス遅れるよ」と世羅に声を掛けられた。

絵麻は急いでネックレスを合わせの奥に押し込み、竹バッグを手に家を出たのだった。

◇
◆
◇

大学付近の海浜から神社にかけて露店が出る祭りの最中、人気《ひとけ》の無い基礎医学研究棟を歩く男二人。

研究者や院生もつれだって祭りに行っているため、どの実験室もすでに消灯されていた。

「それって、恋してるんだよ。完璧に」

最低限のランプや紫外線ライトの光が漏《も》れる中、懐中電灯を振りながら歩く芳賀に断言され、アズサは言葉もない。

愛することが許されないから、嫌って欲しい。他人でいて欲しい。けれど、泣かせたいわけではない。他の男を好きになって欲しくもない。

そんなに難しいことだろうか、と先日、電話してきた芳賀に問えば、『矛盾』と一言で息の根を止められてしまった。

「好きで泣かせたくない。だから、他人でいるか嫌って欲しい。でも誰にも渡したくないって……どんだけ、マゾでエゴだ。一回病院行ってこい」

医師であるアズサに対して、芳賀はそこまで言い切る。

「つーか、忠告しただろ。……大概にしとけ、本気になるなって。お嬢ちゃんに恋したところで、どうにもならないのはわかってるだろ？」

従弟《いとこ》の容赦のない言葉に、アズサの眉間にしわが寄る。

いかに本人が絶縁しているといっても、戸籍上でも国際外交上でもアズサの王籍は有効であり、逃げても死ぬまで継承権がついてまわる。

さらに、片親が生粋《きっすい》のルクシャーナ人ではなく、日本人であるアズサの立場は低い。つまり混血の王子であるアズサが日本人女性と結婚するとなれば、ルクシャーナは王室を中心に大騒ぎになるのが必至だし、下手《へた》をすれば相手に危害が及ぶ。

絵麻を失いたくないあまり、大切ではないと自分も周囲も欺《あざむ》いて――結局、なにもかも失ってしまった。

先には別れしかないのに、どうして、好きだと気持ちを伝えられただろう。

なにも言えないまま日々が過ぎ、お互い言葉どころか姿を見せることにさえ神経を使い、そのくせ、外では婚約者のように振る舞うのは滑稽《こっけい》であり、アズサにとっては酷刑《こっけい》でありすぎた。

「面目《めんぼく》ない」

他にふさわしい言葉が見つからず、芳賀に頭を下げた。

「そもそもお前は、自分が女性にとってどれだけ優良物件か理解するところから始めたほうがいい。ま、お前が女……特に肉食系を嫌ってるのは知ってるが、それが仇《あだ》になって、お嬢ちゃんが嫌な目にあったんだろ」

「………ああ」

傷口に塩を塗り込んで、踏みにじって、けろりとしている芳賀を睨《にら》む。しかし相手はいやらしい笑みを浮かべるだけで、アズサの気はますます滅入《めい》る。

「暇潰しに、北里玲奈について調査したが、まあ、出るわ出るわ。学歴や見合いの釣書こそ純粋培養お嬢様って感じだが、自分より注目を集める女子がいたら、手下と一緒になって囲い込み、潰す典型というか」

下から顔を懐中電灯で照らしながら、芳賀が白目を剥《む》いて舌を出す。

「んもー、なんなの馬鹿なの？　頭に脳みそ入ってるの？　って言いたいわけだ、俺としては」

女の価値を容姿ではなく、知性——それも抜群に頭の回転が速いこと、で判断する芳賀からすれば、見た目や学歴だけの北里は、嫌悪するタイプなのだろう。

もちろん、アズサも今回の一件には腹を立てている。

絵麻から拒絶されたからといって、アズサがなにもしなかったわけではない。

まず北里玲奈を呼び出し、絵麻が大迫に肩を抱かれている写真を送りつけてきたことについて追及した。

玲奈は最初、手違いで送信しただけだと言い張っていた。だが、少し厳しく尋問したら、女子会と言って絵麻を騙《だま》し、酔わせて合コン参加者の男に持ち帰らせる計画だったと白状した。

そうすれば、アズサとの婚約が潰れるだろうと考えたらしい。

――もし、あの時、踏み込むのが遅れていたら、絵麻が他の男の餌食《えじき》になっていたかと思うと、今でも腹立たしい。

「問題は大迫のほうだ。俺の出自や偽の婚約について詳しすぎる」

大迫が合コンに参加していたことについても、北里玲奈に問いただしたが、絵麻を狙っていたからちょうどいいと思って呼んだということくらいしかわからなかった。

父が決めた結婚相手がクッドゥース太守家の娘であるということは、絵麻には話していない。

なのに、大迫は「絵麻から聞いた」と言いながら、絵麻が知らないはずの「太守家のお嬢さんだって？」という事実を口走っていた。

そこに気づいたアズサは、芳賀の協力を仰ぎ、あらゆる可能性を考え水面下で行動していた。

「お前が指摘するのも、一理あるな」

急に真面目になった芳賀が、目的地である亜熱帯性ウイルス免疫学《めんえきがく》の教授室の前で立ち止まり、懐中電灯で中を照らす。

結崎教授がルクシャーナ王太子の主治医として長期休暇中の今、教授室の鍵は、秘書の絵麻と、次席であるアズサの二人が管理している。

「ごく少数の関係者しか知らないことを知っていたなら、可能性は一つだ」

そう言いながら、アズサはポケットから取り出した鍵で教授室を開けて中に入る。

大迫が、あの時の話をなんらかの方法で盗聴していたということだ。

問題は、それが個人的な目的で盗聴していたか、組織的な目的で盗聴していたかだが――

アズサが眉を寄せる横で、芳賀はビジネスバッグから取り出した機械のアンテナを伸ばし、あちこちに向け始める。

十分もたたないうちに電子音が連続して鳴り出した。

教授が使っている机の下に潜《もぐ》り込んだ芳賀が、手袋を嵌めた手で、なんの変哲もない差し口が三つあるタイプのコンセントを摘《つ》まみ、アズサに見せて振る。

「ビンゴ」

応接テーブルの上に懐中電灯を置いて、芳賀がコンセントカバー部分をひねった。ほどなくしてプラスチックがきしむ音と共に機械部分が現れる。

「今時、コンセント式盗聴器とか。机の下とか。ベタすぎるだろ。どこまでお馬鹿ちゃんなんでちゅかねー。その大迫センセは」
「その手のやつだと、製造年月日は……二年か、三年前か？」
プロではないが、アズサも防犯や盗聴には気を使っている。ハイグレードマンション
に住んでいるのも、別に贅沢《ぜいたく》をしているわけではなく、セキュリティが優れているからだ。
「埃《ほこり》の被り具合も含めて二年前だと思う。持ち帰って別口で調べてもらうが……行動に
粗が目立つから、組織的ってわけじゃなさそうだな。今回の件とは別に考えて問題なく
ね？」
片目を閉じ、盗聴器を調べていた芳賀の回答に安堵する。
ルクシャーナ側の、否《いな》、クッドゥース太守家のスパイではなかったことに心からホッ
とした。
（絵麻を狙っていたのは、あくまでも個人的な理由ということか）
肺の中にある息をすべて吐き出して、ソファーに座り込む。
もし、アズサの婚約者ということで絵麻が狙われたのであれば、悔やんでも悔やみき
れない。
法治国家で治安がいいとされる日本国内で殺害されたりはしないだろうが、誘拐され
たり、ルクシャーナ王国領事館へ連れ込まれたりすれば、アズサ達に取れる手は格段に
少なくなる。

絵麻に危険があった以上、確実に調査し、潰しておきたかった。

玩具《おもちゃ》でも組み立てるみたいに盗聴器の部品を弄《いじ》くっていた芳賀が、用意していたラジオペンチで回路の一部を切る。

「これでよし。まあ、データ送信型だし。電波の範囲は学内に収まるから、通信記録を調べれば証拠はばっちりだろ」

「そこは任せる」

額《ひたい》に手を当て、前髪を後ろに撫でつける。その様子を見ていた芳賀が、道具をバッグにしまいながらアズサの向かいに座った。

「教授室に盗聴器が仕掛けられている可能性に考えが至らなかったのは、俺のミスだ。今後は周囲に対して、今まで以上に注意を払うことにする。……で、これからどうすんだよ」

頭の後ろで手を組みながら、芳賀がソファーの背に寄りかかり天井を見る。

「今回の一件はお前んとこの事情は絡《から》んでない。でも今後はわからねーぞ。その大迫って医師はこっちで対処しとくが、お嬢ちゃんへの危険がなくなったわけじゃないからな」

「指摘されるまでもなくわかっている。巻き込んだ以上、絶対に守り抜くつもりだ」

「今のところは、だろ」

髪をがしがしと掻き回してから、芳賀がアズサに視線を向ける。

「まだ内々の情報だが、遅くても年内には新薬の承認が下りるらしい……そうなったら、今やってることなんて、なーんの意味もなくなるだろ」

――ザムザ病の薬が承認されるまで。それが、絵麻との契約期限だ。終われば二人は他人に戻る。

（そうなった時、絵麻は？）

彼女もいつか誰かと結婚して、幸せな家庭を築くだろう。

そしてその相手はアズサではない、別の男だ。

絵麻が自分に向けていたように、違う誰かに微笑みかけ、幸せそうに食事を作っている姿を想像するだけで胸が苦しくなる。

頭では、それがベストだとわかっているが、受け入れたくないのも事実だ。

自分の知らない男の手によって幸せになっていく絵麻を、物わかりよくは見守れない。

いつのまに降り出したのか、雨が窓を叩く音が室内に流れていた。

稲光が走り、これは酷《ひど》くなるなと思った時。

アズサのスマートフォンが振動する。

通知を見ると高中世羅となっていて、アズサは電話に出た。すると、絵麻と一緒に祭りに来ていたが、近くの屋台で火事があり、人混みに流されたまま連絡が取れなくなったと聞かされた。

食べ物の露店特有の、砂糖やらソースやらが混じった匂いがお祭り会場に立ち込めている。

◇◆◇

毎年のこととはいえ、露店だけで約五百軒以上、リヤカーやライトバンの屋台を入ればもっと多く、お化け屋敷や射的などまであるため、人の多さも格別だ。

祭りを主催している神社の参道や敷地はもちろん、今日だけ歩行者天国になっている商店街も大盛況で、特別運行の公共機関まである。

あちらこちらに浴衣《ゆかた》の女性が見えるのは、祭り案内マップに「浴衣《ゆかた》の方には、このマップに付いているチケットを、商店街運営部にてミニスイーツかお菓子のお土産《みやげ》と交換いたします」と書かれているからだろう。地域商店街広報部の涙ぐましい努力だ。

インド料理店が出している露店でサモサとビールを買い、参道にあるベンチの空きを探すが見つからない。

「結構、人が多いな。浴衣《ゆかた》作戦の効果絶大だわー」

世羅がげらげらと笑いながら行き交う人々を眺めている。確かに、ちょっと人が多い。

お姉さん達二人連れ？　とか聞いてくるナンパの声を、虫でも払うように世羅があしらうのを横目に、ビール片手に歩きつつ花火を待つ。

あと一時間ほどで花火が上がるという頃だった。

水滴がぽつりと頬に落ちてきて、瞬《また》く間に豪雨になる。

「えっ、ゲリラ豪雨きた？」

「やだーっ、浴衣《ゆかた》が濡れちゃう」

歩いていた人達が、次々に軒下や近くにある地下鉄の駅を目指して走り出す。

ちょうど通りの真ん中にいた絵麻と世羅は、両方から人波に押されていく。

ぎゅっ、と世羅が強く絵麻の手を握りしめ、「世羅ちゃん、彼氏みたい！」と笑っていられたのもそこまでだった。

「火事だ！」

誰かが叫び、すぐ悲鳴に掻き消された。

はっとして声のほうを振り返ると、見世物小屋の一つから炎がちらついているのが見える。

やばい、逃げられない、とパニック気味にサーファー風の若い青年が叫んだのをきっかけに、人が右往左往し、加速度的に混乱が広まっていく。

一気に押し寄せた人波で繋《つな》いでいた手が離れ、肩で髪を切り揃えた、日本人形みたいな世羅の頭がどんどん遠く見えなくなる。

前に進もうにも、後ろに引こうにも、まったく身動きが取れない。

どれだけ人に揉まれ続けていたのか、勢いに押されるままよろけて、転びそうになった時、強い力で肩を掴《つか》まれ抱き込まれた。

離してください！　と叫びそうになった絵麻は、自分を包む甘いミルラの香りに息を呑む。

真剣な顔で前を向き絵麻を導いているのは、白いシャツに黒いデニム姿をしたアズサだった。

彼は、人の切れ目を冷静に見極めながら、混雑する商店街から脇道に逸《そ》れ、雨をしのげる雑居ビルの階段へ入り込んだ。

「大丈夫か」

「あ……」

見上げると、濡れた金髪を額《ひたい》や頬に張り付かせて、心配そうにこちらを見つめる綺麗な瑠璃《るり》色の瞳と目が合った。絵麻は言葉もなく彼を見つめる。

「怪我や痛むところはないか。ねんざは？」

医師らしく冷静に身体の状態を尋ねてくるが、少しだけ早い口調が彼の焦りを絵麻に伝える。

「アズ……いえ、ハリーファ准教授、どうして、ここに？」

「……高中から連絡があった。スマートフォンの位置情報を送信し合う設定にしていただろう」

そういえば、防犯のためにと、同棲初日にアズサがそういう設定にしてくれていた。

だが世羅から連絡があったとして、あの人混みを抜けつつ絵麻を見つけるのは至難の業《わざ》だ。

普通なら、スマートフォンのSNSでメッセージを送るか、電話するだけで済ませるのではないだろうか。

（わざわざ？　どうして？）

疑問が渦巻き、絵麻はアズサを見上げる。だが、問いかける言葉が出てこない。

それからどれほどたっただろうか。豪雨は降り出した時と同じく唐突に小雨になり、今は雨音さえ聞こえないほどになっていた。

商店街のアナウンスが、火事はボヤですぐ消し止められたこと、浴衣《ゆかた》が着崩れた女性は商店街の美容室と呉服店の厚意で無料で直してくれること、花火は予定通り打ち上げられることなどを告げているのが、遠く、切れ切れに聞こえてくる。

アズサがなにか言おうとして口を開くが、すぐに視線を逸《そ》らす。

「……胸」

「えっ？」

「乱れているから、直したほうが……いい」

言われて初めて、自分が酷《ひど》い格好をしているのに気がついた。

喉元《のど》は緩《ゆる》んで胸の谷間まで見えており、襟足《えりあし》は雨でくったりと萎《しお》れている。裾も汚れている上に、まとめていた髪は幾筋もほつれ落ち、頬やうなじに張り付いていた。

さすがに恥ずかしくなり、あわてて手を胸に当てると、その弾みで隠していたネックレスが跳ね、絵麻の手の甲にぴたりと当たる。

(見られた……!)

アズサを諦めると宣言しておきながら、未練たらしくペアリングを首から下げていたのを知られて、身体中が火照《ほて》ってくる。

おずおずと顔を上げる。目の前には、濡れて琥珀《こはく》色の肌に張り付いている白いシャツ。その、開いた襟元のすぐ下に自分と同じ指輪が下げられているのが見えて、鼓動が騒いだ。

自分がそうしていたように、アズサもつけていたのだろうか――ずっと?

今日、ここにきてくれたのも、本当に自分を心配してくれたから?

いろんな考えが頭の中を駆け巡《めぐ》る。

(駄目。ちゃんと、距離を置かなきゃ)

深呼吸をして気持ちを落ち着かせる。それから感情を抑えるために一度だけ目を閉じた。

「助けていただきありがとうございました。でも、もう、大丈夫です。一人で帰れますから」

声が震えそうになり、絵麻は唇を引き締めうつむいた。そうでないと、アズサが首から下げているペアリングに、性懲《しょうこ》りもなく期待してしまいそうだったから。

（期待するのは、やめるって決めたじゃない）

胸元をきつく握りしめ、アズサを意識しないようにそっけなく告げる。

「ここでタクシーを拾えば二人でいたのもわからないでしょうし、その……」

「駄目だ。君を一人では帰さない」

まるで独占欲の表れのようなアズサの台詞《せりふ》に、絵麻は表情に苦しさをにじませた。

「誰も見ていませんから、ここで婚約者のふりをしなくても」

「ふりじゃない」

アズサが真剣な顔をして絵麻へ身を屈《かが》める。二人の間にある空気が熱を持ち始め、鼓動が激しくなりだす。

「やめてください。……お願い。もう、そっとしておいて」

でないと婚約者のふりができなくなる。どうして、それがわからないのだろう。

困るのはアズサだろうに、どうして――

言葉に詰まっていると、額《ひたい》にかかっていた髪をアズサに指で整えられる。その優しい仕草に、絵麻は泣きそうになってしまう。

「優しくなんて、しないでください。私のことなんか、どうでもいいと思っているくせに」

これ以上、心を翻弄《ほんろう》されたくない。そう思って、アズサから距離を取ろうとした時。

「どうでもよくない。……どうでもいいと思ったことなんて一度もない」

「え……」

「絵麻が、好きだ」

予想もしなかったアズサの言葉に絵麻は大きく目を見開く。逃げたい気持ちと、逃げたくない気持ちで、頭が混乱して動けない。

「う、そ……」

ふらついた絵麻の身体を、アズサの両手が支えた。そのまま腕の中にすっぽりと包まれてしまう。

アズサは、絵麻を抱きしめたまま、階段の壁に背中を預けた。

「好きだ。君を誰にも渡したくない」

頭をアズサの胸元に預けると、濡れたシャツごしに彼の心臓の音が聞こえる。トクットクッ
トクットクッと、少し速いリズムが彼の緊張を絵麻に伝える。

驚きに声も出ない。アズサは絵麻の頬を手で包み、優しく笑いかけてきた。

どきりとしながら見惚《みと》れていると、彼の顔が近づいてきて、まぶたや頬に触れるだけ

のキスが落とされる。

唇が肌に触れるごとに、アズサは絵麻の名を呼び、好きだと繰り返す。

鼓動が速くなり絵麻の身体が火照《ほて》っていく。濡れた浴衣《ゆかた》を着ているのに、身体は冷えるどころか熱くなるばかりだ。

アズサの唇が触れると、その場所が焼け付くようにジンと痺《しび》れる。その痺《しび》れが胸や腹の奥で甘くさざめき、絵麻は頭がぼんやりしてしまう。

眉間に触れた唇がつうっと鼻筋を辿《たど》る。それに合わせて、アズサの整った顔が絵麻の視界いっぱいに広がり、唇の直前で動きが止まった。

互いの額《ひたい》を合わせたまま、アズサが少しだけまぶたを開く。金色のまつげに縁取られた瑠璃《るり》色の瞳と視線が合った。美しすぎる色合いと、そこに宿る熱情に魅せられて絵麻は唇をわななかせる。

「あ……」

絵麻が小さく声を漏《も》らすとアズサが微笑み、焦《じ》れったいほど柔らかな甘いキスをされた。

絵麻の反応をうかがうようなキスは、抵抗されないことを確信すると、すぐに、長く、深いものになる。

「んっ……」

合コンに行ったと誤解され、決別した夜の荒々しいものとはまるで違う。絵麻の存在を確かめるみたいに、ゆっくりと優しくアズサの舌が動く。

顔を傾けられ、喉《のど》に届くほど奥までアズサの舌を含まされる。苦しさを感じてもいいはずなのに、どこか心が満たされていく。

求められていることの嬉しさは、やがて相手を求める気持ちへと変化し、絵麻は自分からそろそろと舌を出した。

すると、彼の唇が離れていく。いけないことをしたのかとびくついた次の瞬間、絵麻の舌はアズサの口の中に吸い込まれていた。

雨で冷たくなった指で滑《なめ》らかに頬を撫でられ、頑《かたく》なだった絵麻の意地が紅茶に落とした角砂糖みたいに溶けていく。

首の後ろを支えられ、緩《ゆる》やかに舌を絡《から》めては解かれ、ぴちゃりと水音が立つ。それが、軒先から落ちる水滴の音と重なり、心地よく耳に響く。

腰をしっかりと抱かれ密着すると、濡れたシャツと浴衣《ゆかた》越しに互いの体温が混じり合い、もっともっととねだるように、絵麻は身体をくねらせてしまう。

それに気づいたアズサから、様々な角度で唇を愛撫《あいぶ》され、絵麻は陶酔《とうすい》の泉へ沈められていく。

「ん、ふ……うぅっ……んんっ、んっ」

指先に力がこもり、アズサのシャツをきつく掴《つか》んだ。

このまま――

もう、このまま時間が止まってしまえばいいと絵麻が思っていると、二人の身体の間で機械的な振動が起こった。突然の思わぬ刺激に、絵麻はびくんと背を反《そ》らす。

階段を踏み外しかけた絵麻を難なく抱き寄せ、アズサはシャツの胸ポケットからスマートフォンを取り出し、鼻で笑って絵麻に見せた。

――高中捕獲。無事。生存。無傷。

メールの差出人を見ずとも、芳賀遼だとわかる内容だ。

つい、くすっ……と笑ってしまうと、アズサも目元を和《なご》ませた。それは、初めて出会った時にアズサが絵麻に見せたものより、ずっと甘く優しい笑みだった。

タクシーに乗ってからも、アズサは絵麻と指を絡《から》めたままだった。

豪雨で濡れた二人を見て、運転手は最初嫌そうな顔をしたが、絵麻から見えないようにアズサが何枚かのお札を渡すと、運転手は二人から視線を逸《そ》らして車のアクセルを踏みこんだ。

やがてマンションの前に着き、エレベーターに乗っても二人の間に言葉はなかった。

それでも、絵麻は気まずいとは感じなかった。

冷たく濡れた絵麻の手を、しっかり指を絡《から》めてアズサの手が包み込んでいる。

それだけでなにも要らないと思えるほど、心が満たされている気がするのはおかしいだろうか。

あれだけ誤解され、互いに傷つき、避け合っていたのに。

玄関に入ってから、スリッパを履こうとして絵麻は動きを止める。

漆塗《うるしぬ》りの下駄はもちろん、素足にも泥が撥《は》ねている。

このままでは室内を汚してしまう。中に入るのをためらっていると、アズサが身を屈《かが》め、絵麻の膝裏に左腕を入れ、右腕を脇の下に潜《くぐ》らせ立ち上がった。

「きゃっ……」

突然抱き上げられ、不安定な体勢に驚きアズサの首に腕を回して抱きつくと、耳元で低い笑い声がした。どきんと絵麻の心臓が飛び跳ねる。

真っ赤になった顔を見られまいと絵麻はアズサの肩に顔を埋《うず》めたが、彼はそれさえ嬉しいという風に、絵麻へ頬を擦り寄せた。

リビングのソファーに下ろされ、そのまま待っていろと落ち着いた調子で囁《ささや》かれ、絵麻は胸元を押さえたまま深呼吸する。

暗い中でアズサが足早に室内を歩くのがわかる。照明のスイッチをつけようかと思ったが、今度はラグが汚れてしまうことに気づき、大人しく待つことにした。

水音がしてすぐ、アズサが濡らしたタオルを持って絵麻の前へ跪《ひざまず》く。

「触れてもいいか？」

許しを乞《こ》う騎士のように下から瑠璃《るり》色の目に見つめられ、絵麻はうなずき返すだけで精一杯だ。

汚れた素足に付いた泥を濡れタオルで拭《ぬぐ》われる。

くすぐったいとももどかしいともいえない感覚をやり過ごそうとするが、固く合わせた膝頭が細かく震える。

爪先《つまさき》から足裏、足首からふくらはぎへと上がってくるアズサの手を意識しないようにしても、心臓が早鐘を打つのを止められない。

「んっ……」

膝裏を拭かれた時、アズサの指が素肌をかすめ、絵麻は思わず小さな声を漏《も》らす。

街の明かりが差し込むだけの薄暗い室内で、絵麻は羞恥《しゅうち》に頬を染める。

（――はしたないと思われたらどうしよう）

きゅっと唇を噛んでうつむく。処女なのに、手が触れただけで感じているなんて。

アズサに軽蔑されたら、絵麻はもう立ち直れない。

今、優しくされているから、なおのこと辛い。

そんな絵麻の気持ちをよそに、アズサは丁寧に隅々まで絵麻の足を拭いていく。それこそ、足の指の一本一本まで愛おしむように。

「ふ……、ぅ、……んん、アズ、サ、さん……もう、いい、ですから」

触れられた場所がじんじんと痺《しび》れ、甘い疼《うず》きに苛《さいな》まれていく。

彼が触れているのは膝から下だけだというのに、それが逆にもどかしく、居たたまれない気持ちになってくる。

手で口元を覆《おお》っても、甘い吐息がこぼれるのを抑えられない。

「残念だな」

語尾をくすくすと軽やかな笑い声で飾りながら、アズサがつぶやく。

「え……」

「いや、もう少し、絵麻の、その可愛い声を聞いていたかったから。……だが、確かに、このままでは、俺も止められなくなってしまいそうだ」

そう言うと、アズサはひょいっと絵麻の右足の先を持ち上げ、音を立てて唇を触れさせる。

「やっ……あ、ぁ……だ、駄目、です。そんなところに、キ、キスなんて！」

一瞬感じた、アズサの柔らかい唇の感覚に、きつく閉じた脚の間がじわりと脈打ちだすのがわかる。

もっとして欲しいと思っている自分に気づかされ、絵麻は顔を赤らめた。

必死になって彼を求める気持ちを抑え込んでいると、口元にあった両手が彼に取られ、そのまま脇に下ろされる。

そうしてアズサは、猫が懐くように、こてんと絵麻の太腿の上に頭を落とした。

不意打ちに甘えられ、絵麻の心臓が大きな音を立てる。

「あ、あ、アズサ……さん？」

ぼんやりとした薄暗がりの中、雨で濡れたアズサの金髪をそっと指で梳《す》くと、心地よさげな吐息が彼の口から漏《も》れる。

「濡れます、よ？」

もう少し色気のある会話ができればいいのに、こういうことに慣れない絵麻はなにをどう言えばいいのかわからない。

「それを言うなら、君もだろう。俺も濡れているし。……駄目か？」

「駄目とか、駄目じゃないとかじゃなくて、あの……その……どうして？」

アズサが優しい……この一時の魔法が解けるのが怖くて、ずっと口に出せなかった疑問をついに口にしてしまった。

冷たい目をした、いつもの彼に戻ってしまう未来を思って、きゅっと身体が縮こまる。

長い沈黙が二人の間に落ちた。互いの呼吸音が、静かな部屋でやけに大きく聞こえる。

「アズサさん」

膝の下あたりに触れるアズサの胸から、彼の鼓動が少しずつ速まっていくのがわかる。

「絵麻……」

アズサが顔を上げる。

琥珀《こはく》色の彼の指先が、ほつれた絵麻の黒髪へ伸ばされ、触れる直前に動きを止めた。

いつも強気なアズサらしくないためらいに、絵麻は奇妙な愛おしさが込み上げてくるのを感じる。

「ごめん」

なんの飾り気もない、たった一言の謝罪の言葉に絵麻は息を止めた。

「……手に入らないものと決めつけ、壁を作って拒絶した。理不尽に傷つけ続けて、すまなかった」

「どう、いう、こと……です？」

震える声で尋ねる絵麻に、アズサは視線を遠くに向ける。

「もともと、妹に対するような好意はあった。特別な存在でもあった。……だが、いつしか君を女性として意識している自分に気づいて、愕然《がくぜん》とした」

思いもしなかったアズサの告白に、絵麻はなんと言えばいいかわからない。

ただ、溢《あふ》れてくる感情のまま、彼の顔の輪郭や髪にそっと指で触れた。

「たぶん、あの時には、もう……君に惹かれていた。……だが、研究の途中だったし、王子という立場もあって、告げることは叶わないと思っていた」

叶わないなら、いっそ嫌われたほうがいいと、距離を置き冷たい態度を取っていたと聞かされる。

「自分が傷つきたくなくて……君を傷つけた」

彼は今まで胸に閉じ込めていた思いを言葉にしている――それがわかって、絵麻の胸が震えた。

「君に惹かれていた。恋していた。……でも、許されないのもわかっていた。だから封じ込めなければならないと、頑《かたく》なに拒絶していた」

ああそうかと、今までのことを振り返って、絵麻は理解した。

彼はルクシャーナ王国の第二王子であり、王位継承権がある。万が一、王太子になにかあれば、国王になる立場の人だ。

「俺の母が日本人なのは知っているだろう。王からどんなに愛されていようと、周囲は異国人の妃を認めていなかった。王が見ていない場所……後宮では、国が違うから、家格もないただの平民だからと難癖をつけられては、蔑《ないがし》ろにされていた」

ゆっくりとアズサが身体を起こし絵麻を見上げた。

「片親が生粋《きっすい》のルクシャーナ人ではない混血の俺は、母の死後、いない者として扱われ、王にも興味を持たれなかった。そんな思いを、自分の子にはさせたくない。だから、生涯結婚はしないと決めていた」

そう言ったアズサは、流れるような仕草で絵麻を導き、向かい合う形で立たせた。アズサの両手が絵麻に伸ばされ、指がそっと首筋に触れる。すぐに、鎖が外れる音がして、ネックレスに通していた指輪がアズサの手の平に滑り落ちる。

「それでも、俺は……絵麻、君を愛し、幸せにしたいと思っている」

感動で胸がいっぱいになり声を出せずにいると、アズサに左手を取られた。絵麻の薬指にプラチナの指輪がゆっくりと通される。

驚くほどぴったりと指になじんだそれは、打ち上がった花火の光を受けてきらきらと輝いた。

夏の夜空に輝く大輪の花火。

様々な色の光に照らされ、複雑に彩《いろどり》を変えるアズサの瑠璃《るり》色の瞳を見つめながら、絵麻はおずおずと手を伸ばす。

彼の首にかかる鎖の留め金を外して、先ほど彼がそうしたように左手を持ち上げる。

偽の婚約者になって、初めてのデートでプレゼントされたペアリング。それを結婚式のような厳粛な気持ちで彼の薬指に通す。

お互い持ち上げた手を触れ合わせ、二人だけの誓いのキスを交わす。

「私も、アズサさんが、好きです。……ずっと、ずっと前から、好き」

視界が歪《ゆが》んで涙がこぼれる。

「絵麻……！」

息ができないほど強く抱きしめられ、抱き返し、互いの身体をまさぐり合う。

今、ここにいることを二人で実感し合い、どちらからともなく顔を寄せ、唇を重ねた。

「んっ……」

ついばむようにアズサの唇で下唇を挟まれる。時に歯を立てられ、鼻から甘い声が抜けてしまう。

アズサの吐息が触れるだけで、絵麻の唇は痺《しび》れ、求めるように自然と開く。

するとそこに彼の舌が、そっと入り込んできた。

差し込まれた舌が、絵麻の口の中でくちゅくちゅと音を立てながら蠢《うごめ》く。そのたびに、身体の奥から灼《や》けるようななにかがせり上がってくる。

舌を絡《から》め、より深く繋《つな》がろうと奥を探られるうちに、一つに溶け合うみたいな陶酔感《とうすいかん》が生まれた。わななく絵麻の指が、アズサのシャツにしわを作る。

絵麻の身体をまさぐっていた彼の手が、背中から腰へ少しずつ下りて離れた。

一瞬、遠ざかった大きな手の感触に寂しさを覚えてすがりつくと、ふっと解放感を覚えた。いつの間にか緩《ゆる》められた帯が、らせんを作りながら絵麻の足下に落ちていく。

湿った布の音がラグの上で聞こえたと思ったら、胸が楽になり、帯だけではなく腰紐《こしひも》までが解かれているのに気づいた。

はっと息を吸い込む。

帯を解かれた浴衣《ゆかた》は心許《こころもと》なく、自分が酷《ひど》く無防備になった気がして頬を赤らめる。

長身のアズサからは、ブラを着けていない胸の先端まで見えてしまうのではないか。

そう思った瞬間、絵麻は咄嗟《とっさ》に緩《ゆる》んだ胸元を両手で押さえる。

「絵麻」

名を呼ばれるだけで身体が疼《うず》く。心臓はドキドキしすぎて壊れてしまいそうだ。

胸を隠す手にアズサの手が重ねられる。だが、そのまま動こうとしない彼に戸惑い、絵麻はおずおずと顔を上げた。

微笑む彼の柔らかな表情に宥《なだ》められ、胸元から手を下ろす。

暗いリビングの中、瑠璃《るり》色の瞳に魅了され視線を捕らわれる。アズサは絵麻を見つめたまま、探るように浴衣《ゆかた》の合わせ目から手を忍ばせた。

冷たくしっとりとした肌に、熱く乾いた手で触れられた途端、火傷《やけど》したみたいな衝撃が走る。

びくんと身体が小さく跳ねた。

アズサは、絵麻をおびえさせないようにそっと左胸を包み、時間を掛けて自分の体温をなじませていく。じんわりと染み入ってくる温かさに、絵麻の口からほうっ、と吐息が漏《も》れた。

優しく肌をまさぐられ、心地よさにうっとりと目を閉じる。

肩を撫でられながら、親指で鎖骨をなぞられる。やがて絵麻の身体中を巡《めぐ》る血が熱くなっていく。彼が触れた場所から、指や足の先まで熱が伝わっていくみたいで気持ちがいい。

戯《たわむ》れに首筋をくすぐられ、絵麻が身をすくめると、今までのゆったりした動きを裏切る速さで浴衣《ゆかた》がはだけられた。

驚いて目を見開いた時には、反対側の肩からも布が滑り落とされ、いつの間にか絵麻は小さな下着一枚の姿で彼の前に立っていた。

動転して裸を隠そうとすると、両手首を掴《つか》まれ、そのままアズサの口元に導かれる。

爪の先から指の関節へと、絶え間なくキスを施《ほどこ》される。

「綺麗だ。……隠さなくてもいい」

愛しげに囁《ささや》かれ、羞恥《しゅうち》で逃げだしたかった絵麻は心の中でつぶやいた。

（ずるい……）

アズサは、たった一言で絵麻を無力にしてしまう。

髪を解かれ、湿った毛先が背を打った。思わず身体を弓なりに反《そ》らすと、アズサの手が絵麻の乳房に直接触れた。

彼は慎重に膨《ふく》らみを持ち上げ、揺さぶってきた。

胸の先にある薔薇《ばら》色の蕾《つぼみ》がふるふると震え、甘い疼《うず》きが胸を中心に広がっていく。

「ふ……う、ん――――っ」

胸の形が変わるほど揉み込まれたり、乳首の周囲をなぞるように爪で引っかかれる。

アズサの手が身体に触れるごとに、絵麻のお腹の奥が蕩《とろ》けていく。

脚の間に感じる疼《うず》きに耐え、膝を擦り合わせた。

足下にわだかまる浴衣《ゆかた》を踏んでもみくちゃにしながら、やるせない震えをやりすごそうとする。

「あっ」

「可愛いな、絵麻」

喉元《のど》に顔を埋《うず》め、肌をきつく吸われた途端、絵麻の唇から堪《こら》えきれない声が漏《も》れた。

肌に散らされた赤い花弁に触れつつ、アズサがいつもより低い声で告げる。

「逃げないでくれ。怖いことはしないと約束する」

そう言われても、緊張は高まるばかりで、つい首を横に振ってしまう。

アズサを拒絶しているわけではない。ただ、自分が変わっていくのが少し怖いだけ。

未知の一線を越える勇気が足りないだけ。

言葉にしたくても、口から出るのは切羽《せっぱ》詰まった息と、喘《あえ》ぎにもなれないかすれた音だけだ。誤解されたらどうしようと目が潤《うる》む。

「大丈夫だ。俺を信じろ」

そっと耳殻を噛まれ、そんなところでも感じるのかと目を大きくする。すると、アズサが硬く尖った胸の蕾《つぼみ》を人差し指で弾いた。

「あっ……あっ……っう」

まるで楽器になったみたいに、乳首を弾かれるたびに声が上がる。

アズサの手が腰から尻に下りていき、柔らかな肉にゆっくりと指を沈めだす。

思わぬところに男の強い力を感じ、絵麻は小さな悲鳴を漏《も》らした。

「たまらないな。……その声も、反応も。この肌の滑《なめ》らかさや柔らかさも」

余裕の表情を見せるアズサを、つい上目遣いで睨《にら》む。

「そういう目をされると、ますます煽《あお》られる。……絵麻は、どこまで俺を魅惑すれば気が済むんだ」

「だっ……だって、そんなの……わ、わからない」

自分の仕草がアズサの目にどう映っているのかなんてわからない。まして狙ってやっているわけでもないのだから、対処のしようがない。困り果てて、絵麻は顔を横に背《そむ》ける。

するとアズサが尻から太腿に手を滑らせながら、身を屈《かが》めて、ちゅっ、と胸の尖端に触れるだけのキスをした。

「んうっ！」

目の前が白くなり、背骨がきしむほど身が反《そ》り返る。

一瞬、浮遊感を感じたと思ったら、アズサに抱え上げられていた。

そのまま身を小さくしていると、欲情を伴った熱風が肌をかすめた。

「絵麻が欲しい」

絵麻は黙ってうなずき、アズサの首に回した手に力をこめる。

アズサの寝室のベッドの真ん中に下ろされ、スプリングがきしむ。

オートで灯《とも》るダウンライトが、おぼろげに家具の形を浮き上がらせている。二人で寝ても十分な大きさのベッドの横に、木製のサイドチェスト。

名前も知らない観葉植物の鉢が一つと、雑誌ラック。

それ以外はなにも見当たらず、本当に寝るだけの部屋だというのがアズサらしい。

ベッドに腰をかけていたアズサが、絵麻の黒髪を撫でつつ、片手で自分のシャツのボタンを外していく。

あらわになったアズサの上半身に、絵麻はつい見惚《みと》れてしまう。

琥珀《こはく》色の滑《なめ》らかな肌をした上半身は、着痩せするのか、研究室のスーツや白衣姿よりずっとたくましく肩幅も広い。

服を脱ぎ去り、下着姿で髪を掻き上げるアズサが妙に官能的で、絵麻はどきりとしつつ目を逸《そ》らす。それにより、ボクサーパンツの下で盛り上がり、脈打つものを見てしまった。

（……あれが、男の人の、ううん。アズサさんの）

初めて見る雄の力強い生命力に、喉《のど》の奥がきゅうっと締まり息が震える。

視線を逸《そ》らせず黙り込んでいると、アズサから小さく笑われた。絵麻は身をすくめ、きつくまぶたを閉じる。

セックスの知識がないわけではない。だから布地の下になにがあるのかもわかっている。

でもどうしても気になってしまう。だって、あんなに大きなものが入るのだろうか？

「絵麻……」

すぐ側で名を呼ばれ、首筋に息が触れる感触にわななく。

そっと彼を見上げると、少しだけ目元が赤くなっている。それがやけに色っぽく見えて、閉じていた太腿が小さく震えた。

強引にされたこの間とは、感じ方も敏感さもまるで違う。

好きだという気持ちが、お互いにあると知ったからだろうか。

頑《かたく》なだった身体が、求められる歓《よろこ》びに柔らかくなるまで、さほど時間はかからなかった。

アズサは絵麻の腰を挟んでベッドの上に座り直すと、鎖骨から脇へ、肩から二の腕へ、そして胸の膨《ふく》らみへとキスしていく。時々、大丈夫かと問うように絵麻の名を呼んだ。声が耳に届くごとに愛撫《あいぶ》されている場所が過敏になり、つい下腹部に力が入ってしまう。

悪戯《いたずら》するみたいにへその穴を舌でくすぐられ、絵麻の喉《のど》からうろたえた声が飛び出す。

「あ……アズサ、さんっ」

「初めての君が敏感なのは、俺を求めているからだとうぬぼれていいか？」

絵麻の腹部に頬ずりしながらアズサが笑う。

子どもっぽい仕草とは裏腹な大人の睦言《むつごと》に、絵麻はどう応《こた》えていいかわからない。

だから正直に言葉にすることにした。

「うぬぼれじゃ、ないです」

「絵麻……」

頭を持ち上げたアズサが、下から絵麻を見つめてくる。

「うぬぼれじゃない、です。……アズサさんが、好き。……好き、だから、なにもかも、あげたい」

瑠璃《るり》色の目が大きく見開かれ、絵麻は自分からアズサが欲しいと言ったも同然であることに気づく。

とんでもなく、はしたないことを言ってしまった。

ぎゅっと目をつむり、身をよじって枕に顔を埋《うず》める。恥ずかしくてたまらない。

「君は……」

アズサが身体を乗り上げてくる気配がして、気がつくと抱きすくめられていた。

「本当に、どこまで、俺をおかしくさせる気なんだ。……傷つけたくないのに、優しくしたいのに、奪いたくてたまらなくなる」

彼は、こうしたことに慣れているんだろうと思っていた。きっと女性経験が豊富だろうと。

けれどそんな彼をおかしくして余裕をなくさせるほど、自分は愛されている。

なら、痛くてもいいから奪って欲しい。

絵麻は手を伸ばしてアズサの背に回す。肌を合わせて、愛する人の存在を感じる。

触れ合う歓《よろこ》びに浸《ひた》っていると、アズサの手でそっと下着を取り去られた。

「あ……」

そよ風のように脚の間の茂みを揺らされ、手で秘処を包まれる。

触れるか触れないかの微妙なタッチで裂け目の縁を指でなぞられると、ぞくぞくとしたものが腰骨から頭のてっぺんまで走り抜けた。呼吸が速くなり、絵麻の頭は陶然としてくる。

きつく閉じていた花弁は愛《め》でられるごとにほころび、内側から滴《したた》った蜜がアズサの指先を濡らす。

滑りがよくなった指は、より大胆に蜜洞の入り口の襞《ひだ》を擦り上げる。

十分にほぐれた淫唇を二本の指がくつろげ、隠れた敏感な蕾《つぼみ》を摘《つ》ままれた。

身体中の神経が剥《む》き出しになったような、淫《みだ》らで強い刺激に、絵麻は甘くすすり泣く。

「やっ……やあ、あ……だ、駄目……」

波のように次々と押し寄せる愉悦《ゆえつ》に身悶《みもだ》える。

くちゅちゅくと湿った音がやけに淫猥《いんわい》で、羞恥《しゅうち》に身をよじらせた。アズサの手を止めたくて太腿に力を入れるが、ぶるぶると震えるだけだ。

さっきまでアズサが絵麻の腰を挟んでいたはずなのに、いつのまにか、絵麻がアズサの腰を挟んで上半身をくねらせている。

「もう、も、……おかし、く、なりそぅ——あぁっ！」

アズサの手で開かれ、物欲しげにひくひくと震えていた花弁の中心に、彼の長い人差し指が差し込まれた。その衝撃に、絵麻は目を見張る。

「あ、あぁ……あ」

身体の中の違和感に、以前強引に押し開かれた痛みの記憶がよみがえり、はくはくと呼吸が震える。

絵麻が落ち着くのを待つように、アズサは辛抱強く指を動かさずにいてくれた。だが、呼吸が整ってくると、緩《ゆる》やかに指を出し入れし始める。

絶え間なく与えられる愛撫《あいぶ》に目眩《めまい》を覚え、絵麻はきつく足指を曲げ、快感をやり過ごそうとした。

なのに絵麻の内側は、より強く激しいなにかを求め、収縮していく。

「……っ、く」

眉間にしわを寄せたアズサの口から、艶《つや》めいたうめき声が漏《も》れる。

みだりがましい水音を立てながら、彼は隘路《あいろ》を広げるように指で中を掻き回していく。

指先が探るみたいに内部で蠢《うごめ》き、やがて特別に感じる一点が暴かれる。

「ひあっ……や、あ……そこ、は……ぁ」

くりゅん、と、わずかにしこっている場所を押し捏《こ》ねられ、強すぎる刺激に身を震わせた。

淫花の奥からとめどなく蜜が滴《したた》り、絵麻は甘い悲鳴を上げる。

「ふ、ぁ……ん、やぁ……も、だめ、ぇ」

シーツをきつく掴《つか》むと同時に腰が泳ぐ。

鼓動が乱れ、耐えられない愉悦《ゆえつ》に理性が屈服する。

そこばかりを執拗《しつよう》に攻められて、絵麻は首を仰《の》け反《ぞ》らせ喘《あえ》ぐのが精一杯。

二本に増えた指が中で曲げられ、敏感すぎるその場所を力強く刺激されると、もうたまらない。

ぐちゅぐちゅと、みだりがましい水音が絶え間なく響き、辺りには欲望の香りが濃く漂《ただよ》いだす。

やがて下腹部の奥から強い衝動がせり上がってきて、精神の糸が限界まで引き伸ばされる。

「あああぁっ、あっ、あ……あぁ！」

意識が一瞬途切れ、絵麻は世界が光に包まれるほどの絶頂を初めて知った。

「——ぁ、は」

シーツを掴《つか》んでいた指も、唇も、広げられた脚さえも、一気に脱力して、わななかせることしかできない。

喘《あえ》ぎすぎて呼吸が乱れ、なんだか頭がくらくらする。

「大丈夫か、絵麻」

中から指を抜いたアズサが、絵麻をいたわるように声を掛けた。

「だ、い……じょう、ぶ……で、す」

全力疾走《しっそう》をしたあとみたいに息を乱しながら、切れ切れに答える。するとアズサが絵麻の額《ひたい》に口づけた。

「そんな顔をしておいて、無理をするな」

困った様子で苦笑しながら、アズサは絵麻のこめかみから髪の中へと指を通す。

ふとした拍子《ひょうし》に下肢をかすめる硬い感触を、強く意識してしまう。

最初に見た時より、そこははち切れそうに大きくなっていた。それに時折、長い息を吐いて切なく眉を寄せているアズサから、彼が切羽《せっぱ》詰まっていることが知れた。

愛されることを知ったばかりの身体はまだ未熟で、アズサから与えられる感覚に応じるだけで精一杯だ。だが、それでも、絵麻は最後までちゃんとアズサを受け入れたかった。

「大丈夫、です……から」

シーツを掴《つか》んでいた手を持ち上げアズサの首に絡《から》めると、たじろいだ彼が身を離そうとする。

離れて欲しくなくて、気怠《けだる》い指先に力をこめ、アズサに向かって微笑みかける。

「絵麻――」

なにか口にしかけ、すぐアズサは首を振った。

「俺のものになってくれるか？」

彼は両手を絵麻の頭の横について上半身を支えたまま、腰を落として彼女の恥丘に熱情を押しあててくる。

その瞬間、内部がひくつき、とろりと愛蜜が溢《あふ》れるのを感じた。

こくりとうなずくと、アズサはわかったとつぶやき、もう一度、額《ひたい》に唇を触れさせる。

まだどこか現実味がない中、ことりと引き出しが開き、パッケージが破られる音が聞こえた。

「力を抜いたままでいろ。あまり、痛がらせたくない」

優しい言葉とは裏腹に、アズサは絵麻の膝の裏に腕を潜《くぐ》らせ、力強く腰を掴《つか》んだ。

避妊具越しでも十分に熱いアズサの先端が、蜜のぬめりを広げるように入り口に触れては離れ、絵麻の気持ちが開くのを待っている。

二人の視線が一つに合わさり、硬く勃ち上がったアズサの昂《たかぶ》りが秘処に沈められる。

アズサは慎重に体重をかけて、絵麻の蜜壺の入り口を開いていった。

かさの部分がゆっくりと入り口を押し広げるにつれ、痺《しび》れとも痛みともつかないものが走る。

絵麻は、身体の中でうずうずと溜まりだした熱を、早くどうにかして欲しかった。

けれどアズサは、絵麻を気遣って、ゆっくりと腰を動かし挿入を深めていく。

「んっ……、ぅ……」

ぴりっとした痛みにうめくと、アズサは絵麻の膝裏を自分の肩に掛けさせ、自由になった右手を茂みに伸ばす。

「ひあっ……やっ！　んっ！」

二人が繋《つな》がる部分をまあるくなぞられ、絵麻はたまらず両手で顔を隠した。

蜜口に触れられていると、アズサがいる中が強く意識されてお尻がもぞもぞしてしまう。

「んっ、ん……んんっ」

太腿がびくっびくっと細かく震えるたびに、蜜壺からとろりと生温かいものが滴《したた》り、アズサの動きを滑《なめ》らかにする。

右に左にと入り口を愛撫《あいぶ》していた指先が、花弁の上へ向かっていく。

「やっ……そこ、は……、あ、あああっ！　ひぁん！」

くにゅっ、と頭をもたげた淫芽を包皮ごと押し潰され、あられもない声が上がった。

アズサの肩に掛けられていた足先が空を蹴り、あまりの悦《よ》さに爪先《つまさき》が内側へ丸まってしまう。

「あぁん、は……うっ……ぅ」

じんじんと疼《うず》き痺《しび》れる場所を弧を描くように刺激され続けるうちに、挿入の疼痛《とうつう》は消え、心地よい愉悦《ゆえつ》へと取って代わる。

絵麻の声に艶《つや》やかさが戻ってくると、アズサは繋《つな》がった部分をさらに密着させ、はあっと熱っぽい息を吐いた。そして、熱い屹立《きつりつ》で一気に奥処《おく》まで穿《うが》たれる。

「あっ……あああっ…………！」

ずんっ、と腰骨に響く衝撃に、頭がどうにかなりそうだった。

たまらずアズサの首にすがりつくと、後頭部に手を添えられ彼の首筋に顔を埋《うず》めさせられる。

「きつかったら、歯を立てていい」

動くことを我慢しているためか、低く、ざらりとした声が鼓膜を震わせる。

「も……全部？」

「ああ」

嬉しくてきゅっと中を締めると、それに抗《あらが》うようにアズサのものが脈動する。

「動くぞ」

しばらくしてから、そう告げられ、アズサの腰が動き出す。

「やっ――そこ、当たる、か、ら……ぁ」

指で一際強く感じた部分を正確に押し上げられる。抜かれる時に嵩高の部分で襞《ひだ》が擦られると、ぞくぞくするほど気持ちがいい。

最初はぎこちなく強張《こわば》っていた隘路《あいろ》は、抽送《ちゅうそう》のたびにひくつき、アズサをもっと知ろうと貪欲に彼の楔《くさび》を締めつける。

熱い洞《うろ》の中で前後に律動していた雄根は、絵麻が慣れるに従って、回し、ねじ込むような動きをし始めた。

「あっ……あ、あ……いっ、ん」

どちらがどちらの熱か区別もつかないほど蕩《とろ》け、一体となる歓《よろこ》びを互いの身体で伝え合う。

淫靡《いんび》な熱に翻弄《ほんろう》されながら、絵麻は精一杯の力でアズサに抱きついた。

「絵麻……ッ」

「んっ……あ、アズサ、さん、好……きぃ」

奥をくじられ、切れ切れになった声で伝えた途端、アズサの動きが一層、力強くなった。

愛する人と繋《つな》がれた喜びに、絵麻の内部が柔らかく変化する。

快楽で下りてきた絵麻の子宮口に、アズサの尖端があたり、腰が砕けるほどの絶頂に頭の中が真っ白になった。

耳元で繰り返される愛の言葉が、花びらのように絵麻の世界で舞い踊る。

開かれた内部が収縮し、アズサの熱棒を強く締めつけた。

「――ッ！」

息を呑んだ気配がした次の瞬間、絵麻の蜜路の奥でアズサの昂《たかぶ》りが熱く弾けた。

いつも閉じっぱなしにしているカーテンの隙間から光が差す。それにまぶたの裏を刺激され、アズサ・サウダッド・ハリーファはぼんやりと目を覚ました。

傍らに、疲れ果て、猫のように丸くなって眠る絵麻を見つけて苦笑する。

あまり無理をさせるつもりはなかった。

痛がるようなら、途中で行為を中断する覚悟もしていた。

なのに、ひたむきにアズサを求める絵麻の真っ直ぐさと、快感に乱れてもなお初々《ういうい》しい反応に我を忘れ、最後は貪《むさぼ》るようにして抱き、彼女に夢中になっていた。

（本当にどこまで翻弄《ほんろう》してくれるのか……）

彼女の頬をつつくと、んんっ、と甘えた鼻声を漏《も》らされあわてて指を引く。そうでなければ、また抱いてしまいそうだった。

けれど、処女を失ったばかりの絵麻にはきっと辛いだろうし、明日、仕事があることを考えると無理はさせられない。

いまやアズサは、絵麻が泣くどころか、疲れ、辛そうな顔をするのを見るのも耐えられない。

それほど心を奪われていた。

まして、自分のせいで傷つけるなど、もう、二度としたくない。

笑って、花開かせて、「アズサさん？」と小首を傾《かし》げながらはにかむ彼女を、大切にしたいと思った。

そのためには、今までのように逃げ回ってはいられない。

その覚悟を伝えるように、アズサは眠る絵麻の唇に己の唇を触れさせる。

「絶対に、守って、幸せにしてみせる」

――たとえ、王族としての立場を捨て、誰かに憎まれたとしても、後悔はしない。

穏やかな寝息を立てる絵麻をずっと見ていたい誘惑を振り切りながら、アズサはシャワーを浴びて、大学へ向かった。

絵麻との未来を阻《はば》む、あらゆる問題と決着をつけるために。

◇◆◇

まどろみの中で誰かの優しい唇が触れ、胸に幸せな気持ちが広がっていく。

（アズサさん？）

問いかけようにも、初めての経験に翻弄《ほんろう》された身体は怠《だる》く、目を開けるのもおっくうだ。

人の動く気配がして隣が寂しくなる。やがてドアが開いて足音が遠のいていくのを感じた。

――嫌だ。離れたくない。

消えたアズサのぬくもりにすがろうと絵麻はシーツを掴《つか》み、なんとか寝返りをうつ。

「ん……」

脚の間に違和感を覚え、それがアズサと結ばれた名残《なごり》だと理解した途端、意識がはっきりしてくる。

「アズサ、さん？」

起き上がって寝室を見ると、絵麻の他には誰もおらず、ただベッドの足下に、洗濯された絵麻のバスローブが置いてあるのが見えた。

もう一度、迷子になった幼児のようなか細い声でアズサを呼ぶが返事がない。

不安に焦り震える手でバスローブを羽織ると、絵麻は寝室を飛び出した。

誰もいないリビングには、昼の光が燦々《さんさん》と入り込んでいる。

昨日までとの違いといえば、綺麗に畳まれた浴衣《ゆかた》がソファーの背に掛けられていることと、洗濯機が回る微《かす》かなモーター音が響いていることだけで、そこに捜す人の姿はない。

やっぱり、自分を抱いたことを後悔して出て行ったのだろうか。

絵麻は後ろ向きになりがちな気持ちを抑えつけ、深呼吸をする。

するとカウンターテーブルの上に、アズサのマグカップが残されていた。

いつも綺麗に洗って片づける彼らしくない、そう思いつつふらふらと歩み寄ると、マグカップで押さえたメモが残されていた。

——急用で研究室に行く。戻りは十九時頃。

研究室にあるホワイトボードに残すような、素っ気ない伝言に目を丸くする。

絵麻はマグカップを持ち上げ、そのまますっと笑ってしまった。

——もし絵麻が作れるのなら、夜は肉じゃがと卵焼きが食べたい。

きっと書いてから恥ずかしくなって、マグカップで隠していたのだろう。それを考えると、どうしても笑いが止まらなくなる。

「やだ。アズサさんったら、肉じゃがと、卵焼き、なんて……」

初めて絵麻が作り、アズサが食べてくれたメニューと同じなのは、たぶん、偶然なんかじゃない。

メモを持って自室に入り、大切に手帳に挟み込んだ。そしてシャワーを浴びる準備をする。

それから、買い物に行って、とびっきりの肉じゃがと卵焼きを作ろう。

(付け合わせはほうれん草のおひたしか、白和《しらあ》えかな？　あと、お味噌汁の具はどうしよう)

自然と浮かれてしまう足取りの一方で、絵麻は、この偽の婚約にいつか終わりの日がくることを、静かに心の片隅へ刻みつけた。

アズサの帰宅は、メモより三十分も早かった。

時間に正確な彼にしては珍しいと思いながら、絵麻はエプロンのまま玄関へと向かう。

急いでいたため、廊下の途中にある書斎にスーツケースを入れこちらを向いたアズサに、勢いあまってぶつかってしまった。

そのまま彼に抱きすくめられ、絵麻はドキッとする。

「ただいま」

ゆったりとした調子で、アズサに耳元で囁《ささや》かれ、絵麻は顔を赤らめつつ彼を見上げる。

「おかえりなさい」

よくできました、という風に額《ひたい》にキスをされた。まるで新婚のようなやりとりが照れくさくて、絵麻はついもじもじしてしまう。

「おいしそうな匂いがするな」

目元を和《やわ》らげ様子を見ていたアズサが、絵麻の髪を弄《いじ》りながら問う。

「あ、えっと、その……リ、リクエスト通りに肉じゃがと」

卵焼きを作らせていただきました。そう言いかけた絵麻の首筋にアズサが唇を寄せ、そのまま緩《ゆる》く吸い上げられる。

「うぁ……っ、ア、アズサさん？」

「一番おいしそうな匂いがするのは、絵麻なんだが」

軽く肌を噛まれ、ちくっと痛んだその場所を舌で舐《な》められ、絵麻は鼓動が速まるのを感じた。

腰にあてられていたアズサの手が、デニムに包まれた絵麻のお尻の付け根に移動して、人差し指で谷間を引っかかれる。

長い指先は、背後からでも敏感な秘花の縁に届きそうだ。触れそうで触れない動きが、快感のもどかしさへと変わっていく。

アズサの唇は絶え間なく絵麻の首筋や耳の裏など、昨日とは違う場所を辿《たど》り、攻め、まだ悦《い》いところがあるとほのめかしてくる。

背骨からうなじをかすめるようにアズサの指が髪の中へ潜《もぐ》ってきて、そのまま髪を指で梳《す》き、後ろで髪をまとめていたシュシュを滑り落とす。

堪《こら》えきれず、はっ、と艶《つや》っぽい吐息をこぼすと、アズサは顎《あご》と首の境目あたりに唇をつけたまま問いかけてきた。

「ここに、痕《あと》を残してもいいか？」

流されるままにうなずきかけ、あわてて首を横に振ろうとするが、後頭部を捕らえられていて動けない。

「やっ……だ、駄目。そこ、シャツから出ちゃう、から、見えて……しまう」

キスマークなど残されては、なにをしたか一目瞭然《いちもくりょうぜん》だ。

虫に刺されたと言い訳しても、絆創膏《ばんそうこう》で隠しても、きっと誰かにからかわれる。

湿って温かいアズサの唇に心地よさと、所有の証《あかし》を残される恐れを同時に抱きながら、絵麻は必死に彼の胸に手を突っ張る。

「見えるからいい。……絵麻が、俺のだって。みんなにわからせたい」

笑いを抑えた細かな吐息が肌をざわめかせ、身体中を熱くし、絵麻は頭がぼうっとしてくる。

これ以上に親密なことを昨晩したのにと考え、ますます絵麻は恥ずかしさで居たたまれなくなった。

(廊下で、とか、見える場所にキスマークとか、そんな、の)

昨日まで処女だった自分にはあまりにもハードルが高すぎる。なのに、アズサはちゅくちゅくと、わざといやらしい音を立てて絵麻の肌を吸う力を強くする。同時に、下半身を弄《もてあそ》ぶ指の動きも激しくなった。

「やぁ、あ……だ、だめっ！　だめだめっ！」

目をきつく閉じて両手を突っ張ると、それまでの強引さが嘘のように、アズサの腕から解放され、絵麻は呆気にとられてしまう。

そろそろと視線を上げると、彼は笑いを堪《こら》えながら絵麻を愛おしげに見つめていた。

「あ、あのっ」

「冗談だ。……あまりにも、絵麻が可愛くて」

羞恥《しゅうち》と、からかわれた憤《いきどお》りとで真っ赤になっていると、ぽんと頭に手を置かれ、そのまま髪を掻き混ぜられる。

「もうっ！　アズサさんが、そっ、そうやって……女性をからかう人だったなんて、思いませんでした！」

誠実で、誰にでも礼儀正しいと周囲から認識され、冷静でどこか近寄りがたいと思われているアズサと、今のアズサではギャップがありすぎる。

絵麻は叱ればいいのか、嬉しいと思えばいいのかわからない。

「買い被りすぎだ」

スーツの上着を脱いで腕に掛けながら自室に戻ろうとするアズサが、背中越しに絵麻へ返事する。

「じゃあ、女ったらし！」

言い負かされたくなくて出た台詞《せりふ》に絵麻は自分でうろたえた。これではまるで嫉妬だ。

それはアズサにも伝わったのか、彼は、悪戯《いたずら》が成功した少年のような笑顔を見せて、ぬけぬけと言い放った。

「さあ？　……からかいたくなるほど好きになったのは、絵麻しかいないから」

ぱたん、と彼の部屋の扉が閉まるのを呆然と見つめ、両手でエプロンを握りしめる。

（ず、ずるい。絶対にずるい！）

アズサは二十九の立派な成人男性で、昨夜の行為もごく自然に絵麻をリードしていた。なのに、女性の影を感じさせず、聞けばはぐらかす大人の対応に、少しだけ絵麻は悔しくなる。

とはいえ、過去の女性について聞かされても、それはそれで嫌だという矛盾した思いもあって、非常に悩ましい。

（あー、もう！　晩ごはんの準備！）

思考を切り替えるため手作業に集中しようと、絵麻は紅潮した頬をあおぎながらキッチンへ向かい、はたと足を止める。

新品のキッチンキャビネットのガラス面に映る自分の首筋に、淡い、桜の花びらのようなキスマークがついているのに気づいたからだ。

——有言実行。

その単語が頭の中をよぎった。明日には消えているだろう淡い痕《あと》だが、意識してしまうと、どうしてもアズサのことで頭がいっぱいになってしまう。

（アズサさん、実は肉食系――かも？）

普段とは違いすぎる二面性に、絵麻は胸が高鳴るのをどうすることもできず、あやうく肉じゃがを焦《こ》がしかけたのだった。

5　王子の義務と婚約者の影

残暑の厳しい九月も終わり、栗やカボチャなど、秋の味覚が恋しい季節となった。学部内ボランティアの間では、すでにハロウィンの計画が進められている。

アズサとの関係は良好……というより新婚みたいだ。

これまでも、アズサは演技で婚約者の雰囲気を出していた。

しかし気持ちが通じ合った今では、研究室で平静を装《よそお》うのに苦労するくらい、本気の甘さで絵麻に接してくる。

隙あらばスキンシップをしてきて、物陰で淫《みだ》らな口づけをされたりすることもざらで、根が真面目な絵麻は、嬉しいながらも落ち着かない。

そのくせ、絵麻しか知らないアズサがいることに、ちょっぴり優越感を覚える。

例えば、アズサは洋食より和食が好きなこと。洋食だったらハンバーグやオムライスが大好きなこと。しいたけとなめこが苦手なこと。

（あと、夜は俺様で意地悪で、でもすごく大切にしてくれること）

ふっ、と頭に浮かんだ気持ちに、あわてて頭を振り、抱えていた郵便物を整え直す。

あれ以来、特別な事情——絵麻が生理などの事情——がない限り二人は同じベッドで夜を過ごしていた。

平日こそは一度に留めてくれるが、週末になると人が変わったように貪欲に求められ、眠ってしまうまで、何度も身体を重ねられる。

なのにまだ足りない、と思ってしまうのはなぜなのか。これがいわゆる色ぼけか。

廊下を歩きながら、亜熱帯性ウイルス免疫学《めんえきがく》教室の第二実験室の前で立ち止まる。

腰から上がガラス張りになっている実験室の中では、白衣を着た研究員が今日も実験を行《おこな》いデータ解析をしている。

教授の長期不在にも慣れてきたのか、アズサ自身が人を避けることをやめたからか、最近は研究室の雰囲気もいい。

だが一番大きな要因は、絵麻になにかとまとわりついてきた大迫や、その同類であった博士課程の医師らが他大学に移動したり自主退学したことだろう。

彼らのチームは論文の曖昧《あいまい》さや根拠のなさを厳しく指摘された。さらに、研究予算を不正に利用していたことが発覚し、いつの間にか大学から姿を消していた。

つまり研究室の空気は格段によくなり、それに伴って効率が上がり、今はフラビウイルス属の研究と、特定腫瘍《しゅよう》の免疫《めんえき》応答や不全原因が主なテーマとなりつつあるらしい。とはいえ、すべてアズサの受け売りで、専門知識がまだまだの絵麻には、なんのことやらではあるが。

ザムザ病の特効薬が承認されたという連絡はまだない。

研究室――つまりアズサは、販売後の治療的試験と呼ばれるものを、ルクシャーナ王国で行《おこな》えるよう準備を整えており、いつでも動ける状態だ。

製薬会社なども精力的に動いているのでそろそろではないかと、研究室だけではなく、業界雑誌などにも取り上げられていた。

肉親の命を奪った病に対抗する薬ができることを切に望みながらも、この生活が終わるという最初の契約があるためか、お互いどこか話題にすることを避けていた。

実験中立ち入り禁止の室内では、アズサが試薬を作っている。規則的な動きでチューブに液体を入れてならし、ケースへ戻していくのを眺める。

白衣にマスクをつけ、ラボ手袋をしたアズサの指先が器用に動いていく。最後の一本を手に取ったアズサが、絵麻の存在に気づき色めいた流し目を送ってきた。

たちまち心臓がどきりと強く鼓動する。

その間に、アズサは院生になにか指示を与えて、実験室を出ていった。おそらくクリーンルームと呼ばれる、菌やウイルスが外部に出ないよう減圧された部屋で、マスクやラボ手袋などを外しているのだろう。

しばらく待っていると、新しい白衣を羽織ったアズサが、廊下に出てきた。

「絵麻？」

顔を寄せて囁《ささや》かれる。

「あ、お仕事の邪魔をしてごめんなさい。その……郵便物に准教授宛のがあったので、たぶん論文掲載誌だと思うのですが」

秘書らしい伝え方をすると、くすっと鼻で笑われたあと、頬にそっと唇をあてられる。

ガラス張りの研究室から誰が見ているかわからないのに。

「それなら、デスクに置いておけばよかったのに。……寂しかったか？」

顔を覗《のぞ》き込まれ、絵麻は上気した顔をごまかそうとする。

それでも息は乱れてしまい、動揺を隠しきれない。

「ちょうどいい。探しものが見つからないから手伝って欲しかった」

アズサはスマートな動きで身を翻《ひるがえ》し、肩越しに指を曲げて招いてくる。アズサの先導で古い書庫に入ると、なぜか部屋の鍵を締められた。

「ア、アズサ、さん？」

側の書架に片手を突かれ、退路を封じられる。絵麻は咄嗟《とっさ》に視線を巡《めぐ》らせるが、周囲は段ボールの山が積み上がっていて、他に逃げ道はない。

「まったく。……ただでさえ絵麻が足りないのに、そういう顔で煽《あお》らないでくれ」

そう告げるなり、アズサが突然キスしてきた。びっくりして絵麻の腕から郵便物が落ちる。

すぐに深く重ねられ、くちゅぬちゅと舌がすり合う。

呑み込みきれない唾液が口の端から溢《あふ》れそうになると、アズサの舌がそれを舐《な》め取り、再び口腔《こうこう》を探られる。

何度キスしても、いまだに慣れない。慣れるなんてできない。

アズサのキスは強引かと思えば優しくて、甘さにうっとりしていると突然貪《むさぼ》られ、一時も絵麻に同じ方法を覚えさせない。

そうやっていつも絵麻を翻弄《ほんろう》してくるのに、存在を確かめるみたいな切ない目で求めてくるのだ。だからつい、彼に腕を伸ばして、私はちゃんとここにいますと伝えずにはいられない。

目を閉じて、背骨を伝う指の動きに熱い吐息を漏《も》らしてしまう。

次第にヒートアップするアズサの背を軽く叩いて制止を促《うなが》しても、聞き入れるどころか、痛いほど舌を吸われた。

やっとキスが解かれると、アズサの唇に絵麻の口紅がすっかり移ってしまっている。

そんな情事の欠片《かけら》を目にして、いけないことをしていると実感させられる。ここは仕事場だとわかっているのに、下腹部がじんと淫《みだ》らに痺《しび》れていく。

「俺は、いつだって、絵麻が足りない」

彼は額《ひたい》同士を合わせて、絵麻のシャツの上からネックレスに通したペアリングに触れる。

「私、だって……」

返事をすると、アズサの指がくすぐるようにシャツのボタンをくるりとなぞりそれを外してしまう。胸の谷間に空気が触れ、絵麻は息を呑む。

腰を強く引き寄せられると、絵麻の下腹部に硬く熱のあるアズサのものがあたる。

「ん……っ」

すり、すり……と焦《じ》らすみたいに腰を押しつけられ、子宮が甘く疼《うず》きだす。

耳朶《じだ》の裏側をねっとりと舐《な》められ身をすくませると、心得た動きで首をくすぐられて身をよじった。

鼓動が高まるにつれ、腹の奥から強い衝動がせり上がってくる。

たまらずアズサに抱きつけば、敏感な首元を強く吸われ、白い肌に赤い痕《あと》が残される。

「……だめ、見えない、ところ……に……」

「しっかりとボタンを嵌《は》めてれば大丈夫だ。朝はそうしていたのに昼は外すから……他の男が、絵麻の胸元を盗み見ていたぞ」

　大きな手を腰から離し、アズサは身体で絵麻を書架に押しつける。そのまま絵麻のシャツとブラジャーを一緒に押し上げ、あらわになった胸に舌を這《は》わせた。

　にゅくにゅくといやらしい水音を立てて、敏感な双丘を舐《な》めていく。

「俺以外の男から、いやらしい想像をされたくないだろう」

　わざといじわるな口調で責められて、絵麻は手を口元にあてて首を縦に振る。

　するとアズサは、絵麻の胸の中心で芯を持って熟《う》れだした蕾《つぼみ》を口に含んだ。

「ふぁ……あ、や……」

「あまり、声を出さないほうがいいぞ。いくら実験室や事務室から離れているといっても、人通りがないわけじゃない」

　見つかって困るのは自分も同じなのに、アズサが余裕の態度で指摘する。それがなんだか悔しい。

「い、じわる」

　肯定するみたいに、アズサの舌が乳首の周囲を舐《な》め上げ、口に含んで緩《ゆる》やかに歯でしごいていく。

　さらに、硬くなった乳首を舌先でくじられると、じわりと広がる快《こころよ》さに絵麻の身体から力が抜けてしまう。

頬を紅潮させ、顔を横に背《そむ》ける。しかし、どんなに否定してみても、毎晩のように感じる部分を教え込まれた身体は、すぐに甘くわなないてしまう。蜜に濡れたショーツの中で、卑猥《ひわい》な花弁が彼を求めて閉じたり開いたりしていた。

ぐっとアズサが身を屈《かが》める。その動きに絵麻が目を見張ると、片脚の膝裏に腕を通され抱え上げられた。

絵麻の制止の声に構わず、アズサは太腿の部分のストッキングに爪を立てる。

びいっと繊維が引きちぎれ、あらわになった肌が空気にさらされた。

「あ……ぁ、や、だ」

誰か来たらという緊張感と、羞恥心《しゅうちしん》から泣きそうな声が出た。けれどそれが、自分のみならずアズサの興奮をさらに煽《あお》っていることに絵麻は気づかない。

アズサの指がするりと下着の中に潜《もぐ》り込み、茂みの奥の、露に濡れた花弁に触れる。

閉じた部屋に秘めやかな水音が響きだす。声が漏《も》れないように、絵麻は白衣に包まれたアズサの肩に顔を埋《うず》めた。

消毒用アルコールの冷たく人工的な匂いと、嗅ぎ慣れたミルラの甘い香りが鼻孔に広がっていく。

両手を伸ばして抱きつくと、それが合図となって、彼の指が花弁の奥へと押し込まれた。

「っ……っぁ、……ん、アズ、サ……さ」

身を縮め、嵐のように全身を駆け巡《めぐ》る媚熱《びねつ》をやり過ごそうとする。

しかし、アズサの熱い吐息を感じた途端、貪欲に快感を求める身体を止められなくなった。

乳首を舐《な》め転がされながら、指で蜜筒を縦横無尽《じゅうおうむじん》に掻き回され、絵麻は無意識に腰を前に突き出してしまう。

止めどなく蜜が滴《したた》り、淫唇の奥がもっととねだるみたいにひくつく。

指が二本に増やされ、襞《ひだ》をなぞるようにバラバラに動かされたり、指で開かれたりすると、アズサの肩を握る絵麻の指に力がこもる。

「やっ……やだ。……だめ、です。も……い、く」

息も絶え絶えに訴えれば、膨《ふく》らみだした淫核を親指で潰された。

「ひゃっ！」

追い詰められ、子宮がアズサを求めて重苦しく下がってくるのがわかる。

次の瞬間、アズサは限界まで指を押し入れ、ぐっと子宮を持ち上げるよう奥を刺激する。

「ふっ、……んんー！　んんっ、ん！」

絶頂を迎えた絵麻は、喉《のど》を反《そ》らして嬌声《きょうせい》を放つ。だが、すかさずその口をアズサが塞《ふさ》ぎ、奥まで舌をねじ込んで声も吐息も、すべてを奪う。

意識が飛びそうなほど極めさせられ、荒い呼吸を繰り返していると、背中をいたわるように撫でられた。心地よさに絵麻はアズサの胸に頬を擦り寄せる。

「……失敗した」

「え？」

なんとも言えない顔でアズサがぼやき、絵麻の額《ひたい》にそっと唇を触れさせた。

「今後は、常備しておくべきだな。……こんなに、ところ構わず絵麻が欲しくなるなんて予想外だ」

避妊の用意をしていなかったと言外に言われて、かあっと頬に熱が集まる。

このままでは、いつまでたっても蕩《とろ》けた顔が直らない。絵麻はアズサから少し離れようと身じろぎした。すると、下腹部に彼の昂《たかぶ》りがあたってしまう。

「……っ、ぅ」

アズサが息を呑み、絵麻を抱く手に力が入る。

一度、イッた絵麻とは違い、アズサはまだだ。つまり、今の彼は、かなり切羽詰《せっぱつ》まった状況ではないだろうか。

アズサを上目遣いで見る。彼はきつく唇を噛みしめ、絵麻から顔を逸《そ》らした。

(私ばっかり気持ちよくしてもらって……いいの、かな？)

常に絵麻を求めてくるアズサだが、必ずと言っていいほど自分は二の次で、絵麻を最優先に扱ってくれていた。そんなところにも彼の絵麻に対する愛情を感じる。

ならば、絵麻もちゃんと伝えておくべきではないだろうか？

大胆なことをしようとしている自覚はある。でも、彼に自分の気持ちを伝えたい。そして彼にも気持ちよくなって欲しい。

意を決して、絵麻はアズサのスラックスの真ん中で硬く張り詰めているものに手を伸ばした。

「っ……、絵麻ッ……！」

布の上からでも、彼のものが大きく跳ねたのがわかる。それに勇気づけられ、絵麻はしっかりと彼の形をなぞった。すると、アズサがびくっと身を震わせる。

自分でも、アズサを感じさせられるのだという驚きが、恥ずかしさを含んだ好奇心に変わるのは一瞬だった。

絵麻は彼からされた愛撫《あいぶ》を思い出しつつ、手の平全体を使って彼を刺激していく。

「ッ……こいつ」

怒っているような台詞《せりふ》だが、今にもスラックスから飛び出しそうなほど膨《ふく》らんだ陰茎と、困惑したようなしかめ面《つら》のせいで、まるで怖くない。

「だって……いつも、私ばっかり……、で」

そっと握るように手を動かすと、アズサの呼吸が荒くなる。それに気をよくして、さらに大胆に指を動かした。

「私だって、ちゃんと……アズサさんに、気持ちよく、なって、ほし、きゃっ！」

全部伝えきる前に、身体をひっくり返され、書棚に胸を押しつけられる。

驚いて振り返ると、苦しげに眉を寄せるアズサと目が合った。

「そんなことを言われて、このまま済ませられるわけがないだろう……」

しっかりと腰を掴《つか》まれて尻を突き出すような格好をさせられる。そのまま絵麻のタイトスカートを腰までまくり上げ、用をなさなくなったストッキングを乱暴に下ろされた。

「煽《あお》ったのは君だ……嫌なら、すぐに、伝えろ」

彼がぎりぎりのところで踏み留まっているのが、忙《せわ》しない呼吸からわかってしまう。

喉《のど》を鳴らし、黙ってうなずくと、背後でファスナーを下ろす音が聞こえた。

太腿をねっとりと撫でられ、導かれるまま震える脚を閉じると、絵麻の蜜口に灼《や》けるような衝撃が走り抜ける。

「ひぁっ……、あ……、ぁあん！」

一瞬なにをされたのかわからなかったが、再度、背後から熱が走り、それがアズサの剛直だと理解する。

前後に腰を動かされるたびに、彼のものが蜜をまとい、より一層抽送《ちゅうそう》がスムーズになっていく。

「ん、あっ……あ……、や、こすれ……る」

両側から強く太腿を押さえられ、敏感な粘膜を力強く押し広げるみたいに擦られると、挟み込んでいる昂《たかぶ》りの形が生々しく伝わってきて、胸が妖《あや》しくざわめきだす。

震える膝を懸命に合わせると、ぴったりと互いの秘部が密着し、興奮が高まる。

過敏な蕾《つぼみ》を抉《えぐ》られると入り口が強く収縮し、彼の雄根を中へ導こうと蠢《うごめ》く。

「あ……すご、アズサ、さ……気持ち、い」

朦朧《もうろう》とする意識の中、素直にそう口走る。

割れ目を擦り上げられているだけなのに、とてつもなく気持ちいい。

静かな書庫に絵麻の嬌声《きょうせい》と濡れた音、互いの息遣いが重なり、酷《ひど》く淫《みだ》らな空気が広がっていく。

「っ……え、ま」

追い詰められたような声で囁《ささや》くアズサが、絵麻の耳殻に歯を立てる。

「んっ……あ」

彼の手が腰骨を掴《つか》んで、激しく突き入れてきた。

ぐりぐりと秘核を押し潰しながら、唇を割って差し込まれた指に口腔《こうこう》を犯される。

一際強くアズサの腰が押しつけられた直後、一気に灼熱が脚の間から抜かれた。絵麻はその激しさに再び達してしまう。

一拍遅れて、尻の上に熱い白濁が吐き出され、絵麻は身体を細かく震わせた。

「……っ、はぁっ、あっ……は、ふ」

荒い呼吸を繰り返していると、尻をハンカチで拭《ぬぐ》われ、そのまま背後から抱きしめられる。

アズサの腕に包まれる幸せに浸《ひた》っていると、乱れた髪を手櫛で直してくれた。

互いに落ち着いたところで、ふたたび向き合う。どこか後ろめたく、それでいてくすぐったい気持ちを抱きながら、互いの服を整える。

「…………」

身支度を整えた絵麻を見ていたアズサが、突然はっとした表情を浮かべた。

どうしたんですか、と問おうとした時には、彼にお姫様抱っこされている。

「きゃっ……あ」

「いいから。掴《つか》まっていろ」

絵麻の反論も聞かず、わざと遠回りしながら人目につかない道を選んで、誰もいない教授室へと運び込まれた。そして、応接セットのソファーの上に下ろされ、額《ひたい》にキスされる。

どういう反応をすればいいかわからず、絵麻が見上げると、アズサが気まずそうに顔を逸《そ》らした。

「中から鍵をかけて、今日はここで書類作成をしていてくれ」

「え、でも」

時計を見ると、退勤時刻までまだ二時間もある。

絵麻のデスクは教授室の端にあるので、ここでも仕事はできるが、どうしてそんな指示をされるのかがわからない。

首を傾《かし》げる絵麻に、アズサは首の後ろに手をあて、困ったように視線を泳がせた。

「頼むから、そんな顔で俺のいない場所を歩かないでくれ。いや、俺の前を歩かれても……いや、違う……」

彼は絵麻と額《ひたい》を合わせて、絵麻にしか聞こえない小さな声で囁《ささや》いた。

「そんな色っぽい顔を見せられて、俺が、なにも感じないと思うか？」

ソファーの前に跪《ひざまず》いて、絵麻の髪を一筋取って口づける。

（まるで王子様みたい……）

実際、本当に王子様だが、そんな仕草をアズサがやるとぴったり嵌《は》まって素敵だ。

「……そのまま大人しくしていろ。必ず定時で仕事を片づけて迎えに来る。じゃないと……いろんな意味で仕事にならない」

艶《つや》やかな流し目と、色っぽい吐息に心臓が止まりそうになる。

この調子だと、家に帰ってからが大変そうだ。それでも、どこか喜んでいる自分もいる。

アズサが足りない。いつも心の中に彼がいて、もっと触れて欲しい、触れたいと思っている。

期待に騒ぎ出す心臓の上に手を置いて、絵麻は考える。

叶うならずっと、アズサと一緒にいたい。けれど、彼はルクシャーナ王国の王子だ。

いずれ、必ず別れがくる。

どんなに望んでも、本当に結婚することなどできない。それは、最初からわかっていたことだ。

（でも、今だけでも、彼と愛し合っていたい――！）

たとえ別れることになっても、彼を好きな気持ちや、愛された記憶が消えるわけじゃない。ならば、もっともっと、自分の中をアズサでいっぱいにしておきたかった。

「絵麻……？」

アズサに名を呼ばれ、絵麻は心から幸せだと伝えるように微笑みを向ける。

すると、彼は絵麻だけに見せる穏やかな笑みを浮かべてくれた。

次の瞬間、教授室の電話が派手に鳴り響く。すまない、と一言断って、アズサが不機嫌な口調で通話に出た。

最初は早口で対応していた彼だったが、次第に顔色を失い、言葉を失ってしまう。

それは――ついに、ザムザウイルスの特効薬が承認されたという連絡だった。

チャーターされた飛行機の座席で、絵麻は自分がどうしてここにいるのかわからずにいた。

ザムザウイルスの特効薬が認可されたあと、研究室はにわかに慌ただしくなった。ルクシャーナの王太子を始め病に苦しむ人々へ薬を投与したり、各主要病院に新薬の説明をするため、一度国へ戻ることになったアズサの準備を手伝っているうちに、なぜか絵麻も同行することになっていたのだ。

海外治験には研究室だけでなく、他大学の医師や、製薬会社の研究者も参加することになっていたが、彼らとは別行動だと知らされた。

まあ、ここまではわかる。

それに、ルクシャーナ王国渉外《しょうがい》担当の芳賀が同行するのも、アズサの王子という立場を考えれば理解できる、のだが……

海外出国手続きの列に並びかけたところ、アズサに腕を引かれた。さらに、荷物の入ったキャリーケースを芳賀に奪われ、空港の外に連れて行かれたと思ったら、映画でしか見たことのないような黒塗りのリムジンに押し込まれた。

警備の男達に挟まれ移動すること十数分。絵麻はルクシャーナ王室の紋章が尾翼についたチャーター機に乗せられていたのだ。

芳賀とアズサはなんでもない顔で今後について打ち合わせをしている。だが、経験したことのない状況に緊張しっぱなしの絵麻はそれどころではない。

フライト中、シャンパンや南国のフルーツなどを勧められたが、当然、口にすることはできず、ただ、呆然と窓の外を眺める。

(これから、どうするんだろう……)

同棲し、偽婚約者として振る舞うのは、薬が承認されるまでの約束だった。

もちろん、薬として承認されても、副作用が出ないか追跡調査したり、医療関係者へのフォローなどがあるため、今すぐお役御免《ごめん》とはならないだろうが、そう遠い話でもない。

いくらアズサに王族としての役割を果たす気がなくても、状況はそう簡単ではないだろう。なにより、研究者を辞めて、国の有力貴族の令嬢と即時結婚せよと、他ならぬ国王から命じられているのだ。国に戻ったら、いろいろな問題が出てくるに違いない。

例えば——本当の婚約者をどうするのか、とか。

アズサからの愛情を疑っているわけではない。けれど、この先、なにも変わらずにいられるはずがない現実に、不安で胸が押し潰されそうになる。

(大変なのはアズサさんだ。私にできるのは重荷にならないように、心配をかけないように、笑っていることだけ)

なんとか溜息を呑み込み、絵麻は不安をアズサに悟らせないため、眠ったふりをした。

長時間のフライトを終え、チャーター機がルクシャーナ王国に着陸する。それぞれが降りる準備をする中、絵麻の頭に大きなシルクのヴェールが掛けられた。

「被っておけ」

アズサが端的に言った。戸惑っているうちに、慣れた手つきで金糸の刺繍《ししゅう》も鮮やかなヴェールの形を整えられ、雫《しずく》形の宝石がいくつも下がった額飾りで固定される。

できばえに満足したのか、笑みを見せたアズサが着替えのために席を立った。

「……なんか、アラビアンナイトのお姫様みたいなんですけど」

目まぐるしく変化する環境についていけず、ついそんな感想を漏《も》らすと、芳賀に喉《のど》を鳴らして笑われた。

「いやだねー、アズサちゃんは。もー、独占欲が強いったら」

絵麻は首を傾《かし》げ、目を瞬かせる。

「そのヴェールと額飾りは『俺の女』だから『手を出すな』って、王族が宣言してるようなものなんだ。つまり、下手《へた》な警備より安全ってこと」

芳賀に説明され、つい赤面してしまう。

(アズサさんの女……)

ぱくぱくと口を動かす絵麻がおかしいのか、芳賀が腹を押さえて本格的に笑い出す。

「随分楽しそうだな。芳賀」

「いやあ……だって、な？」

背後から聞こえたアズサの声に、なにげなく振り返った絵麻は、そのまま動きを止めた。

スタンドカラーで、裾に向かって広がる特徴的なデザインのホワイトシルクの衣装。

空色の帯が右肩から左腰に斜めがけされており、金鎖《きんさ》が三本絡《から》んだ腰飾りでそれを押さえている。

両手は、中指の指輪と腕輪が鎖で繋《つな》がれる形のゴールドアクセサリーで飾られ、頭から二枚重ねの白薄絹のヴェールを被り、多くの宝石をちりばめた幅広のサークレットで、それを留めている。

動くたびに空気を孕《はら》み、優美に揺れる裾やヴェールが幻想的で、アラビアンナイトの王子様そのものだ。

ほうっと、思わず賞賛の吐息が漏《も》れてしまう。アズサは、そんな絵麻の視線が恥ずかしいのか、目元を微《かす》かに赤くして視線を逸《そ》らした。

「……ま、盛り上がるのはお互いここまでにしろよ。王室がチャーター機を用意したってことは、ここから一歩地上に下りればどんな面々が待ち構えているか……わかるだろ？」

冷静な芳賀の指摘に、絵麻ははっとした。

そうだ。ここは、もう日本ではない。

――アズサの生まれ故郷、ルクシャーナ王国なのだ。

タラップを下りると、左右に黒い制服を来た軍人がずらりと並んでいた。アズサが地上に足をつけた瞬間、腰に下げていた剣を一斉に抜く。その様子に、絵麻は心臓が止まるかと思った。

アズサが彼らに向かって鷹揚《おうよう》に手を上げると、抜いた剣を揃って胸にあてた姿勢で片膝をつく。

硬直する絵麻の耳元で、芳賀が王室近衛兵だから気にしなくていいと教えてくれる。

なんとか足を動かし続いていると、行列の先で待っている人々の視線が気になった。

軍人より遙かに豪華で、指といわず手首といわず宝石で飾り立てた人達は、おそらく、王室の偉い人か、太守という大貴族の一団だろう。

女性は絵麻以外見当たらず、その分、不躾《ぶしつけ》なまでにじろじろと見られている気がして落ち着かない。

事前に芳賀が教えてくれたヴェールの意味、つまり、アズサの女と宣言されているも同然という言葉も相まって、絵麻は真っ直ぐに顔を上げられずにいた。

車に乗ったら見られずにすむと思ったのは大間違いで、後部座席が異様に長いリムジンには、近衛の隊長と、もう一人、アズサの侍従長だという老人が同乗してきて、会話もままならない。

一行を乗せた車は、駐機場からそのまま王都の市街地へと移動していく。

日干しレンガの壁に赤い屋根、ハンモックのかかったポーチや椰子《やし》の樹があちこちに見えるルクシャーナの街並みは、どこか懐《なつ》かしさを感じさせた。

思えば絵麻も十か十一歳の時、ルクシャーナの考古学を研究していた父のフィールドワークに同行して、この国に来たことがあったのだから、懐《なつ》かしさがあっても不思議ではない。

すっかり記憶の中に埋もれていたものが少しずつよみがえってくるのを感じながら、窓の外を眺めていると、中心部の官庁街から見える小高い丘に、大理石の建物群が見えてきた。

――王宮だ。

各所に衛兵が配置された柵にそって車は移動し、正面の門から王宮内へと入っていく。広大な庭園や、離宮、使用人が住まう小さな館が点在する敷地を進むにつれ、街中《まちなか》の雑然とした雰囲気が消えた。日常から隔絶された世界に、絵麻の緊張が高まる。

それからすぐ、一際大きな建物のポーチに車が停まった。促《うなが》されて車を降りると、甲高い鳴き声と共に派手な色の翼をした鳥が視界を横切り、びっくりしてしまう。

だが驚きから覚めると、視界に広がるのはアズサと同じ衣装を着た大勢の人達。絵麻は彼らの視線の鋭さに臆《おく》していた。

無意識によろめいた絵麻を、さりげなく支えてアズサが顔をしかめる。

「芳賀」

「あいよ。しょうがねえなあ……ったく」

ぼやきながらどこかに姿を消した彼は、戻ってきた時には絵麻と同じようなヴェールを被った中年女性を連れていた。彼から、その女性が絵麻の世話役だと紹介される。

王宮に入れるのは、王族か選び抜かれた大貴族や政府高官だけ。

外交官である芳賀はともかく、絵麻は入ることができない。

自分達の話が済むまで、離宮の一つで昼食を取り、散歩したり本を読んだりして待っていればいいと言われた。

非日常的な事態にまったく動じない二人を頼もしく感じながら、絵麻は少しだけ寂しさも感じる。

絵麻を世話係の女性に預け、歩き出したアズサのヴェールが風に揺れた。

思わず手を伸ばして掴《つか》むと、アズサを守る護衛兵が驚いた顔をし、側近の老人が顔をしかめた。

絵麻はあわててヴェールから指を離す。

――そうだ。アズサはこの国の王子様なんだ。

今は公人であって、絵麻の恋人ではない。

わかっていたことだが、それをリアルに突きつけられて、涙がにじみそうになる。

うつむいて、ぐっと我慢していると、いきなり顎《あご》を持ち上げられた。

あっと思った時には、額《ひたい》に、鼻に、そして唇に、アズサのキスが落とされる。

「心配するな、すぐ戻ってくる。絵麻がいる場所に」

少しだけ意地悪な笑顔で告げられ、安堵が胸の中に広がっていく。

隣で芳賀が口笛を吹き、アズサにスネを蹴られていた。そんないつものやりとりに、絵麻の顔にも笑みが浮かぶ。

それを見届けたアズサは、彼を待ち受ける人々を引き連れ、王宮の中へ歩いていった。

アズサと別れた絵麻は再び車に乗せられ、王宮のさらに奥にある二階建ての住居に案内された。

窓の数で二階建てだとわかったが、日本の建物に比べて天井の高さが倍近くある。

部屋の内装は、先ほど見た王宮の絢爛豪華《けんらんごうか》さとは違い、どこか女性的な上品さを感じさせた。

ここは後宮にある建物の一つで、絵麻が滞在する離宮だと、芳賀が連れてきてくれた女性が英語で教えてくれる。彼女は王宮の侍女なのだそうだ。

以前は王族以外は入れなかったが、今は王宮に仕える者や外交官なども入れるようになったという説明を聞きながら、絵麻はただポカンと口を開けていた。

案内されたホールでは、映画の中に出てくるみたいなドーム状の硝子《ガラス》天井と、クリスタルシャンデリアが光のショーを繰り広げており、磨《みが》き上げられた家具や、大きな花瓶に活けられた花々まできらきらしている。

（なんというか、……予想していたよりずっと、世界が違う）

圧倒されながら、絵麻は胸が苦しくなる。

首から下げているペアリングを、服の上から握りしめた。

二階の広い部屋に案内されるが、絵麻は入り口で立ちすくんでしまう。その間にも、侍従が絵麻のスーツケースを運んできて、侍女が荷物を解くよう他の者に指示していたが、そんな彼女らを気遣う余裕もなかった。

金の縁飾りがある真紅の絨毯《じゅうたん》に、ところどころアクセントとなるように置かれたシルクのソファークッション。

バルコニーの手前には籐《とう》と飴色《あめいろ》の木材でできた猫脚の寝椅子が置かれている。そして、その横には、お揃いの小さな円卓。

黄金細工《ざいく》を施《ほどこ》した華やかな三面鏡の化粧台の上には、明らかにブランドものの化粧品が並べ立てられており、広い室内に花や観葉植物、優美な絵画が適度に飾られている。

さらにこの部屋には、それぞれ書斎と寝室に繋《つな》がる扉があった。

度肝《どぎも》を抜かれたのは寝室のベッドで、絵麻の腰まである高さに加え、どんなに寝相の悪い人間が寝ても決して落ちないだろうという大きさだった。さらに、黄金の支柱天蓋《てんがい》から薄い絹が幾重にもかかっており、その裾には真珠とレースが縫い付けられている。

(なんというか、もう、ロイヤルスイートどころの話じゃない)

夢のような豪華な部屋に、絵麻はなんだか気疲れしてしまう。

考えてみれば、チャーター機に乗せられてからここまで、緊張のしっぱなしだった。

のろのろと移動して寝椅子に座ると、侍女達が冷たいフルーツジュースを用意してくれる。それを飲みつつなんとか一息ついていると、突然、扉が開きアラビア風の裾の長いドレスを着た女性達が部屋に押し寄せてきた。

被っている白いヴェールを、色とりどりのリボンで押さえた女性達が絵麻を取り囲む。

英語でなにか話しかけられるが、元から側に控えていた侍女も、乱入してきた侍女達も、揃って英語のなまりが酷《ひど》く、時折ルクシャーナ語も交じるため、絵麻にはなにを言っているのかよくわからない。

しかし、乱入してきた侍女達のほうが立場が強いのか、あっという間に元々いた年嵩の侍女達が部屋から追い出されてしまった。

身振り手振りで服を脱げと言われていると気づいた時、黒髪に琥珀《こはく》色の肌をした女性が部屋に入ってきた。他の侍女よりドレスの質がよく、年も一回りほど上に見えることから、彼女が乱入してきた侍女達の頭なのだろう。

彼女は絵麻の前に膝を折り、両手を胸の前で交差させて、頭を下げ英語で語りかけてきた。

リウラと名乗った中年の女性は、上品ながらも毅然《きぜん》とした態度で告げた。

「第一王妃殿下が、貴女をお茶会に招かれております。――そのため、今すぐ身を清めて着替えていただきたく」

お願いの形を取ってはいるが、有無《うむ》を言わせぬ調子かつ、絵麻の返答も待たずに動き出していた。

服くらい自分で脱げるし風呂も一人で入れると申し出るが、あっという間に裸にされ、本物の薔薇《ばら》の花が浮かんだ薫り高いお湯に沈められてしまう。

のぼせるくらい時間をかけて手足を洗われ、エステもかくやのマッサージを受けた。

湯上がりの肌にローブを着せられて、待ったなしに王室専任ネイリストにジェルネイルを施《ほどこ》されてしまう。

侍女達はリウラの指示のもと、てきぱきと化粧やらアクセサリーやらを用意して、絵麻を飾り立てていく。

桜色に銀の縁取りがされた薄絹のドレスを着せられ、緩《ゆる》い胸元を素早く補正された。

空色のヴェールを頭から掛けられ、黄金のサークレットで押さえられる。

最後に、かかとが異様に高い、まるで花魁《おいらん》が履く高下駄みたいなサンダルを履かされた時には、絵麻は疲れきっていた。

爪先《つまさき》を覆《おお》う布地にまで宝石がびっしりと縫い付けられているため、サンダルは重く、歩くどころか、立っているだけでもよろめきそうな有様である。

ペアリングを通したネックレスを外すようにリウラから説得されたが、そこだけは頑固に拒否した。無言の睨《にら》み合いの末、リウラが妥協し、指輪を通したネックレスを隠すように、トルコ石が連《つら》なる三連ネックレスをつけられた。

「アズサ殿下の愛妾として、第一王妃殿下の前に出るのであれば、このくらいが妥当でしょう」

（なんだろう。胸がちくちくする）

顔に出さないように気をつけつつ、感謝の微笑みをリウラに返す。すると彼女はにこりと笑い返してきた。

うん。きっと悪気はない。

お互いに英語がネイティブじゃないから、微妙な行き違いがあっても仕方がないだろう。

もともとアズサが日本に滞在するための偽婚約者なのだから、こちらで変に婚約者を主張するのも問題があるのかもしれない。

（でも、愛妾――か）

聞き慣れない言葉が、小石となって絵麻の胸に波紋を起こす。

妻でも、恋人でもなく、愛妾。

そういう見方をされているのが、辛いと感じるのはわがままだろうか。

そんなことを考えつつ、両手を侍女に引かれながら歩く。

時間をかけて中庭に出ると、東屋《あずまや》にお茶の準備がしてあり、恰幅《かっぷく》のよい銀髪の女性が寝椅子に座って絵麻を待っていた。

――王太子イムラーンの母にして、現国王の第一の妃。この後宮で最大権力を持つアイシェ妃だ。

リウラが、愛妾として絵麻を紹介するのをあえて気にしないようにしつつ、ゆっくりと腰を落とし両腕を交差させる。機内でアズサに教わったルクシャーナの正式な礼だ。

「結崎絵麻と申します。アイシェ第一王妃殿下におかれましては、ご機嫌うるわしく」

これまで感じたことのない威圧感を、第一王妃から感じて、身体が細かく震えてくる。

息をつめていると、パチンと扇が閉じられる音と共に、朗々とした声が続いた。

「お前達は下がりなさい。あとはわたくしがエマをもてなします」

侍女が驚いて息を呑んだのと、思わず絵麻が顔を上げたのは同時だった。

第一王妃は、侍女達に口を挟ませる隙を与えず、すべての侍女を下がらせてしまう。

呆然としていると、アイシェ妃が口を開いた。

「リウラの言動で不愉快な思いをさせたのなら、ごめんなさいね。……いろいろな事情があるとはいえ、アズサは王子だし、私の息子は病身の状態ですから。今はとにかく、アズサを狙う娘や、派閥が増えているのよ」

絵麻がそっとアイシェ妃をうかがうと、優しい眼差しに見つめられる。

「そのドレスは、アズサの母である三香子《みかこ》が、一番好んだドレスです。……桜が好きだという彼女のために、国王陛下が世界中から布地を取り寄せて作らせたと後宮では有名なの。だからでしょうね、後宮の娘達が気が気でないのも」

紅茶を口にし、アイシェ妃は優雅な手つきで砂糖菓子を摘《つ》まむ。

王妃らしい品位を持ち、けれど温かさにも満ちた眼差しに、絵麻の緊張が少し緩《ゆる》んだ。

勧められるまま菓子に手を伸ばし、ぎこちない動きで紅茶を飲む。

その端々で、アズサのことや日本の今を尋ねられた。そして、私も行ってみたいのよ
桜の季節に、と微笑む。

一国の王妃を前にしているというより、親戚の伯母さんに近況を語っているような和《なご》やかな雰囲気に、いつしか気持ちがほぐれていった。

（後宮という女性の多い世界をまとめ上げ、頂点に立つ方だからこそ、母性が強いのかも）

二杯目の紅茶をいただき、相手の話に耳を傾けながら絵麻はぼんやりと思う。

「最近では、王族でもスマートフォンを使いこなす時代だというのに、アズサは連絡をほとんどくれないのよ。イムラーン……ああ、王太子殿下とは時々電話しているみたいだけど」

しょうがない息子達、と締めくくりアイシェ妃が肩をすくめて苦笑した。

「三香子もそうだったわ」

「アズサさ……いえ、殿下のお母様はどのような方だったのですか？」

「そうね、一見、儚《はかな》げに見えるけど、実は頑固で、行動力も理解力もあって、よく口で陛下を言い負かしていたわ。そこはアズサもそっくりね」

なんとなく意外だ。

だが、よくよく考えると、会ったばかりの異国の男性に恋をして、日本とはまるで違う国に嫁ぎ、複数いる妻の一人になるほどの人なのだ。行動力があったというのもうなずける。

そんな風に、しばらく会話を楽しんでいた二人の間に、ふと沈黙が訪れた。

一陣の風が吹き抜け、近くに植えられているオレンジやレモンの爽やかな香りを運んでくる。やがて、その風がやんだ時。

「エマ。貴女、後宮を——いいえ、アズサが複数の妻を持つということ、自分の国を捨て、この国の王家に嫁ぐということについて、どう考えますか？」

アイシェ妃からの率直な問いに、絵麻の心臓が跳ねた。

——偽装の婚約が終わったら、自分とアズサはどうなるのか。

絵麻はアズサと気持ちが通じ合ってから、ずっと影のように付きまとっていた不安と、突然真正面から向き合わされた。

アズサが、複数の妻を持つ。

冷たい汗が背中を伝っていった。アイシェ妃の視線から逃れられない。

ここで真実を告げず、この場を取り繕《つくろ》うようなことを言えば、きっと彼女は容赦なく絵麻の評価を下げ、王宮どころか後宮から遠ざけるだろう。

(王子の、アズサさんと、結婚する)

誰もが夢見る、シンデレラストーリーだ。

だが、絵麻がいるのは現実で、夢の世界ではない。真剣なアイシェの表情で嫌と言うほど思い知らされる。

医師のアズサとであったら、結婚にためらいはなかった。

しかし、ルクシャーナは一夫多妻制であり、第二位王位継承権を持つアズサは、本人の意思に関わらず、複数の妻を持たざるを得ないだろう。

現にアズサには、すでに王の決めた相手がいるのだ。

この先、彼と一緒にいることを望んだなら、自分は彼の複数の妻の一人となる……

その時、アイシェ妃のように寛大でいられるだろうか。

そして、アズサの母のように強くあれるだろうか。

なにより日本という国を、そこにいる叔父や友達、仕事、今の生活すべてを捨てて、この国に骨を埋《うず》める覚悟が、今の絵麻にあるのだろうか？

この婚約から、『偽』の文字を取るということは、そういうことだ。

乾いてひりつく喉《のど》に手をあて、絵麻はなんとか声を絞り出した。

「わかり、ません」

ぴくりとアイシェ妃の片眉が上がった。

当然だ。こんなの回答でもなんでもない。だけど……

「私が言えることは、アズサさんが好きで、愛しているということだけです。だから彼には、幸せでいて欲しい。心から笑っていて欲しい……望むのは、それだけなんです」

つうっとなにかが頰を伝い、絵麻は初めて自分が泣いていることに気づいた。

泣きたくなんかなかったのに、アズサに迷惑をかけたくないのに。

「彼と一緒になることがどれだけ難しいか、わかっています。でも、自分にそれができるのかは、わかりません」

もう、限界だった。両手で顔を覆《おお》い、嗚咽《おえつ》を抑える。

――アイシェ妃はなにも言わなかった。

リウラが来て、絵麻はそのまま部屋に戻された。

そして、その日も、次の日も、アズサが絵麻のもとを訪れることはなかった。

◇◆◇

「絶対にならん」

積み上げられたクッションに埋もれ、尊大な態度で寝そべる男——自分の父親であるルクシャーナ国王ジャーレフを、アズサは冷たく見下ろす。

「十二年ぶりに再会した息子に対する第一声が、それですか」

「その言葉、そっくりそのままお前に返す」

父の腹心で悪友でもある宰相が、くるりとアズサに背を向け、身体を折り曲げ笑いを堪《こら》えている。

当初はアズサの発言に度肝《どぎも》を抜かれていたが、父とアズサの会話がおかしくてたまらないのだろう。

だが、笑われようがアズサは真剣だった。

「もう一度言います。兄上がザムザ病から回復された暁《あかつき》には、俺は王籍を抜けます」

「だから、絶対にならんといっておる」

子どものわがままなど聞き飽きた、という態度で水煙草を吸い、新しい妃だか愛妾だかに腰を揉まれながら国王が鼻を鳴らす。

だがこちらとて言いたいことはある。

母の死後、一度として顧《かえり》みることのなかった自分を、ここに来て利用しようとしている。そんな父王の命《めい》に従う必要性など感じない。

「あなたの意見は関係ありません。俺は王籍を抜けます。最後に、親子の義理で報告しにきたまでです」

王籍を抜け、ルクシャーナの国籍を捨て、日本に帰化する。

どんなに困難でも、アズサは絶対に絵麻との未来を手に入れると決めた。

「ふん、結婚を約束した女か。愛妾として離宮に連れてきているという話だったな」

父に知られているのは覚悟していた。

絵麻を王室関係のいざこざから遠ざけておきたい。しかし、この国で王宮以上に安全で守られた場所はない。

悩んだ末、アズサをなにくれとなく気遣ってくれた、第一王妃のアイシェに、離宮の一つを密かに手配してもらった。しかし、父にはバレていたのだろう。馬鹿で傲慢なように見えて、中身はかなり頭が切れる。そうでなければ、王として家臣を押さえ、諸外国と対等なやりとりなどできない。

「だったらなんです？　婚約者がいることは、最初から伝えていたはずだ」

「わからん。その娘がお前の妻の一人になり、ルクシャーナ国籍になればよいだけの話ではないか。それなら歓迎しよう。三香子だってそうした」

自然に母親の名前を出されたことに、アズサは声を失う。だがすぐに気を取り直して反論する。

「あなたならそうするでしょう。ですが、俺は、絵麻以外に妻を持つ気はありません」

父の腰を揉んでいた若い愛妾が、目を大きく開いてアズサを見た。

当然だろう。この国で独身、あるいは妻が一人しかいない男は、不甲斐ないか、素行が悪すぎるか、外国人のいずれかだ。

「また無茶を言う。……王族の結婚は政略だ。それは、一人や二人は好いた妻がいてもいいだろう。だが、二人しかいない王子の一人が、太守家から娘の一人も娶《めと》らんのは許されぬ。それに、油田の開発やら宝石加工産業で国を発展させようとしている今、そちらの縁からも妻を娶《めと》ってもらわねばならぬ」

水煙草のパイプの先を、かつん、と器に打ち付けた父が、傲然《ごうぜん》とアズサに命令した。

「私を、ひいては、イムラーンを支えるのがお前の役目だ。それが王子として育てられ、普通では得られない特権や教育を受けてきたことに対する、王国や民への義務ではないのか。アズサ」

為政者の顔をした父と、アズサは真正面から対峙する。

複数の妻に子を産ませ、お気に入りの女しか名を覚えていない父と同じ道を歩めと強制されている現状が、異様に腹立たしかった。

「兄上を助けないとは言っていません。ですが、貴方を助けるのはごめんだ。その理由は、御自身で一番よくわかっているはずです」

王太子である兄のスペアとして、それなりの教育と成果を上げていること以外には、アズサになんの興味も示さなかった王にあてつけ、かかとで大理石の床を蹴る。

「王籍を抜ける考えを変えるつもりはありません。それに、王族でなければ国を助けられないというのは、王室とその周囲で甘い汁を吸う貴族達の偏見にすぎない」

それを証明してやる。

「ただの医師であっても、この国の発展に力を貸すことはできるはずだ」

そう宣言し、踵《きびす》を返した瞬間、父王の声が鞭《むち》のようにアズサの背中に振り下ろされる。

「アズサの、いや、アミル・アルサーニの王宮内無期限謹慎を申し渡す！」

驚愕《きょうがく》のまま振り返る。

「……今からお前をイムラーンの主治医に任ず。ザムザ病が完治するまでな」

ぬいぐるみのように膨《ふく》らんだ身体と、垂れがちの藍眼という、国王にしてはユーモラスな姿とは裏腹な鋭い視線に、一瞬ひるむ。

国王の人のよさそうな外見は、相手を油断させるための擬態であるということを、この瞬間までアズサはすっかり忘れていた。

「ですが、主治医はすでに……」

「お前が戻った以上、ドクター・ユイザキにはお引き取りいただく。お前は王宮内から一歩も出ることはまかりならん」

水煙草を置いてのそりと起き上がった国王は、まるで人に襲いかかる寸前の熊のような気迫を漂《ただよ》わせていた。

負けていられるかと顎《あご》を上げる。この程度で、絵麻を諦めると見くびられては困る。

すると、ふん、とつまらなそうに鼻を鳴らされた。

「どうせ、またアイシェに助力を頼むつもりだったのだろう。お前の考えそうなことだ」

「父上」

「頭を冷やせ！」

父王の怒声に、腰を揉んでいた愛妾が悲鳴を上げ、よろけながら部屋の隅に逃げる。

いつもであれば、アズサと父王の喧嘩を取りなす宰相も、今回ばかりはアズサの分が悪いと、沈黙したまま首を振った。

絵麻に会えない。異国で自分だけを頼りに待っていてくれる彼女に。

ひとまずメールで状況を説明して、事態の打開策を考えなくては。アズサは、めまぐるしく思考を働かせる。しかし、それすらも王に見透かされていたのだろう。

部屋の中で彫像のように立っていた衛兵の一人が、父王の水煙草の先が動いた瞬間、アズサを拘束し、もう一人が個人所有のスマートフォンを取り上げた。

「ふざけるな！　くそっ！」

怒りの声を上げるも、父王は涼しい顔だ。挙げ句、風の音がうるさいのうなどとつぶやき、水煙草を吸い込んでいる。

「謹慎の身で外部と自由に連絡ができるのはおかしいだろう。今のスマートフォンではビデオ通話も可能だしな。それではお前の頭を冷やすことにならん」

とどめの一言を告げると、アズサを部屋から連れ出させた。

アズサはまとわりつくヴェールごと衛兵の手を振り切る。すると、廊下の窓際にある長椅子から押し殺した笑いが聞こえてきた。芳賀だ。

彼は持っていた本を脇に置き、そのままアズサと並んで、緋色のカーペットの上を歩く。

「門前払いされた小僧みたいな顔してるぞ」

王となにがあったのか予測済みなのか、額《ひたい》に落ちてきた黒髪を後ろに撫でつけながら芳賀が言う。

「元からこんな顔だ」

むすっとしたまま答える。すると芳賀は、天井のモザイク画を眺めつつ息を吐いた。

「で？　お嬢ちゃんに会いに行くのか？」

なにげなく言われ、ますます不機嫌の水位が増していく。

顔をしかめて否定するアズサに、芳賀は真顔になって眉を寄せた。

「王宮内で謹慎の上、連絡手段を絶たれた」

「あちゃ。……さすが陛下」

父の考えが見え透いているから、余計に腹が立つ。

おそらく父は、アズサとクッドゥース太守家の娘との結婚を強行し、間に男児が生まれるまで、絵麻を遠ざけるつもりだろう。

馬鹿馬鹿しい、と思わず吐き捨てる。

絵麻以外を愛することなんてできない。愛してもいない女性を妻にしたところで、アズサを含め、皆を不幸にするだけだ。

結婚してから愛することができる人間もいるだろうが、アズサはそこまで器用じゃない。

そもそもこんなことのために、絵麻を王宮に連れてきたわけではない。

アズサは彼女のためにきちんと手順を踏みたくて、絵麻を王宮に連れてきたのだ。

今度こそ、彼女への気持ちを誤解されないように……

「まあ、国王陛下が言われることもわからんでもないぜ。イムラーン殿下が快癒されても、次代の王太子が生まれるとは限らない。となればスペアは手放したくないだろうさ。それに、いまだにあの方は三香子さんにメロメロだしな。お前をどう思っていようと、三香子さんの忘れ形見を手放すなんてありえんだろ」

芳賀の指摘に顔をしかめる。こういう時に、血縁の事情を知られているのは煩《わずら》わしい。

「忘れ形見なんて、それなりに肉親の情を示してから言え」

子どもっぽい八つ当たりを、芳賀にぶつける。

こんなことになるなら、王宮になど来なければよかった。

「やめだ」

第二王子専用の私室に入るなり、ヴェールを剥《は》ぎ取ってベッドに投げつける。豪華な刺繍《ししゅう》のされた立て襟のホックを外し、堅苦しい衣装を脱いでいく。

「ん？」

「王子様ごっこはやめだ。こうなったら、意地でも王籍を抜けてやる」

さっさとスーツに着替えると、そのまま白衣を羽織って出窓の縁に後ろ手をついた。

「幸い、兄上と接触するなとは言われなかったしな」

口角を上げ、挑発的な目で芳賀を見つめる。

たちまち芳賀は、悪戯《いたずら》に誘われたような顔をして破顔した。

「いいね！　そういういざこざ、俺、大好き」

にっ、と白い歯を見せられて、アズサはそれを承諾と受け取った。ゆっくりと窓の外に顔を向けて今後の計画を組み立て始める。

「まず手始めに、父が決めた婚約者とやらの問題を片づけるか」

亜熱帯の花々が美しく咲く庭園の向こうに、絵麻のいる離宮の屋根が少しだけ見える。ピンク色をしたブーゲンビリアの生け垣が、まるで絵麻と自分を隔《へだ》てる鉄格子のように感じた。

だが、どんな障害があろうとも、アズサは絵麻を諦める気などこれっぽっちもなかった。

◇◆◇

手元にあるスマートフォンの画面を眺めながら、絵麻はテラスの前の寝椅子で昼下がりの風を受けていた。

離宮に滞在して一週間がたつ。

その間、王宮に入ることはもちろんできず、アズサからの連絡も一切ない。

テレビで、アズサが兄の——イムラーン王太子の主治医となったと知った。

彼はきっと忙しいのだろう。

そう無理矢理自分を納得させても、寂しいと思う心はどうしようもない。

気晴らしに街にでも行こうと思ったが、外出の許可が下りず、絵麻はこの離宮に軟禁されているも同じだった。

そんな中ではあるけれど、王太子の病は順調に回復していると、ニュース動画でアズサが記者らに告げているのを見て、心からホッとする。

病状を説明する、医学者の顔をしたアズサに隙はない。

（お仕事だもんね、そりゃ、にこにこはしないよ）

それでも、ほんの少しでいいから、アズサの笑顔を見たいと望んでしまう。

たった一週間離れているだけなのに、会いたくてたまらなくなっていた。

寝椅子から立ち上がり、白絹に浅黄色《あさぎいろ》の染めを入れた綺麗なドレスの裾を引いて、バルコニーに出る。ヴェールが風に揺れ、耳元を飾る銀とサファイアの豪華なイヤリングがちりりと音を立てる。

乙女であれば一度は夢見る衣装やアクセサリーを身につけていても、絵麻の心はちっとも浮き立たない。豪勢な食事を出してもらっても、一人で食べるごはんはあまり味がしなかった。

『アズサ殿下は昨晩、クッドゥース太守家の当主と晩餐《ばんさん》をご一緒だったそうよ。婚約の話とか』

『エマ様のもとに訪れがないのは、別れるのが決まっているから？』

『贈り物は手切れ金かしら』

聞きたくない噂が日ごとに絵麻の耳に入ってくる。

せめてルクシャーナ語で話してくれればいいのに、彼女らは絵麻に聞かせるように、わざと英語を使って話すのだ。

（本当に、終わりなのかな……）

婚約者候補がいるから、ここに来られないのだろうか。

別れるつもりだから、連絡をくれないのだろうか。

彼が絵麻に向ける愛情を信じているのに、思考がどうしても悪い方向へと走り出してしまう。

ふと、アイシェ妃の問いを思い出し、胸がきゅっと苦しくなる。

──アズサが複数の妻を持つということ、自分の国を捨て、この国の王家に嫁ぐということについて、どう考えていますか？

アイシェ妃は絵麻の存在を否定しなかった。けれど、ごく自然に、複数の妻の一人となる未来を示してきた。

（たくさんいる、妻のうちの、一人）

胸の中で、絵麻は何度も彼女に言われた言葉を反芻《はんすう》する。

アズサと一緒にいるためには、彼が別の女性と結婚するのを受け入れなくてはならない。

だが同時に、アズサが自分と距離を置こうとしていた理由を思い出し、不安に拍車をかける。

――王からどんなに愛されていようと、周囲は異国人の妃を認めていなかった。王が見ていない場所――後宮では、国が違うから、家格もないただの平民だからと難癖をつけられては、蔑《ないがし》ろにされていた。

自分の母についてそう語り、自身についても、いない者として扱われ、孤独だったと話したアズサ。

そして、そんな思いを自分の子にはさせたくないとも。

けれど、絵麻がアズサの何番目かの妃になったら、彼の危惧することが実際に起こってしまうのではないか。

誠実であるアズサが、我が子を守ろうとしないわけはない。だが彼は、この国にいる以上、アズサ個人としてではなく、王子として、公人として振る舞わなければならない。

必要に駆られれば、我が子と距離を置かざるを得ないこともあるだろう。

そうなったら、子どもはもちろん、アズサ自身も苦しむことになってしまう。

（私はいったい、どうしたら、いいんだろう）

どうするのが、アズサにとって一番いいことなのか。必死に考えるが、気持ちが乱れて、まるでまとまらない。

首から下がるペアリングをドレスの上から握ったり、離したりを繰り返す。

その時、不意に扉がノックされ、現実に引き戻された絵麻はあわてて返事をする。

「は、はい」

扉を開けると、リウラが困ったような顔をして立っていた。

その背後には彼女より地位が高そうな細身の女性がいて、不躾《ぶしつけ》なほどじろじろと絵麻を見てくる。

「突然のお伺い、失礼いたします。私は、クッドゥース太守家に仕える秘書です。……エマ・ユイザキが国賓であることは理解しておりますが、我が主《あるじ》にして、国王ジャーレフ陛下の姪であられるナデレア様が、ぜひ貴女にお会いしたいと仰せになっており、お迎えに参りました」

大貴族に仕えているだけあって、秘書と名乗った彼女の英語は絵麻にも難なく理解できた。

「ナデレア様、ですか？」

首を傾《かし》げる。聞いたことがない。

「ええ。……すぐに会いたいと仰せです。申し訳ありませんが、ご足労願えますか?」

絵麻の意向を聞いているようで、まったく聞いていない命令だ。

慇懃無礼《いんぎんぶれい》のお手本のような態度を示され、さすがに怒ってもいいのではと思う。

だが、ここは異国で、絵麻が問題を起こせばアズサに迷惑がかかってしまうと気づき、黙ってうなずいた。

するとリウラが身支度のための手配をする。

ドレスを着替えさせられ、いつもより多くの宝石で飾られた。

その間中、ナデレアの秘書は絵麻の挙動をずっと監視していて、見られることに慣れていない絵麻は、なんだか気鬱《きうつ》になってくる。

第一王妃の時と同じく庭に行くのだろうかと考えていると、車に乗せられ、細々《こまごま》とした礼儀作法や言葉遣いの注意をされる。

はっきり言って、王妃の時より仰々《ぎょうぎょう》しい。

国王の姪ということは、アズサの従妹《いとこ》にあたる。

しかし、チャーター機の中で、王室の人間関係をレクチャーしてくれたアズサは、王太子とアイシェ妃以外の身内とはほとんど付き合いがない、と教えてくれた。

(そんな相手がなぜ……? 好奇心、とかだろうか)

絵麻が滞在する離宮より一回り大きな、西洋風の館の前で車を降ろされる。

秘書は、絵麻と個人的な会話をするつもりも、また、気遣うつもりもないらしく、無言で案内した。

随分歩かされたあと、衛兵が立つ両開きの扉の前で急に振り向かれ、絵麻は思わずつんのめりそうになってしまう。

「ごめん……な、さ」

謝罪しながら、乱れた裾やヴェールを直していると、秘書が冷ややかに告げた。

「第二王子アズサ殿下の正式な婚約者であるナデレア姫殿下に失礼のないよう、愛妾の立場をわきまえた会話を願います」

頭から一気に冷水をあびせられたような気がした。

彼女は離宮を出る際、ナデレアを国王の姪《めい》としか言っていなかった。だが実際は、彼女は国王の決めたアズサの婚約者であり、この呼び出し自体、絵麻を品定めするための場だったのだ。

この国における絵麻の立場は、平気で嘘をつかれ、見くびられるようなものということだろう。

絵麻が表向き、王太子の元主治医かつ、ザムザ病治療の功労者であるドクター・ユイザキの家族として、王宮に招待されているにもかかわらず。

（やめよう。ここは異国だし、そもそも日本とは文化が違う）

秘書が中へ許可を求めている間に、絵麻は気持ちを切り替える。

今はなにも考えないほうがいい。自分がアズサの愛妾と見られているのなら、問題は絵麻だけのものではないのだから。

（私がなにを言っても、相手がよく思ってくれるわけじゃない。だったら、私は自分に恥じることなく礼儀正しくいよう）

静かに決意した。

室内から現れた侍女に両手を引かれ、中へ案内される。

連れて行かれた部屋にはすでにお茶の準備が整っていて、赤みがかった金髪の美女が、寝椅子の上でくつろいでいた。

「わかっているでしょうけれど、説明するわ。……私は、ナデレア・アジル・クッドゥース。ルクシャーナ王国の祭事を預かるクッドゥース太守家の長女で、国王陛下の同母妹の娘。つまり、アズサの従妹《いとこ》」

立ち上がりもせずに言うと、絵麻の上から下までを眺めて鼻で笑う。

「……写真では知っていたけれど、服をまともにしても見栄えがしない子ね」

侍女の差しだすアイスティーをつまらなそうに一口飲んで、ナデレアは絵麻に問いかける。

「その小さな身体で、どうやってアズサをたらし込んだの？　私より一つ年下と聞いたけど、ニホンってそんなに貧しいわけ？　……それとも貧しいのは貴女の家かしら。発育不足が哀れね」

彼女は豊満な胸と細い腰を見せつけるように、寝椅子の上で肢体をくねらせる。

絵麻は、アズサと過ごした日々を踏みにじられた気がして、反発心が湧いた。

「別に、身体でたらし込んだ覚えはありません。それに、私は日本人女性として、ごく平均的な身長と体重をしています。ご心配いただく必要はありません」

感情を抑えようとして失敗した。絵麻は思ったよりずっと低い声で反論してしまう。

身分制度のある国なのは理解していた。だが、ここまで貶《おとし》められる理由はない。

それに、身体だけの関係だと決めつけられるのも不快だ。

アズサと自分の、いったいなにがわかるのだと、抗議したくなる。

王太子が病気になった途端、これまで無関心だったアズサに王族の務めを果たせと強要する、彼の周囲の身勝手さに腹が立った。

それでも、異国の一般人でしかない絵麻が、ここで彼らを非難するような言葉を口にすることはできない。それはさすがに怒っていてもわかる。

様々な葛藤《かっとう》を抱えて黙り込んでいると、ぷっ、とナデレアに噴き出された。

「なんてね。……そもそも偽の婚約者に本気になるわけがないわ。あのアズサが」

「え……？」

どうして彼女がそのことを知っているのかと、思わずうろたえてしまう。

そんな絵麻に対し、ナデレアが勝ち誇った表情を浮かべる。

「……お金を出せば、恐ろしく口が軽くなる人間っているのよ。残念ながら」

蝶の羽を綺麗だからと無邪気にむしる幼女の残酷さで、ナデレアが微笑んだ。

「ドクター・オオサコ？　研究室を追い出されて腐っていた彼に、私の配下を接触させたの。……実家の総合病院が相当の負債を抱え込んでいたみたいだから、ヨーロッパにある医科大学の客員教授の座と当面の生活費を渡してあげたら、なにからなにまで話してくれたわよ。ああいう平民は扱いやすくて助かるわ」

平民、というところに隠しようのない侮蔑を感じる。

日本で暮らす絵麻にはよくわからない感覚だが、彼女は明らかに身分のない者――平民を見下しているようだった。

「買収したんですか？」

「そうね。今時、太守家――王家始祖の血筋だというだけで生き残れるほど、世の中は甘くもないし」

身を起こし、面倒くさげにナデレアが豊かな髪を掻き上げる。耳に下がる大ぶりのイヤリングが陽の光を反射して、絵麻の目を射貫く。

まぶしさに目を細めていると、ナデレアは首を振って真っ直ぐに絵麻を見た。

「本題に入りましょう。イムラーン……ああ、王太子殿下のスペアとして、アズサが呼び戻されたのは知っているでしょう？」

まるでビジネスの話でもするように告げると、ナデレアはゆっくりと唇を舐《な》めた。

「なのにアズサは、貴女と結婚するために私と結婚しないと陛下に言い切ったの」

感情を押し殺し、絵麻はナデレアを真っ直ぐに見てうなずいた。すると、彼女の表情が少しだけ変化する。

「でもね、それは困るのよ。仮にイムラーンが無事にザムザ病から快癒したとしても、結婚し、次の王太子となる男児を授かるとは限らない。いいえ、授かったとしても、成人するまでは王位がどう転ぶかはわからない。なのに、第二位の王位継承権を持つアズサが、恋なんかのために王族の責任を放棄したら、この国がどうなるか、あなたにわかる？」

「いえ……」

「五つある太守家のいずれかから、次代の王が選ばれるでしょうけれど、正直、現在の太守家にはあまり力の差がないの。もし、王太子に子ができないまま――ジャーレフ陛下が亡くなったりしたら、王位を巡《めぐ》って争いが起きるかもしれない。そうなれば、国内は混乱し、現在進めている諸外国との交渉にも支障が出るでしょうね」

ナデレアは綺麗な顔をしかめて、絵麻を睨《にら》む。

「この国の人間でもない貴女に、その責任が取れるわけ？」

ナデレアの指摘に絵麻の喉《のど》から、ひゅっと声にならない声が漏《も》れた。

「立場をわきまえなさい。ルクシャーナ王国の民から王子を奪う覚悟が、貴女にあるの？」

言葉の刃に、絵麻の気持ちが切り刻まれる。

（わかっていた、はず、なのに。……本当の意味で、わかってなかったのかな）

きちんと顔を上げていたいのに、どんどんとうつむいてしまう。

「ねえ、エマ。貴女が本気で望むなら、このままアズサのもとに残る道だってある。でもね……アズサの母親と同じ道を選んでも、彼を苦しめるだけじゃないかしら？　それに、貴女はアズサになにをしてあげられるの？　愛されるだけでなく、癒やすだけでなく。実質的な面で」

大理石の床にできたしみが、汗なのか、涙なのかわからなかった。

心が渇き、ひび割れ、粉々になっていく。

人形のように立ち尽くす絵麻に焦《じ》れたのか、理解できていないと判断されたのか——

ナデレアが優しい声で語りかけてきた。

「……エマ。いじめてないと言ったら嘘になるけど、私も嫌な思いをまったくしていないわけじゃないのよ？　でも、政略結婚するのが義務だし、そうすることで国を支えるのが役目だから受け入れているの。幸い、アズサは賢いし理知的だからそれなりに上手《うま》くやれるでしょう。だから愛して欲しいなんて高望みはしないわ」

髪から指を離し、ナデレアは絵麻の前に立つ。

「この国の結婚とは、本来そういうもの。それが無理なら、今のうちに身を引きなさい」

「身を、引く……」

ナデレアの提案を、うつろな声で繰り返す。考えることがありすぎて、頭も気持ちも追いつかない。

「アズサの子を孕《はら》んでもいない今なら、難しくないでしょ」

きっぱりと言い切られ、反論することもできず絵麻は唇を噛んだ。

ナデレアは、もう話すことはないとばかりに、絵麻に背を向ける。

絵麻と同じ、ヒールが高く重いサンダルを履いているとは思えない優雅な動きに、どうしようもなく惨めな気持ちになった。

「王族の結婚は政略よ。愛や恋なんて気持ちで結ばれても不幸になるだけ。それは、アズサの母親を見ればわかるでしょう。だから、貴女には、正しい道を選んでほしいの……わかるわね？」

振り返ったナデレアが、絵麻の顔を見てそう告げる。

その言葉は、絵麻の胸に焼き付いて、いつまでも消えることはなかった。

ナデレアから呼び出されて一週間。ずっと絵麻は考えていた。

なにより、連日のようにテレビの特番で流されるルクシャーナ王国の様子が、絵麻を一つの決断へと追い立てる。

海外に留学していた第二王子が、国を困らせる悪魔のような病気を治すために戻ってきた。

しかも貧富の区別なく、診療や治療方法の周知に当たっているのが放送されたのをきっかけに、彼の人気は、若者――とくに女性を筆頭に、老人や失業者など弱い立場の民を中心として、爆発的に高まっていった。

国を捨てた王子という過去を悲劇的なドラマに仕立て上げ、それでも国を見捨てず、一流の医学研究者となり伝染病の危険を払拭したと伝えるテレビ番組。

誇張気味にナレーションし、英雄扱いでしめくくるドキュメンタリーは、何度も繰り返し放送されている。

さらに、アズサが王子として海底資源開拓プロジェクトを視察する様子や、外資系企業と対等に交渉している様が、連日報道された。

彼が、新進気鋭のデザイナーを招き、ルクシャーナ独自のジュエリー・ブランドを設立するとか、企業に対する税制改革を行《おこな》い、国の経済をより発展させる方針を議会に提案したとか、テレビや新聞で彼の姿を見ない日はない。

アズサは生粋《きっすい》のルクシャーナ人ではないが、彼を批難する人の声は日に日に弱くなっていった。

そんな彼の側には、いつも控えめにナデレアが寄り添っている。

ナデレアと結婚すれば、この国でのアズサの立場は揺るがないものとなるだろう。

(わかっていたことじゃない。——いずれ別れなくてはいけないと)

何度も、この恋は諦めようと思った。

それなのに駆け出す思いを止められず、いつの間にかその先を期待してしまっていた。

でも、この恋は成就しない。おとぎ話のように、王子様と結婚して幸せになりました、で物語は終わらないのだ。

「わかって、いたのになぁ」

豪華すぎて、逆に落ち着かない天蓋《てんがい》付きのベッドの中で、絵麻は暗闇に向かってつぶやく。

——別れなければならない。

自分自身に冷たく命じる。

絵麻にとっては、アズサが王子であることは重要でない。けれど、周りはそう思わない。これはもう、絵麻とアズサだけの問題ではないのだ。

この国の民は、アズサを求めている。

彼が支えるこの国の未来を信じているし、彼はルクシャーナという国をより豊かにしていくだろう。

幸せになる人がたくさんいるはずだ。

自分では、王子であるアズサを支えられない。それは、ナデレアに指摘された通りだ。

絵麻の個人的な感情で、彼をこの国から奪うなんてできない。

彼には王子として、この国の民に愛されて、幸せになる未来があるのだ。

それに、アズサには、彼を心配するアイシェ妃や、きつい性格ではあるけれど、国のことを考えるナデレアが側にいてくれる。

ナデレアはまったくの善人ではなさそうだが、妙に潔癖で頑固なアズサには、合っているような気がした。

彼には、かつて孤独を感じていたこの国で、誰よりも愛されて生きて欲しい。

「わかってた……」

自分がどうするべきか。ナデレアに指摘された時には、すでに頭では理解していた……ただ、感情が受け入れられなかっただけ。結局、ぐだぐだとここまで決断を先延ばしにしてしまったことに苦笑しつつ、絵麻は布団を頭から被る。

(アズサさんの将来や、幸せを考えれば、私が身を引くのが一番なんだ)

胎児のようにうずくまり、抱えた膝に頭を押し付ける。

背骨がきしみ痛んだが、それを心配して慰めてくれるアズサは隣にいない。

（甘えちゃ駄目。この寂しさにも、いつか、きっと慣れる）

繰り返し自分に言い聞かせる。そうしないと、せっかくの決意がくじけてしまいそうだった。

アズサには幸せになって欲しい。その気持ちに嘘はない。

――たとえそこに、絵麻がいなかったとしても。

◇◆◇

第二王子として与えられている部屋で、アズサは腕を組み壁に寄りかかっていた。

横には、黄金で亜熱帯の花を象眼した等身大の姿見が嵌《は》め込まれている。これみよがしの黄金は、まったくアズサの趣味ではなかったが、この鏡の側から離れるつもりはない。

先日、絵麻がナデレアに呼び出されたと芳賀から報告があり、すぐに時間を調整した。

絵麻に対してナデレアがなにを言ったか、だいたいの察しはつく。そのことで、絵麻を不安にさせていると思うと、一日も計画を先延ばしにすることはできなかった。

アズサに謹慎を申しつけ、外出する時には護衛という名の監視を山のようにつけていた王も、王宮内では若干、気を緩《ゆる》めている節があるのが幸いした。

今朝アズサから、ナデレアと、結婚について前向きに話したいと申し出たことも大きい。

（勝負は一度きり。今日、決着をつける）

スーツの袖を上げ、腕時計を見る。ナデレアが来るまで、あと少し……

アズサは目を閉じて静かに集中力を高めた。すると、大して時間を置かずに侍女に導かれたナデレアが室内に入ってくる。

「子どもの頃以来かしら、ここに来るのは」

親しみを演出しようとするナデレアを無視して、アズサは人払いをする。

結婚について前向きに話したい、と、王に伝えた言葉のまま連絡が行ったのだろう。

まるで王妃のように着飾り、頭から指先まで宝石で飾り立てたナデレアを見て、吐き捨てる。

「挨拶《あいさつ》などどうでもいい。……君が愛情から、俺との結婚を望んだわけでないのは承知している」

「……そう。話が早いわ。じゃあ結論は出たのね？」

立場も年齢もアズサのほうが上だが、ナデレアはすでに妃を気取って対等な口を利いてくる。それに眉を寄せて、溜息をついた。

「なにを期待しているか知らないが、結論から始めたほうが早いのは確かだ」

顎《あご》を上げ、アズサは傲然《ごうぜん》とナデレアを見下ろす。

「君と結婚する気はない。……具体的に言えば、絵麻以外とは結婚しない」

断言した瞬間、ナデレアがぽかんと口を開く。そして、甲高い声で笑い出した。

「面白い冗談だわ」

アズサが一向に壁から動かないのに焦《じ》れたのか、ナデレアが近づいてくる。不快感をぐっと堪《こら》え、下ろした手で鏡の表面を二度叩く。

「冗談ではない」

ナデレアがアズサとの結婚を望んでいる理由は、王子妃になりたいという虚栄心だけではない。

アズサが王籍を抜け、イムラーンが王とならない、あるいは、彼と妃の間に王子が生まれなかった場合、この国の太守家から次の王が選ばれることになる。

そうなった際、今の王家と政略結婚を続け、権力を維持してきたナデレアのクッドゥース太守家が、他の太守家から総攻撃を受けることは火を見るより明らかだ。

頭一つ抜けている敵を全員で叩き潰してから、利益を奪い合うのは雑魚《ざこ》の常。

王太子がザムザ病に倒れて初めて、その可能性に気づいたクッドゥース太守家が、第二王子のアズサに狙いを絞ったのは、自己保身にすぎない。

「仮に、君と結婚したとしても、俺は義務を果たす気はない。……そうなれば、父上……いや、国王陛下はもちろん、君や、クッドゥース太守家側の思惑は水泡《すいほう》に帰《き》すわけだ」

わずかにナデレアの顔が青ざめる。だが、気丈にもアズサを睨《にら》み返してきた。

「王族でありながら、なんの後ろ盾もない外国人を妻にして、他に妻を迎えないなんて、正気じゃないわ。……私は」

「絵麻を、複数いる妻の一人にしてお茶を濁《にご》すつもりもない」

ナデレアの提案を予測し、先回りして切り捨てる。彼女はみるみる目に怒りを走らせた。

「本気でそれが通ると思っているの？　クッドゥース太守家を侮辱するにもほどがあるわ！　私は、結婚について前向きに話し合いたいと聞いて、ここに来た……」

手を振ってナデレアの言葉を遮《さえぎ》り、口の端だけで嘲笑《あざわら》う。

「まったく。国王陛下も、君も、案外抜けている。俺は……絵麻以外と結婚する気はない。だから、彼女を守るために、君や太守家の不利益にならないよう、結婚解消について前向きに話し合いたいだけだ。俺はなに一つ嘘は言っていない。事前に、『誰との』結婚か、確かめなかったほうが悪い」

「貴方とわたくしの婚約は周知のことなのよ？　それを今更、どう責任を取るつもりなの!?」

蒼白になったナデレアが叫ぶ。だが、アズサもここで引き下がるわけにはいかない。

「俺の承諾もなしに勝手に決めておいて、責任を取れとは笑わせる」

鼻で笑いながら、再び鏡の表面を手の甲で叩く。すると、わずかに、振動が返ってきた。

「そもそも君は、兄上の婚約者となるべく、王宮で教育されていたはずだ」

そこを突かれるとナデレアが苦しいとわかりつつ、アズサは彼女を追い詰めていく。

これまでは、ザムザ病に罹《かか》った成人の生存率は低かった。だから、国王は薬の完成を待つ一方で、王太子をアズサにすげ替える準備を始めたのだろう。

「王太子の変更を視野に入れて動くよう陛下に進言したのは、クッドゥース太守家らしいな。さらに、婚約者変更の理由は、お互いに好意を持ってしまったからだと取り繕《つくろ》うつもりだったとか。……その理由で、俺との間に子ができなければ、信憑性《しんぴょうせい》を疑われるのは必定《ひつじょう》。違うか？」

一つ指摘するごとに、ナデレアの顔が強張《こわば》り、視線が合わなくなる。

「すべてただの推測じゃないの……証拠は？」

「言われずとも十分に揃えている。まったく、あまりに俺と兄上を馬鹿にした計画だ。そうは思わないか？」

アズサはそう言って、鏡を強く叩く。その途端、金属が動く音がして、鏡が内側から開いた。

「本当にね……為政者として理解はできるけれど、先走りにもほどがある」

鏡の後ろにあった緊急避難用の隠し通路から王太子の正装をした青年が現れ、ナデレアの前に立った。

「イムラーン!?」

アズサとよく似た顔立ちの銀髪の青年が、ナデレアに朗らかな笑みを向ける。

「アズサの権利をことごとく封じておいて、今更、義務を果たせとは厚顔にすぎる。それに、僕が死ぬという前提なのも不愉快だ……まったく……治療宮に隔離されている間に、こんなことになっているとは思わなかった。アズサが教えてくれて助かったよ」

イムラーンがアズサに片目を閉じて見せる。鬱陶《うっとう》しげに手を振るアズサに、イムラーンは肩をすくめた。

「そんな……ザムザ病は……」

「おかげさま……というべきかな？　アズサが作った薬はよく効いたよ。あとは静養しつつ、体力を戻すだけだ」

すれ違いざまにアズサの肩を叩き、イムラーンはご機嫌な様子でナデレアに歩み寄る。

だが、その目はまったく笑っていない。

「さて、結婚に向けて、前向きに話し合おうか。……三人で」

王太子とアズサに挟まれたナデレアは、完全に抵抗する気力を失っていた。

◇◆◇

留学先から第二王子が戻ったということで、王が催《もよお》した宴《うたげ》は豪勢なものだった。

建前はともかく、この宴《うたげ》を開いた真の目的は、王太子イムラーンの完全復帰を国の内外に知らしめることだろう。

そして、もう一つはアズサとイムラーンの仲がよく、二人の王子のもとでルクシャーナ王国はますます発展すると、強く印象づける意図もあるはずだ。

広いパーティー会場の隅で、観葉植物に隠れるようにして、絵麻は形だけシャンパンに口をつける。

今日着ているのは、いつも離宮で着ていたルクシャーナ風のドレスではなく、オートクチュールのコレクションに出てきそうなシルクのドレスだった。

光沢のあるマーメイド形のデザインで、ふんわりと広がる裾から胸元に向かって、オレンジから白のグラデーションになっている。

ノースリーブの肩には繊細なレースのボレロを合わせ、シルバーにサファイアをあしらったネックレスとイヤリングが清楚ながらも華やかな雰囲気を醸《かも》しだしていた。

長い黒髪は高く結い上げられ、南国の花と真珠のピンで飾られている。

自分でもびっくりするくらい、侍女達は絵麻を美しく磨《みが》き上げてくれた。けれど会場には、それ以上に美しく、華やかな女性がたくさんいる。貴族や世界的なセレブの令嬢達が美しさを競う中、庶民の絵麻はどうしても壁際から離れられない。

「おー。いたいた。……嫌になるくらい人が多いな。この会場は」

王宮で一番広い舞踏会場は、美女達の宝石やドレスで色の奔流のようになっていた。

それをすり抜けながら、盛装であるタキシードに身を包んだ芳賀が現れる。

「芳賀さん。お久しぶりです」

「そんな隅っこにひっこんでないで、前に出たら？」

「なんだか、気後《きおく》れしちゃって……」

絵麻はちらりと、一段高くなっている王族の席を見やる。そこではタキシードを着たアズサと、銀色の長髪を緩《ゆる》く背で結んだイムラーンが、王を挟んで和《なご》やかに談笑している。舞踏会の前に開かれた晩餐《ばんさん》でも見かけたが、やはり、王子だけあって風格が違う。当然、庶民の絵麻は彼の側に行くこともできなかった。

絵麻の席は、上座に座る王族のアズサからはずっと離れていて、ほぼ末席に近い位置だった。

芳賀は、まだアズサに近い席だったのに。

結局、婚約者という話は、ここではなかったことにされたのだろう。

公式には、絵麻はアズサの恩師である叔父、武彦の同伴者として扱われていた。

――アズサの愛を疑ったことはない。アズサへの愛が変わったわけではない。だが、結婚できないことははっきり理解できた。

先日、アズサが治験医師団の会議に出席するため王宮を不在にしていた時、国王陛下が自《みずか》ら絵麻のもとを訪れた。

王太子の主治医として協力した叔父への感謝を述べつつ、今後のルクシャーナ王国にとって、アズサがいかに重要な存在かを伝えられた。だが絵麻は、これ以上アズサを迷わせるな、と警告されたように感じた。

事実、王は言ったのだ。アズサにはすでに婚約者がおり、今後イムラーンに子が生まれるかわからぬ以上、日本に戻すわけにはいかないと。

同席したアイシェ妃も、絵麻は後宮には向かないと断言し、絵麻とアズサの未来は潰《つい》えた。

今夜の舞踏会を最後に、絵麻は日本へ帰国させられる。アズサにも、芳賀にも内密のまま。

翌朝にはチャーター機に乗って成田へ向かうことになっていた。

ほぼ強制送還されるようなものだ。

それと引き替えに、今夜だけアズサと過ごすことを許すと言った王は、優しくて残酷な人だと絵麻は思う。

「せっかくだから楽しんだら？　こんなの一生に一度の夢みたいなもんだろ」

現実に戻った絵麻に、芳賀が軽い口調で提案してくる。その言葉が胸に刺さった。

そうか、夢か、と妙に納得しながら人の流れをぼんやり見つめる。

──もとから、この関係は、全部が嘘で夢だった。

芳賀も、絵麻に悟らせようとしているのかもしれない。

「……そうですね。素敵な夢でした」

ふっ、と柔らかく微笑むと、壇上から絵麻に向かって真っ直ぐ歩いてくるアズサが見えた。

「踊ってくれないか、絵麻」

微笑みながら跪《ひざまず》き、手を差し伸べる彼につい見惚《みと》れてしまう。

瑠璃《るり》色の瞳から送られる眼差しの熱さに、心が震えて、つい涙が出そうになった。

(やっぱり、好き。……王子様でも、医師でも。ううん、なんであっても)

しばらくの間、離れていた寂しさが歓喜となって押し寄せ、抱きつきたい衝動を抑える。

舞踏会場で抱きつけば、アズサを困らせてしまうだろう。だから、首を傾《かし》げて彼をからかう。

「足を踏んでもいいなら、いいですよ？」

絵麻の言葉を快活に笑い飛ばし、アズサは広間の中央に出て絵麻の腰を抱く。

触れる手の熱さにどきりとし、胸が高鳴った。

夢だと言うなら、甘い砂糖菓子が溶けるまで、素直にこの夜を楽しめばいい。

アズサは、驚くほど丁寧に絵麻をリードした。

初めて踊る絵麻でも楽しめるように、でも、周囲にはそれなりに見えるよう、細かい配慮をしてくれる。それが嬉しくて、切なくて、涙を堪《こら》えながら微笑むのが難しい。

「お兄さんが回復してよかったですね」

つい別れを意識してしまう気持ちを逸《そ》らすため、絵麻は当たり障りのない会話を口にする。

「そうだな。まだ、残務処理はあるが……これで肩の荷が下りた」

アズサは溜息を漏《も》らし、絵麻をしっかり支えながらターンした。ドレスの裾が広がり、大輪の花が開いたようだ。

現実味のない、どこまでもきらびやかな世界に身を任せていると、アズサがそっと顔を寄せた。

「それより、会いに来るのが遅くなって、すまなかった」

耳元で囁《ささや》かれ、絵麻は赤くなりながら首を振る。

「謝らないでください。……忙しかったのは、テレビや新聞で知ってますから」

「つれないな。……だいたい、絵麻はものわかりがよすぎる。少しは俺を責めていいんだぞ」

「責めるなんて、そんな……仕事、ですし、いろいろ、その、大変だったろうなぁって」

好き。だけど、別れなければならない。

決意を隠しながら、絵麻はただアズサを見つめ続ける。

するとアズサが息を呑み、絵麻を抱く腕に力を込めた。

「ずっと会いたかった。……今日だって、晩餐会《ばんさん》で絵麻を見つけてからずっと、こうして、触れたくて、我慢するのが大変だった」

率直な告白に、鼓動が速くなり、足取りがあやうくなる。それを難なくリードして、アズサはより絵麻と密着しようとする。

「綺麗だ、絵麻……今日のドレスもよく似合っている」

「……アズサさん、こそ」

アズサを意識して身体が疼《うず》きだす。それが恥ずかしくて、つっと視線を逸《そ》らすと、頭の上から熱のこもった溜息が落とされた。

「そんな可愛らしい仕草をしないでくれないか。……もっと君に触れたくなる。いや……」

言葉を途切れさせ、再びターンする一瞬に唇を耳に押しつけられる。

「抱きたい」

キスされた耳から熱が広がり、首の後ろどころか、手の先まで赤くなってわななきだす。

「……ひ、人前です」

精一杯、抗議の声を上げたが、語尾が震えてしまって説得力がない。

「俺を、これ以上煽《あお》るな。……君が欲しくてたまらない。舞踏会なんて、投げ出したいくらいだ」

「そんなこと、だめ、ですよ……アズサさんの帰国を祝って、皆さん集まっているのに」

なんとか道理を伝えようとする絵麻に対し、アズサが拗《す》ねたようにぼやいた。

「この国に来てしばらくたって、今更の舞踏会なのにか。それより、俺は……」

「きちんとしない人は、嫌いです」

ダンスが終わった途端、すぐにでも物陰に引き込みそうな相手の勢いに、絵麻は必死に首を振る。

「む」

嫌い、と言われたことが引っかかったのか、アズサが黙り込んだ。

「わかった。……舞踏会が終わるまでは我慢する」

だが、その先は我慢しない、と言われたようで絵麻は居たたまれなくなる。

アズサは、やるといったら、やる男なのだ。それは十分すぎるほどわかっている。

(だって、職場でも、いろいろ、されちゃってたし)

アズサと同棲していた日々が次々に頭に浮かぶ。

喧嘩した夜や、祭りの時に助けてくれたこと。卵焼きを食べる時の幸せそうなアズサの様子や、二人で過ごした夜のこと。

思い出すと涙が浮かびそうだ。だから絵麻は、微笑みながら顔を上げ、ただ、瞳にアズサの姿を焼きつけることに集中する。

言葉もなく、ただ、見つめ合っていることが、こんなに幸せだとは思わなかった。

しみじみと感じているうちに、曲が終わり、アズサは絵麻をエスコートして玉座に向かおうとする。

それをさりげなく留めていると、王太子――アズサの異母兄であるイムラーンと視線が合い、あわてて手を離す。

「絵麻？」

「い、いえ……あっ、あの……王太子殿下が、アズサさんに用があるみたいだから。先に……」

しどろもどろになって取り繕《つくろ》う。少しだけ怪訝《けげん》な顔をしたアズサは、すぐ諦めたように息を吐く。

「そうだな……夜は、まだ長い」

絵麻をもとの場所に送り届けると、あとで部屋に行くと耳打ちしアズサは玉座へ歩いていく。

それを眺めながら、絵麻はドレスの下に忍ばせたペアリングにそっと触れた。

バルコニーを開け放ち、猫脚の椅子に座って夜空を見上げる。

細い三日月が静かな庭園を照らし、華やかな管弦楽団によるワルツの音色が切れ切れと風に乗って聞こえてきた。

絵麻は疲れたからと舞踏会を途中で抜け出し、離宮に戻ってきていた。

庭園の椰子《やし》の葉が揺れる音と噴水の涼しげな水音が、絵麻に落ち着きを与えてくれる。

——今日が、最後。

嫌だと思う自分をなんとか宥《なだ》めて、ただアズサを愛し抜くことだけを考える。

時計の音に鼓動が重なり、少しずつ速くなっていく。

その時、扉がノックされた。応《こた》えずにいると、一拍置いて人が入ってくる。

気配だけでわかる。アズサだと。

「絵麻」

後ろから抱きしめられ、絵麻はアズサの腕に指で触れる。

互いの指が絡《から》んだ瞬間、椅子から引き上げられ、見つめ合う。

「長かった」

彼は、国を捨てて日本に来てから、ずっと母親を殺した病と闘い続けてきた。そして異母兄を同じ病から救ったことで、ついにアズサの苦悩が昇華したのだと、抱きしめた腕で感じる。

「そうですね」

他にどう言っていいのかわからず、絵麻はただうなずいた。

変に言葉を重ねて、この夜を台無しにしたくない。

アズサの広い背に回していた腕を解き、彼の喉《のど》に触れる。

滑《なめ》らかで温かい感触に、胸の奥が甘苦しい切なさで満たされていく。

そのまま彼の蝶ネクタイを外し、指を滑らせながら白いシャツを撫で、黒いベストを飾る黒蝶貝《くろちょうがい》のボタンを外した。

「絵麻？」

いつも受け身な絵麻らしくない積極さに、アズサが不思議そうな顔をする。それを微笑みで受け止め、絵麻は彼の肩に手を入れ、上着ごとベストを床に落とした。そして、今度は自分のドレスのホックをゆっくりと外していく。

「どうした、君らしくな……い」

ドレスが肌を滑り落ちていく。胸から腰を締め付ける純白のビスチェにガーターベルト。

下はストッキングとレースのショーツだけという姿に、我ながら恥ずかしくなって、絵麻は肌を朱に染める。

日本では、彼に何度も抱かれてきた。けれど、明るい場所で下着姿をさらすのは初めてで、指先が震えてしまう。

アズサの熱い吐息をうなじに受け、そのたびに背筋を熱いものでざわめかせながら、絵麻は彼のシャツのボタンを外しつつ告げた。

「抱かせて、ください」

「……絵麻、なにを」

「私に、アズサさんを、抱かせてください」

決死の覚悟で告げた言葉に、熱い抱擁《ほうよう》と深い口づけが返された。そのまま自然に移動し、アズサがベッドへ仰向けに倒れ、絵麻は彼の上に身体を伏せる。

開いたシャツの胸元から手を入れて、彼の琥珀《こはく》色の肌の熱い感触を身体に覚えさせていく。

何度も胸元を撫で、時に鎖骨へ唇を這《は》わせて、腕も、肩も、すべてを覚えていたくて頬ずりする。

「……っ、く」

彼が感じていることに勇気づけられてベルトを外せば、アズサの足が蹴るように動き、ズボンと靴が同時にベッドの下へ落ちる。

かつてされたように、絵麻がアズサの喉元《のど》を吸うと、彼は快楽を逃そうと、整えられていた絵麻の髪から真珠のピンや生花を抜き取っていく。

真っ直ぐで黒いだけが取り柄の絵麻の髪が、さらりと解けてアズサの肌を滑る。

息を呑む気配がして、アズサの両手が絵麻のビスチェに伸ばされた。

押さえつけられていた胸の双丘が解放されると、彼は片肘をついて身を起こし、もう一方の手で絵麻の背を抱き寄せ、胸の尖端を口に含む。

「あ……」

形を確かめるようにそっと舌先でなぞられ、絵麻が小さな喘《あえ》ぎ声を漏《も》らす。

堰《せき》を切ったように荒々しく舌が動き出した。ちゅくちゅくという水音の淫猥《いんわい》さも相まって、絵麻の中から甘い疼《うず》きが引き出されていく。

根元を歯で固定され舌全体を擦りつけつつ、反対側の乳房を揉み込まれると、得もいわれぬ愉悦《ゆえつ》が生まれる。

「ん、ふ……ぁ」

アズサに翻弄《ほんろう》されながらも、絵麻は手を動かしアズサの身体を撫で続ける。それが、無自覚に男の本能を煽《あお》っているとも知らずに。

ぬるつく舌は、色づいた乳輪を辿《たど》り、白桃のような乳房に歯形を残す。まるで、そこが美味でたまらないという様子で、執拗《しつよう》に舐《な》め嬲《なぶ》られる。

反対側の乳首を摘ままれ強く引っ張られると、小さな痛みと同時に淫《みだ》らな疼《うず》きが腰奥まで届く。

絵麻は今にも崩れそうな体勢をなんとか保とうとするが、堪《こら》えるほどに疼《うず》きが加速して、頭がぼうっとしてくる。

互いの手が、互いの下着に触れた時、アズサがくすっと小さく笑い、絵麻の耳朶《じだ》を噛んで一声高く鳴かせる。

「絵麻に、誘われて翻弄《ほんろう》されるのも悪くない。……求められるのが、こんなに嬉しいとは」

耳孔へ舌をねじ込み、舐《な》められると、びくんと絵麻の背中が跳ねた。

「んっ——んっ、あっ、あ——ぁ」

秘処を隠す小さな布の間からアズサの指が入り込み、そっと割れ目を撫でられる。たちまち、絵麻の花弁はほころび彼の指を蜜で濡らし始めた。

「もう、こんなに濡らして。……一人寝が寂しかったか？」

嬉しそうな声でからかわれる。いつもなら恥ずかしくて答えられないが、今夜は違う。

「……寂しかった。アズサさんに、会いたくて、でも」

それ以上言わせないという風に、アズサが絵麻の唇を奪う。

嵐のように、深く、貪《むさぼ》るように口腔《こうこう》を侵し、舌を吸い上げられた。アズサ自身の思いの丈をキスで伝えられているみたいに感じて、絵麻も大胆に舌を絡《から》ませていく。

濃厚なキスに溺れているうちに、アズサの指が絵麻の秘裂を開き、隠れた花芯に微細な振動を送る。

「あっ……あっ……あ」

堪《こら》えきれない渇望が理性を圧迫する。

アズサが欲しい。アズサを愛している。それだけは本当だと伝えたくて、硬く立ち上がった彼の屹立《きつりつ》に指を絡《から》め、ゆっくりと手を上下させた。

アズサの身体のどこの皮膚とも違う、不思議な感触と硬さを持つそれを握りしめると、彼の瑠璃《るり》色の目が細められ欲情の光が強くなる。

脈動し、さらに大きく膨《ふく》らんだ尖端にぬめる蜜を感じ、そのまま親指で塗り広げた。

「……っ、絵麻」

切なげに名前を呼ばれ、どきりとする。互いの秘部をまさぐり合う濡れた音が、淫猥《いんわい》な雰囲気を際立たせる。

ぐぐっとせり上がるようにアズサのものが膨《ふく》らみ、浮き出た血管までわかるほどたくましく育つ。

いけないことをしているようで、それでいてどこまで育つのか見てみたくて、絵麻は手の平全体に蜜を絡《から》ませて彼をしごく。すると、アズサの背がベッドから浮き上がり、切なげに眉を寄せる顔が絵麻の血を滾《たぎ》らせた。

欲しい。この人が欲しい。心の底から願う。

アズサが身体を入れ替えようとするのを、身を起こして制した。知らぬ間に両脇の結び目が解けたショーツが湿った音を立てて太腿から滑り落ちる。

その感触に震えながら、絵麻はゆっくりと膝立ちでアズサの腰の上に移動する。

「……絵麻、無理は」

そっと腕を押して留めようとするアズサに、精一杯の笑みを向ける。

「アズサさんを、抱かせて?」

そう言って絵麻は、燃えるほど熱い尖端を秘裂にあてがった。どうすればいいのか頭ではわかっていても、初めての体勢に心がひるむ。

そんな自分を叱咤《しった》して、絵麻はゆっくりと腰を落としていった。

「絵麻ッ……駄目、だ。……子どもが」

尖端を呑み込んだ絵麻が呼吸を整えていると、アズサが一度身体を離そうとする。

(ごめんなさい。最後だから、全部忘れないように、アズサさんのすべてを感じたい)

――最後の、わがままなんです――

決して口にできない本音を心の中だけでつぶやき、避妊具を取りに行こうとするアズサの手首を掴《つか》んだ。

彼の指一本一本に口づけながら、絵麻は目をつぶって一気に腰を落とす。

蜜洞の奥にアズサのものが届いた瞬間、衝撃で背が弓なりに反《そ》った。

「……っ！　あぁ！」

絵麻は最初の絶頂を迎えていた。

身体が艶《なま》めかしく揺らぎアズサの上に倒れてしまう。なのに隘路《あいろ》は、もっと欲しいと、アズサを間断なく締めつける。

少しでも動いただけで感じてしまうほど、感覚が鋭敏に研ぎ澄まされており、絵麻はアズサの胸に顔を伏せた。

そのまま、ぎゅっと膝で彼の腰を締め、快感をやり過ごそうとする。

「――随分、気持ちがいい、拷問だな」

ここまで絵麻の好きにさせていたアズサが、乱れた前髪を掻き上げ、挑発的に絵麻を見下ろしている。絵麻は居たたまれなくて、つい視線を逸《そ》らす。

自分の大胆さに自分で呆れるほどなのだ。アズサが呆れてもしょうがない。まして彼はまだ挿入しただけなのに。

「ごめん、なさい……もっと、ちゃんと、できると思ったの、に」

「どうして謝る。……挿れただけでイッてしまうほど、俺が欲しかったんだろう」

アズサの指摘に、こくりとうなずく。

「俺も、こうしているだけで、イッてしまいそうだ……お前の中が熱く蕩《とろ》けながら俺を締めつけてくるのが、最高に気持ちいい」

絵麻の髪を撫で、その一筋を指に絡《から》めて口づけると、アズサはおもむろに体勢を入れ替えてのし掛かってきた。

「だが、一方的に攻められるのは、俺の趣味に合わないな」

脚を胸の横に着くまで押し上げられ、蜜まみれの秘処をさらされて、小さな悲鳴を上げてしまう。

「こんなに、強欲に咥え込んで……いけない子だ」

ずるりと猛った肉竿を抜き取られ、喪失感に絵麻は身を震わせる。すると、アズサはさらに大きく脚を広げさせ、そこに顔を近づけた。

「やっ、み、見ないでください」

「今更だろう。自分から誘ってきて、見ないでとは酷《ひど》い話だ」

低くアズサが笑う。彼の息が吹き掛けられるのさえ、今の絵麻には辛く思えるほど刺激的だった。

敏感になった絵麻の秘裂は、一度の挿入で花襞が開き、ぷっくりと膨《ふく》らんでいる。

そこへ熱く柔らかいなにかが触れ、周囲をなぞられた時、それがアズサの舌だと気づいて、絵麻は顔を両手で覆《おお》い隠した。

――あんなところを、舐《な》められるだなんて。

あまりの状況に首を振ると、ますます絵麻の敏感な部分を舌が攻める。こじ開けるようにして秘めた奥へ侵入してきた。

にゅくぬりゅと柔らかい舌が中でうねり、じわじわと内部を侵食する感覚は、指や剛直とはまた違った愉悦《ゆえつ》を絵麻に与える。

「ひゃっ、……はぁっ。あ、あぁ……や、やめ」

「嫌だ。こんなに甘くてかぐわしい蜜を味わわないなんて、もったいない」

傲慢に言われているのに、不愉快ではない。むしろ心が蕩《とろ》かされていくほどの気持ちよさばかりが募る。

舌が出入りするたびに蜜口がひくひくと蠢《うごめ》き、自然と奥へ誘うような動きをする。

なのに、決して奥まで届かないもどかしさが、熱となって凝縮していく。

溢《あふ》れる蜜をすする音は淫靡《いんび》で、緩《ゆる》い刺激に脚や腕がわななく。

ちゅぷりと音を立てて舌が引き抜かれ、解放されたかと思っていると、そっと左右の花襞を唇で挟まれ嬲《なぶ》られる。

「く……ふぅっ……ん、んんっ……」

もどかしい愛撫《あいぶ》に身悶《みもだ》えていると、アズサの唇は、少しずつ位置を変えながら淫核へ辿《たど》り着く。気づいた絵麻が息を詰めた時には、舌でくるりと包皮を剥《む》かれていた。

「ひっ……ひぃんッ……ぁあっ」

強すぎる快感から逃れたいのに、もっとともっとばかりに腰が揺れる。全身の神経を剥《む》き出しにされ、苛烈な刺激にびくびくと太腿が痙攣《けいれん》した。

じゅっ、じゅっと音を立てて強く吸い上げられると、もう絵麻はすすり泣くしかできない。

十分に絵麻を感じさせたアズサは、強烈な快楽に怯《おび》える絵麻の身体を宥《なだ》めるように、そっと唇を淫核に触れさせたまま囁《ささや》いた。

「もっと、乱れていい。……俺は、どんな絵麻でも見てみたい」

そう告げられて、再び一番敏感な場所を舐《な》め転がされ、絵麻は嬌声《きょうせい》を放ち達していた。

しかしアズサの攻めはやむことなく、絵麻は絶えず押し寄せる絶頂に身体を悶《もだ》えさせる。

蕾を口に含み舌でかすめるように、あるいは押し潰すように触れていく。強弱をつけながらアズサは執拗《しつよう》に絵麻を翻弄《ほんろう》し続けた。

「んんぅ……も、駄目……無理。だっ……だめぇ」

喜悦のあまり涙がこぼれる。

絵麻は必死に哀願するが、口淫は激しくなるばかりだ。

「駄目じゃないだろう。こんなに、蜜を溢《あふ》れさせて、肌も朱色に染めて……それに、最初に誘惑したのは絵麻だ。その責任を取れ」

「せ、責任って……ひぁ、あああ――！」

不意に指を根元まで差し込まれ、広げるように大きく内部を掻き回され、目の裏に火花が散る。

アズサの指が感じる場所を押し上げると、子宮が重く下りてくるのを感じた。

声を震わせて喘《あえ》ぎ、身体の奥からせり上がってくる強い衝動に身を任せ、絵麻は何度も達する。

「も……や……い、や」

ほうほうの体でつぶやくと、アズサが小さく笑った。

「嫌じゃないだろう。絵麻は、ここ、も、ここも好き、だろう」

ここ、と乳首をつねり、陰唇を指で摘《つ》まんで押し潰される。

「好きじゃない……です」

一方的に翻弄《ほんろう》されるのが悔しくて、唇を噛んで絵麻は続ける。

「好きなのは、アズサさんがしてくれることだから」

「っ本当に、君は！」

ぐっと強く腰を両側から持ち上げられたかと思ったら、アズサのものが一気に花筒に押し込まれ、目の前に火花が飛び散った。

「あうっ」

「……っ、う！」

彼と繋《つな》がる瞬間の多幸感に意識をさらわれ動けずにいる絵麻に、アズサが、ふうっと息を吐き出した。

熱した男の吐息に肌をくすぐられ、無意識に中が締まる。それに応《こた》えるように、アズサの剛直がどくりと震え、とろとろに充血した襞《ひだ》を押し上げた。

それが心地よくて、でも、このまま動かれないのも焦《じ》れったくて、間断なく中が締まり続ける。

「……このままだと、死にそうだ」

え？ と気怠《けだる》く聞き返した時には、もうアズサは動き出していた。

不意に力強く奥を貫かれ、その勢いのまま抜かれ、蜜壺が寂しさに喘《あえ》ぐ。

「あぁっ！」

惜しむような、ねだるような女の声が、自分の口から出たことが信じられない。

「もっと……声を……聞かせろ」

奥まで押し込みながら、淫芯の裏側を尖端の膨《ふく》らみで刺激される。

内部で一番感じる場所を攻め立てられ、絵麻はただ快楽に鳴き続けるしかない。

「ひぃっ……あ、や……あっ……あああっ、やあ、それ…………感じ、すぎ、る」

びくびくと、指先まで痙攣《けいれん》してしまう。なのに、さらに追い立てられて、身体が言うことをきかない。

獰猛《どうもう》なアズサの攻めにおののきながら、同時にもっと、肌に、体内に、彼のすべてを刻み込んで欲しいと願う。

今までに感じたことのないほど奥処《おく》まで含まされ、絵麻はなにも考えられなくなる。

「深い……の。アズサさん……が深くにいるのぉ……」

甘えた子どものような声を出しながら、しっかりと彼の肩に腕を回して抱きつく。

「ああ。……絵麻の、奥が、俺を欲しがってきゅうきゅう締まっている」

「やっ、だ……やぁ。あ、恥ずか、し……言わな、い」

言葉にならないほど揺さぶられ、奥をがつがつと穿《うが》たれる。

嬌声《きょうせい》が止まらず、溢《あふ》れた唾液を舐《な》め取られて、また達してしまう。

凶悪なまでに膨張したアズサの肉槍が、熱い媚肉をごりごりと擦るのがたまらない。

「愛してる」と繰り返し囁《ささや》くアズサの声に、どんな行為より気持ちを鷲掴《わしづか》みにされた。

子宮口を捏《こ》ね回すように腰を動かされ限界を迎えた時だった。

熱い飛沫《ひまつ》が体内でしぶき、その生々しい熱に、アズサの命そのものを刻みつけられた気がして、絵麻はむせび泣きながらアズサの背に爪痕を残した。

そのまま、夜明け近くまで互いを貪《むさぼ》り、身体の境界線がわからなくなるほど繋《つな》がり、受け止め、行為に溺れ続け――蕩《とろ》けるようにして二人は眠りについた。

◇◆◇

人生で一番幸せな夜を過ごしたアズサは、喜びとは裏腹に重い頭に悩まされ寝返りを打つ。

なんとかまぶたを持ち上げても、手足が怠《だる》くて動けない。

そんなアズサの目に、大学でいつ着ているような、清潔感のあるスーツをまとった絵麻が映る。

（絵麻……？）

夢だと思った。

どうしてそんなところに、そんな姿で――始まりと同じ姿でいるのだ。

わからなくて重い手を伸ばす。絵麻がそっとアズサの腕を毛布の中に導き、寂しそうに笑った。

「これ、危ないから、捨てておきますね」

言うなり、ベッドサイドにあった水差しの中身を窓から外に捨てる。

コップ一杯分だけ減ったそれは、アズサが昨日寝る前に飲んだものだ。

朝日によって輝く水が、ほんの少し青みがかっているのに気づき、医師としてのアズサが理解する。――睡眠薬が、入っていたのだ。と。

動けないアズサの額《ひたい》に唇を落とした絵麻は、そのまま二歩下がり、丁寧に頭を下げてきた。

「ありがとうございました」

「え……ま？」

かろうじて声を出すと、彼女は今までで一番綺麗で、そして悲しそうな笑みを見せて告げた。

「アズサさんとの同棲生活、楽しかったです」

言うと同時に、控えていた近衛兵が絵麻を両側から挟むようにしてなにごとか告げ、彼女は毅然《きぜん》とした顔でうなずきアズサに背を向けた。

――絵麻！

叫ぼうとした舌は上手《うま》く動いてはくれず、アズサは絶望にも似た睡《ねむ》りの沼へ、ただ落ちていくしかできなかった。

6　桜散る春

「お久しぶり、お嬢ちゃん」

「芳賀さん！」

ベンチで手帳を眺めつつ、絵麻がサンドイッチとオレンジジュースのお昼ごはんを食べていると、唐突に声を掛けられた。

絵麻はあわてて手帳をショルダーバッグに押し込む。

「マンションに行ったら誰もいないんだもん。で、コンシェルジュに聞いたら、お嬢ちゃんは、実家に戻ったって言うし」

「あっ……ご連絡してなかったですかね。ごめんなさい。いろいろ忙しくて」

「だよねー」

絵麻の隣に腰をかけ、ベンチの背に腕を掛けながら芳賀が笑う。

ルクシャーナ王国から日本へ帰国してから、四ヶ月がたった。

季節は秋を飛び越し、冬も過ぎて、大学入試も学位授与式も終わり、年度末最後の慌ただしさが職員達を走らせている。

事務職員で昇進の内事を受けている世羅は、研究室の教授秘書である絵麻の比ではなく、ここ数日は、一緒にお昼を取るのも難しい状況だ。

（そういえば、もう一年も前のことになるんだなあ。あの出来事から……）

とんでもない理由で婚約と同棲を持ちかけられたのも、こんな桜の時期だった。

あれから――アズサと別れてから、絵麻は祖父母が残した家で生活していた。

アズサと生活したマンションに留まれば、夢と決別してきた気持ちが砕けてしまいそうで怖かった。

だから、一度だけ世羅と片づけに行ったきりになっている。

昔ながらの日本家屋《かおく》は、傷ついた絵麻の心を癒やしてくれた。父が亡くなった時や、祖母や祖父が亡くなった時と変わらず、ひっそりとたたずむ家は、どこか安心できる。

叔父の武彦は、アズサのことや絵麻の身に起こったことについては、なにも聞かなかった。

どちらにしてもこの時期は、院生の指導やら、学会の準備やらに加え、新プロジェクト打ち合わせのために出張しがちで、じっくり話す余裕もないのだが。

あれから絵麻も、いろいろなことを変えた。

携帯電話の番号を変え、長かった髪を肩口で切り揃えた。

仕事をする傍ら、副業で少しずつ翻訳の仕事を受け始めている。

服装も地味なリクルートスーツではなく、柔らかいラインのワンピースを着ていた。そして、今年の夏か秋頃には、研究室秘書も辞めることになるだろう。

「えーと、それで？　芳賀さん、今日はなんのご用でしょうか？」

サンドイッチの最後の一かけを口に放り込み、オレンジジュースで喉《のど》を潤《うるお》しながら尋ねる。すると、芳賀が笑っているとも、苦虫を噛み潰しているともつかない顔をした。

「うん。まあ。……例の偽の婚約についてだけどね」

ぎくりとして、絵麻は膨《ふく》らみだした桜の蕾《つぼみ》に視線を向け、会話から感情を閉ざそうとする。

「叔父さ、じゃなく、結崎教授なら、教授会から真っ直ぐ出張に出て、明後日《あさって》まで不在ですが……」

「いやいや、用事があるのはお嬢ちゃん。……その、まあ、あれだ」

芳賀にしては歯切れの悪い口調で、視線を左右に走らせる。

「どうしたんです？」

「ソレ、聞きたいのは俺なんだけどね。……ぶっちゃけさ。今、何週目？　てか、何ヶ月？」

絵麻は思わずオレンジジュースを噴き出しかける。

「な、な！　……なに情報ですか！　どこ情報ですか！」

警戒しながらショルダーバッグを膝の上に移動させ、芳賀から距離を取る。

「……いや、別に、そういうアブナイことをしにきたわけじゃないから」

気まずそうに言われても、信用はできない。

（――いつ、バレたんだろう。私が、妊娠してるって）

いつかはバレるだろうと思っていたが、こんなに早く知られるとは思ってもいなかった。

「……別に、認知しろとか、養育費よこせとか、週刊誌に売ったりとかしません」

「うん、知ってる。わかってる。……じゃなきゃ、あの時、ふつーに王子の第二妃に収まってるでしょ。お嬢ちゃんは。で……腹の子は男か？」

即座に言われ、年上――アズサと同じだから五歳も上――の芳賀の髪を掴《つか》んで引っこ抜きたくなる。

「性別は聞いてません。聞くつもりもないです」

それを聞いた芳賀は、長い脚を投げ出し交差させながら、頭の後ろで手を組む。

「結崎教授は知ってんだよな。……じゃあ、あいつに黙って産むんだ」

叔父にはすごく怒られて、心配された。けれど、父親について問わなかったのは、叔父なりの思いやりだろう。

「心配しなくていいですよ。……しばらく実家で、叔父や高中家のみなさんにお世話になりつつ、家でできる仕事をしますから。幸い翻訳の仕事ももらえるようになったし。

そのうち自立して、まあ、親子二人で頑張ります」

そこまで言うと、芳賀がくしゃっと顔をしかめた。

「なんで言ってやらないの？　あいつ、そこまで非情じゃないよ」

「非情じゃないから言いたくないんです。……むしろ、優しすぎるから」

時折、ワールドニュースで見る彼の指には、結婚指輪が嵌《は》められていた。

だから、そういうことなのだろう。

「怖いね、女の人は。怖くて、強い。……たよりなーい、ふにゃふにゃのお嬢ちゃんが、たった一年かそこらでイイ女になってるし、ちゃんと母になる準備をして前に進んでる。綺麗だったのに、こんなに髪を短くしちゃってさ」

肩で揺れる毛先をはじかれて、今度は絵麻が苦笑する。

そんなに大したものじゃない。けれど、人生最大のわがままだと思う。

――アズサの子どもを黙って育てていくなんて、無謀も大概だ。

「心配しなくても、大丈夫です」

他に言うべき台詞《せりふ》が思いつかなくて、ジュースのストローを口にしたまま遠くを見る。

「……あれ？　えっと、まさかお嬢ちゃん、もう、付き合っている人とかいる？」

「だったら、どうするんですか？」

翻弄《ほんろう》されつくした日々を思い出し、少しだけ意地悪したくなった。

「いや、えー」

芳賀はなぜか、真っ青になって視線を彼方《かなた》に向ける。

「いや……。あー、だったら報われないな、うん」

整えていた黒髪の後頭部を掻き乱し、どこか焦った様子で芳賀がつぶやく。が、だんだんと尻すぼみになる声で、最後になにを言ったのかわからなかった。

困り果てた様子で再び溜息をつく芳賀に、絵麻はあえて笑顔を見せて立ち上がる。

「恋人なんていませんよ。……そんな、器用じゃないです。私」

要領のよさとか、大胆さとか、度胸とか、人と違うなにかを持っていたら、ルクシャーナ王国の王子の妻になれたかもしれない。

でも絵麻は自分でも嫌になるくらい平凡で、特別ではなかった。

目を閉じて、一度肺の中の空気を全部吐き出し、勢いをつけて頭を下げる。

「芳賀さん、ありがとうございました」

「あ？」

完全に毒気を抜かれ、リアクションに困っている芳賀をあえて無視して絵麻は伝えた。

「最初は、嘘をついて婚約なんて、嫌だと思ってました。でも、偽りでも、アズサさんと一緒に新婚みたいな日々を送れて」

空を舞う桜の花びらの行方を追いながら、絵麻は風に流れる黒髪を押さえた。

なにもいらない――ただ、思い出だけがここにあればいいと、下腹部にそっと手を触れる。

「アズサさんと愛し合う夢を見られて、私、幸せでした」

とびっきりの笑顔を作り、もう一度芳賀に頭を下げた時だ。

「なぜ、それが夢で、幸せが過去形なのか、じっくり聞かせてもらおうか。絵麻」

――この場にいるはずのない、愛する人の声が背後から聞こえた。

心臓が壊れたように脈動する。

息が苦しくて、振り向いてやっぱり幻聴だったと知るのが怖くて、絵麻は身動き一つできない。

「こっちを向け、絵麻」

傲慢に命令する声。その響きがとても生々しい。それでも、信じて傷つきたくない自分が、必死に心を閉ざそうとする。

「三つ数えるうちに振り向かないと、痛い目に合わせるぞ。……一、二、三」

あわてて目を閉じたまま振り返る。

よろけそうになった肩をしっかりと掴《つか》まれ、身体になじんだ大きな手の平が、彼だと告げる。

思い切って目を開けると、そこには、少し伸びた蜂蜜《はちみつ》色の髪を、鬱陶《うっとう》しげに払うアズサがいた。

「アズサ、さ……ん」

色あせていた世界が、急にカラフルになったような気がする。

硬く閉ざしていた心の扉が開いて、歓喜が一斉に羽ばたいたような感覚に絵麻は混乱してしまう。

「絵麻」

名を呼ばれ、頬にアズサの手が伸びてくる。

長く繊細な研究者らしい指、しなやかで精密な動きをする懐《なつ》かしい指が絵麻の頬を撫で、そして――

「いひゃい、でふ」

片頬をものすごく引っ張られた。

「誰が、夢だ。……馬鹿が。勝手に俺を幻にするな」

痛い目に合わせる、を有言実行しながら、不機嫌もあらわな声でアズサが吐き捨てる。

その顔はどこか寂しげで、拗《す》ねているようにも見えた。

「だって、だって……どうして、ここに？　お忍びで、なにか手続きにでも来たん、ですか？」

一年前と変わらない、スーツに白衣姿。

少しだけ痩せて、線が細くなっているけれど、まるで時間が巻き戻ったみたいな錯覚をする。

「違う」

腕を組み、不出来な学生を前にした時のような目で見下ろされ、絵麻はついうつむいてしまう。

「その前に、君から、電話の一つくらい欲しかったと思うのは俺のわがままか」

淡々とした調子で責められ、絵麻はついしどろもどろに答える。

「え、だって、アズサさん……王子様だから、忙しいだろうし、テレビで結婚指輪をしていたから、邪魔しちゃ、いけないって」

「想像通りで言葉も出ない。……自分の目でちゃんと結婚指輪の形を、いや、結婚の事実を確認したか」

指摘されて頭を振った。

メディアで彼を見つけるたびに逃げていた。いつか落ち着いた頃に調べればいいと思ったし、掲載されていた写真や動画は、全身の写真やバストアップが多かったから、じっくり見たところで、指輪のデザインなどわからない。

「してません」

「しかも、携帯電話を解約しているときた」

腕を組まれ、頭上から淡々としかられ、絵麻の首がうなだれていく。

「いや、えーと、その、武彦叔父さんから聞けば、新しい番号を教えていただけたかと？

あと、世羅から、とか」

「電話をかけても出ないだろう。新しい携帯に俺の番号が登録されていない限り」

絵麻が、非通知や知らない番号には決して出ないということは、研究室の者なら誰でも知っている。

そして、過去を断ち切るために携帯番号を変えた絵麻が、アズサの番号を登録しているはずもない。

「――絵麻」

「はい」

「結婚したいくらい愛した女をすぐに忘れて、金やら地位やらで幸せになれる男……と、俺のことをそんな風に思ったのか」

「そっ……そんなこと思うわけないじゃないですか！　ただ、その……やっと、国王陛下や国民に王子として認められて……もう、寂しくないというか、幸せになれそうだなって」

どうしようもない、という仕草で頭を振って、アズサがそっぽを向く。

「有象無象《うぞうむぞう》に認められ、とりまかれても、心から愛する者がいなければ意味がない」

「え……？」

声を上げた時にはすでに抱きしめられていて、絵麻はそのままアズサの胸に身をゆだねる。

「絵麻がいないと、幸せになれない」

耳元で囁《ささや》かれ、心臓がドキドキしてくるのを止められない。

血が熱くなりすぎてのぼせてしまいそうだ。

「これは、完全に、絵麻に言わなかった俺のミスだが……そもそも王室に戻る気は、研究が終わろうと、終わるまいと、最初からなかった」

疎外され続けた過去もあるし、妻を失った悲しみのあまり、息子のアズサを忌避《きひ》しておきながら、今になって政治的に必要だと言い出す父王に辟易《へきえき》していたこと。

どこに行っても居場所がないと感じていた時に、結崎の家を知り、冷たい王室より――普通に暮らしたいと願っていたことなど。

「え、じゃあ……私を王宮に連れて行ってくれたのは？」

「手順を踏むために決まっている。芳賀から聞いたが……日本の結婚は、まずお互いの実家に行くところから始めるんだろう。絵麻の育ての親は結崎教授だから、もう会っているが、俺の家族にはまだ会わせていない。結婚するのに両親というか、まあ、親族に会って、結納？　とやらをして、婚約指輪を選ん……」

「いやいやいや、結納はさすがに無理ですって！　無理！　そこは省いていいの！」

ルクシャーナ王族ご一行を前に、伊勢エビだの昆布だのを、叔父と絵麻の二人でちんまりと座って受け取るなど想像できない。

逆に、結納で石油一万バレルお納めください、とか言われても困る。

昔ながらの結婚手順を語りだすアズサに頭痛を覚えながら、絵麻はストップをかけた。

「逆に、絵麻はなんだと思ったんだ」

国際結婚、もとい、文化の違いで天然を炸裂させていたアズサが、神妙な顔で尋ねてくる。

「え？　えーと、知らない間に決められていたから、実は、詳しくは……お別れ記念にプリンセス・ドリームをプレゼントとか？　いいいひゃい！　いひゃいでふ、あふさささん!!」

先ほどとは反対側の頬をアズサに引っ張られ、絵麻が喚《わめ》いていると、見ていた芳賀が腹を押さえて笑いを堪《こら》えている。

「なにがプリンセス・ドリームだ」

「だだだ、だって、芳賀さんが、舞踏会の時に、人生一度きりの夢だからとかなんとか言うから！」

ひりつく頬を両手で撫でていると、絶対零度の冷たさで、ほう？　とアズサが芳賀を見下ろした。

「ちょっ、矛先《ほこさき》をこっちに向けるな！　やめろ、マジ暴力反対」

無言で芳賀のネクタイを締め上げるアズサを、絵麻はあわてて止める。

「でも、その……ナデレアさんとの婚約は？」

一息ついたあと、どうしても気になってアズサに問う。嫉妬しているようで、聞きづらい。

「そんなもの、絵麻が消える前に解決していた。……元々ナデレアは兄の婚約者だ。当然、引き取ってもらった。兄も、父上と彼女側の弱みを握れて、将来的に悪くない取引だと笑っていたし」

「……視察とか、ずっとアズサさんと一緒に、いたのに？」

ニュースや新聞でナデレアが一緒にいたのを思い出し問うと、アズサは少しだけ驚き、まんざらでもない風に目を細めた。

「一緒だったのは、兄上の代理だったからだ。兄上が病気で動けなかった間の仕事を、ナデレアと二人で分担して、代行しろと言われていた。……そこに父の思惑がなにもなかったとは言わないが、あまり意味はなかったな。……まあ、どうせもう会うこともない。妬《や》いたか」

「それは……だって、妬《や》きますよ。アズサさんのこと……好きです、し」

正直に言うと、アズサが嬉しそうに笑う。それが少年のようでなんだか胸が温かくなる。

「今回のことは、兄上――王太子のザムザ病が治らないと思い込んで、父上とクッドゥース太守家が先走ったのが原因だ。兄上が回復すればそれにこしたことはない。……父上にしても、まあ、俺の母が同じ病気で死んだのもあって、なおさら、手を打つ方向に流されたんだろう」

一瞬だけ、アズサが遠い目をしたのは……彼の母親を思い出したからだろうか。

「しかし、薬が間に合ってイムラーンは回復した。……父上も、俺と兄上から締め上げられて、少しは反省しただろう」

「……王太子殿下があの腹黒い微笑みで吊るし上げ、アズサが淡々とその逃げ道を塞《ふさ》いだら、そりゃあ陛下も、反省するしかないわな。お気の毒に……」

げんなりした顔で、芳賀がネクタイを緩《ゆる》めるのをよそに、アズサは涼しい顔だ。

「まあ、兄上が援護してくれたおかげで、予定より早く王籍を抜けられた」

「お、王籍を抜けたって！　どういうことですか」

「王族だといろいろ制約があって面倒だ。時期を見て、日本に帰化する」

なんでもないことのように告げられ、絵麻が目をしばたたかせていると、アズサは赤くなりながら顔を横に逸《そ》らす。

「絵麻を幸せにするのに邪魔なら、王位継承権などいらない」

きっぱりと言い切られ、絵麻は涙が溢《あふ》れるのを止められなかった。

絵麻の頬を伝う雫《しずく》を優しく指で拭《ぬぐ》いながら、アズサが微笑みかけてくる。

「愛している。絵麻がいないと俺は幸せになれない。結婚してほしい」

「私も、アズサさんと……離れたく、ない。ずっと、一緒にいたい」

腕を伸ばしアズサの胸に飛び込んだ。そのまま抱きしめ合い、お互いを撫でて夢じゃないことを確認する。

キスをすると、アズサは情熱的に舌を絡《から》め、絵麻を奥まで確かめようとしてきた。

絵麻も精一杯、舌を伸ばして絡《から》めるが、とても間に合わない。

まだ足りないと身体を密着させるアズサと絵麻の間で、突然、ぴくっとなにかが動いた。二人は、咄嗟《とっさ》にキスを解き、顔を見合わせて赤くなる。

「訂正する」

「え？」

「君と……俺達の、子どもを含めて、幸せにする」

柔らかで幸せそうな眼差しを絵麻の腹部に向けながら、アズサが言う。

すると、その誓いを聞いたぞ、と言いたげに、先ほどよりはっきりと胎内で子どもが動いた。

「ま、また動きました……！　アズサさん」

――生まれて初めて感じた子どもの胎動は、この上ない幸せをアズサと絵麻にもたらした。

書き下ろし番外編

夜ごと、妻を愛すと誓う

お風呂場からの水音が、話し声混じりの物音に変わった。

台所で洗い物を片付けていた絵麻は、深呼吸をして心を落ち着ける。

（大丈夫。今日は、アズサさんと一緒のお風呂だったから機嫌がいい。いける。絶対にいけるはず……ッ！）

心の中で握り拳《こぶし》を作りつつ、用意していた子ども用歯ブラシを手にドアへ向かう。

すると、絵麻がノブに手をかけたと同時に、廊下側からリビングのドアが押し開かれ、小さな子どもが飛び込んできた。

「おふろ、おわり！」

我が子が元気よく報告する声に、絵麻は口元をほころばす。

湯上がりで桃のような色になった肌と、父親より濃い藍色の瞳。

洗って乾かしたばかりの髪は金色で、ひよこみたいにふわふわしている。

目鼻立ちや彫りの深さまで父親に似るかどうかは不明だが、大きな目と利発な物言いはきっと同じだろう。

夫と息子の共通点を見つける度に、絵麻の胸に幸せが灯る。

「パパは？」

「服を着てる！　桐理《とうり》ねえ、一人でボタンを半分とめたんだよ！」

「えらい、えらい」

頭をくしゃくしゃっと掻き回して褒《ほ》めると、二歳の息子は絵麻に満面の笑みを見せる。

夫であるアズサが、まだ異国の王子様であった頃、絵麻は別れを覚悟して彼に抱かれた。――その夜に授かった子ども。それが桐理だ。

王子であるアズサのためにと身を引き、シングルマザーとして生きることを決めた絵麻だが、人生は思い描いた通りとならなかった。

というのも、絵麻を失うよりは王冠を捨てるとばかりに、アズサは王族から籍を抜き、絵麻を追って日本に帰国したからだ。

――絵麻を幸せにするのに邪魔なら、王位継承権などいらない。

桜の木の下で再会し、気持ちを確かめあった二人は、アズサの国籍が日本へ変わるのを待って結婚した。

とはいえ、二人きりの新婚生活は半年ほど。

あっという間に出産を迎え、以後、育児で慌ただしい毎日が続いている。

（でも、いろいろあったけれど、一人ではくじけてたかも）

息子を一人で育てるとばかり思っていた頃を思い、絵麻は幸せを噛みしめる。

やや口下手だが、優しくて頼りがいのある夫に、天使のように可愛い息子。

これ以上望むべくもない、楽しく満ち足りた日々だ。

が。日常に、なに一つ問題なしとは行かなくて――

「桐理、お風呂は楽しかった？」

「うん。パパがあひるのオモチャ、いっぱい浮かべてくれた！」

ルクシャーナ王国の元王子という肩書きのみならず、褐色の肌に金髪というエキゾチックな美貌で、妻帯者となってからも女子学生やら女性職員やらを騒がせているアズサが、ビニールのあひるのオモチャを浮かべた風呂に浸かっている図を想像した絵麻は、つい噴き出してしまいそうになる。

（が。我慢……！　ここで笑って、桐理の機嫌を損ねたら大変）

ひくつく腹筋が痛むのを無視し、そうか、そうかと慎重に息子に話を合わせた絵麻は、意を決して提案する。

「じゃあ、お母さんと、歯磨きをしよっか？」

「いやだーーッ！」

上機嫌だったのも束の間。桐理は叫ぶと同時に飛び退《の》いて、絵麻から逃げだす。

「あっ、待って！　待って桐理！」

「やだやだ、やだあ！　ママは歯ブラシ下手だもん！」

ぐっ、と喉を詰まらせた途端、桐理がソファーを飛び越えさらに距離を取る。

そうなのだ。

ことの起こりは三日前。

そろそろガーゼでの歯磨きを卒業して、歯ブラシに慣らさねばと気合を入れて用意したのだが、なにぶん親も子も初めての体験だ。

嫌がる桐理をなだめすかし、やっと膝の上に抱えた絵麻は、緊張から歯ブラシを握る手に力を込めすぎてしまい――

（歯じゃなくて、鼻を磨いたんだよね）

幼児の肌は大人より弱くて敏感だ。

たちまち桐理は火が点いたように泣きだし、以来、歯ブラシを見るだけで、逃げ回るようになってしまった。もちろん、ガーゼ磨きもさせてくれない。

こっそり夜中に歯ブラシで磨こうとするのだが、妙に勘がいい。

このままでは虫歯になると、アズサに協力を頼み、機嫌がいいときを狙い提案したのだが。

「今日は諦めないからね！　待ちなさい桐理！」

「やだやだ！　歯を磨かなくても死なない！」

追いかけて捕まえたいが、桐理はもうすぐ三歳な上、同年代と比べてもすばしこい。

ソファーの陰、椅子の下と、絵麻が追えない場所から場所へと、器用に移動し続ける。

こうなると、無駄に広いハイグレード・マンションのリビングが恨めしい。

諦めるのは簡単だが、そうすると桐理は歯磨きしなくていいものと思うだろうし、乳歯でも虫歯になると痛いと思う。

捕まえようと必死で手を伸ばすあまり、おろそかだった絵麻の足下が滑る。

がくん、と視線が下にブレ、体勢が崩れる。

床に倒れていく最中、絵麻は膝を打つ痛みに身を固くするが、一瞬早く、腰に男の腕が巻き付き、力強く背後に引き戻された。

「わっ、わ……！」

よろめいた絵麻の身体が、熱く、たくましい胸板にぶつかる。

衝撃に目を閉じると、途端に背中越しに伝わる熱や、少し湿った肌、風呂上がりらしい石鹸の匂いに気持ちが乱される。

どきりとして口ごもっていると、頭の上から風呂上がりのアズサが絵麻の顔をうかがっていた。

「大丈夫か、絵麻」

「アズサさん。ごめんなさい、騒いじゃって」

「……この場合、謝るのは絵麻じゃないだろう。桐理、そんなに歯磨きが嫌か」

リビングの惨状と、絵麻が握りしめた歯ブラシで状況を察し、アズサが尋ねると、桐理は父親と同じく真顔で、「嫌」と答えてそっぽを向いた。

遺伝か、あるいは親を見て真似ているのか、桐理の頑固さはアズサ似だ。

これは説教がくるかもなと内心で苦笑していれば、背後から絵麻を抱いていたアズサが、ふん、と鼻を鳴らし、それから唐突に絵麻を腕に抱え上げる。

「ひゃっ、わっ！　あ、アズサさん、な、なにを！」

久し振りのお姫様抱っこにうろたえる。新婚直後は隙あらばな行動だが、桐理が生まれてからというもの、額《ひたい》や唇への軽いキスやハグはあっても、こうした男女を意識させる行動は珍しかった。

誰かに抱っこされるより、子どもを抱っこするほうが多かったので気恥ずかしい。

心臓が早鐘を打っている。絵麻でもわかるのだから、抱えているアズサは尚更だろう。

目を丸くする桐理の視線がいたたまれない。

照れくささのあまり、絵麻は気を逸らすため早口で問う。

「どうしたんですか、アズサさん」

「どうしたもこうしたもない。桐理が嫌なら、俺がその権利をもらうだけだ」

言うなりソファーにそっと下ろされ、絵麻はぽかんとしてしまう。

「権利って……、え、ちょっ……ちょっと！　アズサさん、桐理が見てる！」

隣に座るや否や、アズサはごろりと転がり、絵麻の太腿を枕に仰向けとなる。

「別に。……歯磨きしてもらうのに、やましいことはなにもない」

（その割には、やましい表情しかしてないんですけれど！）

寝転がった状態で絵麻を見上げ笑うアズサだが、口端がわずかに釣り上がっているし、目もなんだか熱っぽく潤んでいる風に見える。

駄目押しに、家事の邪魔にならないよう、首の後ろで一まとめにしていた髪のゴムを抜かれてしまう。

アズサと別れ、母親になる決意を示すために短くした絵麻の黒髪は、すっかり元の長さに戻っていた。

さらっと肩から滑り落ちた髪が、帳《とばり》のようにアズサの顔と絵麻の顔を隠し、見つめあう目だけしか見えなくなってしまう。

心臓の鼓動が不規則に跳ね回る。膝に乗る、アズサの頭の重みが変に生々しい。

「ほら、早く。絵麻……？」

気づかない素振りで急《せ》かされるけれど、伸ばされたアズサの指先がこめかみから頬、そして顎《あご》までを意味ありげになぞり、辿る。

「ッ、……あ、もう。なにするんですか。もうっ」

くすぐったさに息を詰め、アズサを睨《にら》めば、したり顔で口を開かれた。

「しないのか？　しないなら、俺が絵麻に……」

「ヤダーーーッ！」

低く、腰に響く男の声が、頑是《がんぜ》ない幼児の叫びで断ち切られる。

「ママは、パパじゃなくて桐理の歯を磨くの！　ママのお膝は桐理のなの！」

「……誰が桐理のだ。結婚しているから俺のに決まっているだろう」

ぼそっと、わめく息子に聞こえない――だが、黙っている気はゼロなアズサのぼやきに呆れていると、部屋の隅にいた桐理が駆け寄り、ふくれっつらをしながらアズサの腕を引く。

「パパはあっち！　ここは桐理の！」

「歯磨きしない奴は、膝枕も駄目だ」

「するもん！」

対抗意識か、桐理がソファーによじ上り、絵麻に抱きつき舌をだす。

すると、今までの誘惑的な態度が嘘のような素早さで、アズサが身を起こして肩をすくめる。

「……だそうだ」

「あ、うん。アズサさんありがとう。ほら、桐理、歯磨き！　歯磨き」

また気が変わられてはたまらない。

絵麻は、火照《ほて》り熱くなった頬を片手で叩きながら、桐理を膝の上に寝かせる。

「あー、ああーっ。早く、早く！」

急《せ》かす桐理の声で我に返った絵麻は、歯ブラシを握りしめ、あわてて歯磨きに取りかかる。

二人の背後で、アズサが恋情に熱《う》れた溜息をついたことなど、もう気づく余裕もなかった。

◇◆◇

（なにを自分の息子に嫉妬してるのだか）

日付も変わった午前一時。

海外に駐在する研究員から急ぎのメールがあり、書斎で一仕事していたアズサは、ベッドの上で寄り添う妻と息子の寝姿を見て肩をすくめる。

膝を曲げ、胎児のように丸くなった桐理を、これまた丸くなった絵麻が抱え込んで、眠っている。

時折、ふにゃふにゃと不明瞭な声を出し合い、会話している風なのがおかしくも微笑ましい。

が、まったくアズサの付け入る隙がない。

引き剥がそうとか、絵麻を抱き奪おうとまでは思わないが、心の端がモヤモヤとする。

結婚してから、もうすぐ三年。

初めての育児で慣れないことばかりなのに、絵麻は弱音を吐かず、前向きに、笑顔で対応しようとする。その姿はけなげで愛おしい。

育てているのが自分の子なら、思いもひとしお。

絵麻への愛情は、減るどころか、日々、恐ろしい勢いで増している。

だが、愛していることと不満がないということはイコールではない。

桐理は幼く、自分を庇護《ひご》するものの添い寝が必要だとわかっていても、こうまで密着し、安心した様子で共寝されていると、妙な不満が湧いてくる。

(俺だって、絵麻に触れて、撫で回して、誰も入る隙がないほど密着しあって寝たい)

二人が眠る布団をそっと持ち上げ、桐理を真ん中に挟む形で身体を滑り込ませ、アズサは二度目の溜息を落とす。

下らない男のわがままだ。今は男より親でいるべきなのも理解している。

だけど、感情の部分が納得してくれない。――絵麻に、最愛の女に触れて、心ゆくまで感じ、気持ちを確かめあいたい。

出産を経てからこちら、絵麻はいっそう魅力的になっていた。

細く、手折れそうだった肢体は、女らしく丸みを帯び、より女性らしい柔らかみが増している。

肌だって、若々しい張りの中に、手に吸い付きそうな艶めかしさが備わり、ふとした瞬間に気を煽《あお》る。

アズサに愛されているという自信や安堵がそうさせるのか、笑顔はいっそうまぶしく、子をあやし、導く姿は賢さと母性を感じさせた。

慈悲深く、凛として、ひたむきに子を愛し守る姿は聖母じみていて、だからこそ、かえって乱したくなってしまう。

(欲求不満も大概だな)

歯磨きが嫌で逃げ回っていた桐理を思い出し、アズサは無言で苦笑する。

あれは多分、本気で歯磨きに抵抗があるとか、絵麻のやり方に不満があるとかではない。

桐理は、母親に甘え、振り回すことで試しているのだ。自分がどこまで受け入れられるのか、親子の愛情を信頼していいのかを。

第一次反抗期――イヤイヤ期とも言うが――の、入り始めに見られる行動の一つだ。

自立心が旺盛になると同時に、自立することで親との絆が切れることを、本能的に怖れている。それを上手く説明できず、自分でも理解できず、不条理な言動が増えるのだ。

（甘え、わがままに振る舞ってなお愛される自信があるだろうな。……桐理が羨《うらや》ましい）

ひたすら恋心を隠し、絵麻を遠ざけるために嫌われ、傷つけ、散々遠回りした挙げ句、やっと気持ちが通じたと思った後に、王位というつまらない代物のせいで、身を引かれたときの絶望。

諦めきれず、父と戦い、王籍を抜け——そうして、アズサがやっと勝ち得、手に収めた絵麻を、桐理は当然のように「自分のもの」と主張し、疑わない。

肘を突き、手に頭を乗せて寝そべりながら、アズサは目を和ませる。

「誰が、桐理のだ」

ぷくぷくした息子の頬をつつき、それから妻の唇を親指で撫で、二人に身を寄せぬくもりを分かち合う。

「……貸しているだけだからな。絵麻を誰かに渡すなど、絶対にありえない」

息子だろうが、娘だろうが、孫でさえ。

一時的に貸すことはあっても、与えることは絶対にない。

（愛し、愛され、息絶えるまで側にいるのは自分だけだ。そんな覚悟で結婚した。負ける気も譲る気もなくて、当たり前だろう）

そんな独占欲を込めながら、絵麻の唇から顎《あご》へと指を滑らせ、頬を手の平で包み撫で回す。

それからこめかみ、耳とくすぐると、「んんっ」と愛らしい呻き声が上がる。

同時に、肌が触れる部分に熱が生じ、絵麻の顔がうっすらと上気しだす。

――これは多分、起きている。

子どもには聞かせられないほど熱く、茹《ゆ》だる恋情を独白したときから。

噴き出しそうになるのを堪え、アズサは愛撫とも慰撫ともつかぬやり方で、絵麻に触れる。

髪を梳《す》き撫で、耳の後ろを爪でかすめ、小さな耳孔に小指を差し込み刺激する。

そうすると、絵麻の眉間がぴくっと反応し、首筋から背筋にかけて細かくわななく。

細く丸みを帯びた肩を手で包み温め、しなやかな腕から手首へと指を滑らせ掴み、アズサは焦らすようにして、絵麻の手を自分の口元へと導く。

行為を意識させる際どい仕草で指を扱き、絡め、それから柔らかく小さな女の手の平に唇をあて、吸い付いた。

ちゅっと音を立てた瞬間、びくんと妻の身体が跳ね、その有様に腰が疼《うず》く。

布団に隠れた雄が、一気に熱を持ち、昂《たかぶ》りだすのがわかる。

だけどアズサは、それ以上行為を進めることなく、理性で欲望を抑え付けつつ、密かに笑う。

その表情がどれだけ色香に満ちているかなど考えず、うっとりと目を閉じ、妻を抱く日のことを想起しつつつぶやいた。

「愛してる。誰よりも、なによりも絵麻を」

強く、秘めやかに、激しく、淫らに。

愛している。と、もう一度つぶやくと、捕らえていた女の手が官能的に震え、それから、喘ぎじみたかすかな声で絵麻が告げる。

「私、も……アズサさんを、愛して、ますよ？」

寝言を装った告白にアズサが薄らと目を開けば、これ以上ないほど顔を真っ赤にした絵麻が見えた。

「絵麻」

喜色に満ちた顔で名を呼ぶと、彼女はぷいっと顔を逸らし、下手な寝息を立て始めた。

（そんな仕草をしても、煽《あお》られるだけなんだがな）

とはいえもうしばらくは、夜の営みはお預けだ。

桐理が間に寝ているのに、大人の睦言《むつごと》を強いることなどできない。

（だけど、時が来たら、我慢した分だけ求めさせてもらうからな）

心の中だけで挑発しつつ、アズサは絵麻の額《ひたい》にキスし、伝えた。

「愛してるよ。永遠に君だけを」

　翌朝、顔どころか耳やうなじまで紅潮させた妻が、親の敵《かたき》でも取るような手つきでオムレツ用の卵を泡立てているのも、その足下で、きょとんとしながら息子が首を傾げているのも、アズサたちの家庭ではよくある話で。

　蕩《とろ》けそうな甘い笑顔で、アズサが二人におはようのキスをするのも、当然の流れで。

　絵麻とアズサの血を引く子どもたちがさらに増え、末永く、愛に満ちた家庭で寄り添い生きていく未来が、すぐそこに用意されていた――

エタニティ人気の12作品
アニメ好評配信中！
ALPHAPOLIS アルファポリス
Eternity
エタニティ
深夜の濡恋ちゃんねる
NUREKOI
Sweet Love Story
エタニティ公式サイトにて
通常版
デラックス♥版
配信中です！
アニメ公式サイト：https://eternity-nurechan.com/
アニメ公式ツイッター：@Eternity_Anime
2021年1月〜
DVD &
Blu-ray
順次発売予定
© エタニティブックス原作者・アルファポリス／
エタニティ濡れちゃん♡製作委員会

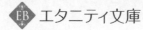

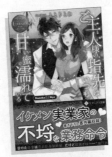

EB エタニティ文庫

完璧女子の不器用な恋

ETERNITY Rouge

エタニティ文庫・赤

女神様も恋をする

春日部《かすかべ》こみと　装丁イラスト／小路龍流

文庫本／定価：本体 640 円+税

優れた能力と容姿を兼ね揃えていることから「営業部の女神」と呼ばれている麗華《れいか》。けれども、見た目に反して奥手な彼女は、恋する上司・桜井にはうまくアプローチできずにいる。そんなある日、不意なお誘いで彼と食事へ行くことに。その夜から二人の関係が変わっていって……!?

※エタニティブックスは大人の女性のための恋愛小説レーベルです。ロゴマークの色で性描写の有無を判断することができます（赤・一定以上の性描写あり、ロゼ・性描写あり、白・性描写なし）。

詳しくは公式サイトにてご確認ください。
https://eternity.alphapolis.co.jp

携帯サイトはこちらから！

エリート警視で年上の幼馴染・総一郎《そういちろう》から過保護なまでに守られてきた初海《はつみ》。いい加減独り立ちしたい初海はついに一人暮らしを始めるけれど、彼にはあっさりばれてしまう。しかも総一郎は隣の部屋に引っ越しまでしてきて——!?

「絶対に目を離さない」と宣言されうろたえる初海に「大人になったならもう、容赦はしない」と総一郎は今まで見せたことのない顔で甘く迫ってきて——?

B6判　定価：本体640円＋税　ISBN 978-4-434-28226-3

高校時代、優花《ゆうか》は留学先のニューヨークで、彼女に好意を寄せる実直な青年・大輝《ひろき》に恋心を抱くが、とある事情で一方的な別れを告げる。十年後、仕事で再びニューヨークを訪れた優花の前に現れたのは、契約先の副社長となった大輝だった。あどけないかつての面影は消え、どこか冷たい雰囲気をまとう彼が企画実現の条件として提示してきたのは“俺のものになれ”という強引な取引で——?

B6判　定価：本体640円+税　ISBN 978-4-434-28225-6

EB エタニティ文庫

切なく淫らな、執着ラブ！

10年越しの恋煩い

月城《つきしろ》うさぎ

装丁イラスト／緒笠原くえん

エタニティ文庫・赤

文庫本／定価：本体 640 円＋税

仕事の契約で渡米した優花《ゆうか》の前に、高校時代にやむを得ない事情から別れを告げた男性、大輝《ひろき》が現れた。契約先の副社長となっていた彼は、企画実現の条件として「俺のものになれ」と優花に命じる。それは、かつて自分を振った優花への報復。彼女はずっと彼に惹かれているのに……

※エタニティブックスは大人の女性のための恋愛小説レーベルです。ロゴマークの色で性描写の有無を判断することができます（赤・一定以上の性描写あり、ロゼ・性描写あり、白・性描写なし）。

詳しくは公式サイトにてご確認ください。
https://eternity.alphapolis.co.jp

携帯サイトはこちらから！

桜子《さくらこ》は物心がつく前、曾祖父の一言によって、同じ歳のはとこで大企業の御曹司・忍《しのぶ》と将来の結婚を決められてしまう。その時から、彼女を溺愛するようになった彼は二十四歳になった今も変わらず桜子を特別扱い！　そんな彼のふるまいを桜子は「忍の甘い態度は、ひいおじい様に言われたからだ…」と思い、彼への密かな恋心に蓋をする。でも…悩んだ桜子が、彼のために身を引こうとした時、優しかった忍が豹変！情熱的に迫ってきて……!?

B6判　定価：本体640円+税　ISBN 978-4-434-28227-0

本書は、2017年9月当社より単行本として刊行されたものに、書き下ろしを加えて文庫化したものです。


この作品に対する皆様のご意見・ご感想をお待ちしております。

おハガキ・お手紙は以下の宛先にお送りください。

【宛先】

〒150-6008 東京都渋谷区恵比寿4-20-3 恵比寿ｶﾞｰﾃﾞﾝﾌﾟﾚｲｽﾀﾜｰ 8F
（株）アルファポリス　書籍感想係

メールフォームでのご意見・ご感想は右のＱＲコードから、
あるいは以下のワードで検索をかけてください。

アルファポリス　書籍の感想　検索

ご感想はこちらから

エタニティ文庫

外国人《がいこくじん》医師《いし》と私《わたし》の契約結婚《けいやくけっこん》

華藤《かとう》りえ

2021年2月15日初版発行

文庫編集－熊澤菜々子・塙綾子
発行者－梶本雄介
発行所－株式会社アルファポリス
〒150-6008 東京都渋谷区恵比寿4-20-3 恵比寿ｶﾞｰﾃﾞﾝﾌﾟﾚｲｽﾀﾜｰ8F
TEL 03-6277-1601（営業） 03-6277-1602（編集）
URL https://www.alphapolis.co.jp/
発売元－株式会社星雲社（共同出版社・流通責任出版社）
〒112-0005 東京都文京区水道1-3-30
TEL 03-3868-3275
装丁イラスト－真下ミヤ
装丁デザイン－ansyyqdesign
印刷－株式会社暁印刷

価格はカバーに表示されてあります。

落丁乱丁の場合はアルファポリスまでご連絡ください。

送料は小社負担でお取り替えします。


ISBN978-4-434-28502-8 C0193